KB150625

청소년을 위한
연암산문선

엮은이_김만중

1965년 서울에서 태어났다. 「농업정보신문」과 「골든에이지」 등 신문사 잡지사에서 취재기자 생활을 하다 경제·인문 관련 출판사에서 기획을 하였다. 지금까지 낸 책으로는 <군주리더십>, <조선을 뒤흔든 성 스캔들>, <조선 군주의 정치기술> 등이 있다. 주로 조선의 역사에 많은 관심과 관련된 글들을 쓰고 있다. 「한경리쿠르트」, 「월간중앙 – 역사탐험」 등에 조선 역사의 흥미로운 이야기들을 연재하기도 하였다.

연암산문선

초판 1쇄 인쇄_ 2019년 4월 19일 | **초판 1쇄 발행_** 2019년 4월 26일
지은이_박지원 | **엮은이_**김만중 | **펴낸이_**진성옥·오광수 | **펴낸곳_**꿈과희망
주소_서울특별시 용산구 백범로 90길 74, 103동 오피스텔 1005호(문배동 대우 이안)
전화_02)2681-2832 | **팩스_**02)943-0935 | **출판등록_**제2016-000036호
E-mail_ jinsungok@empal.com
ISBN_978-89-6186-053-4 03810

청소년이 꼭 읽어야 할 필독 고전수필

청소년을 위한

연암
산문선

연암 박지원 글 · 김만중 엮음

꿈과희망

연암(燕巖) 박지원은 18세기 조선 후기를 불꽃처럼 살다간 인물이다. 그는 영조 연간에는 철저하게 은둔적인 삶을 살았다. 그러다 정조가 집권하고 규장각을 설치하면서 박지원의 친구들을 적극적으로 받아들이자 자신도 세상과 벽을 허물고 소통하기 시작했다.

연암은 그 혈기 왕성하던 청년 시절, 그리고 중년의 세월을 모두 보낸 뒤에야 자신 속에 넘치는 화기를 잠재운, 나이 지긋한 시기에 사회와 소통하기 시작한 것이다.

그는 이미 청년 시절 《양반전》 등을 소설로 쓰면서 당시 시대를 풍자하고 비틀었다. 그의 짧은 소설은 재야의 학자들에게 일종의 카타르시스를 제공한 것이다. 그런 그가 문득 정치적 이합집산이 심했던 당파적 갈등에서 살아남고자 연암골로 들어선 것이다.

스승 이양천이 죽은 1755년, 나이 19살부터 한때 과거공부를 하여 실력을 인정받지만 관직에 나서길 포기하고 재야에 묻혀 지내던 20

여 년이 지난 후, 문득 청나라 방문 사절단의 일원이 되어 대륙의 땅을 밟은 것이다.

　그는 이 놀라운 경험을 통해 북학파의 거두로 올라선다. 이미 그의 절친한 친구이자 선배인 홍대용은 서구 과학사상에 깊이 매료된 후였으며, 그의 후학들, 박제가·이덕무·유득공 등은 정조의 부름을 받아 규장각에서 고문을 해석하고 새로운 문물을 받아들일 준비에 열중인 상태였다.

　박지원은 나이 50살이 다 되어 선공감 감역이란 관직(종9품)을 임명받았다. 그것은 화려하지도 않은 허접스런 관직 생활의 시작이었다. 그는 가난한 자신의 살림살이 때문에 고생하는 부인을 위해 관직을 받아들이지만 부인은 고생만 하다 그 다음해 세상을 떠나고 말았다.

　굶기를 밥 먹듯 했던 아내의 몰골이 너무 불쌍해 혼자 눈물짓던 휴머니스트 박지원은 부인의 묘지에서 그동안 가난함을 웃음으로 달래던 그 넉넉함을 잃고 만다.

　가난이 얼마나 심했으면 연암은 일주일을 굶고 있다 찾아온 후배 이서구를 반갑게 맞이하여 밤새도록 자신의 생각을 그와 교유하였다. 배고픈 것은 둘째이며 지적 유희와 사회 개혁에 대한 열망이 더 조급했던 그였을 것이다.

　연암은 안의현감을 맡아 4년 동안 훌륭한 정사를 펴고, 다시 면천 군수로 발령 받았다. 그리고 다시 양양부사로 빠른 승진을 하지만 이미 일흔이 다가온 나이였다.

　너무 늦은 출사이기도 하고, 이때는 이미 그의 가장 큰 지지자였던 임금 정조가 세상을 떠난 뒤였다. 그에게는 믿었던 하늘이 꺼지는 순간이기도 했다.

　연암은 격변하는 조선 후기 사회에서 종로 한복판에 자신의 생각과 뜻을 같이하는 북학파 교우들과 한 시대를 개혁하려고 온몸으로

맞서려 했던 지식인이었다.

　세상을 등진 듯하지만 세상을 가르친 연암, 조선의 심장부 한양의 한복판에서 살아가면서 때로는 장자처럼, 때로는 걸인처럼, 때로는 시대의 스승처럼 한 시대를 풍미하면서 종로 바닥에서 장사하는 상인들에게 존경받으며, 또한 실학사상의 한 축이었던 북학파의 거두로 사회 개혁의 정신적 지주 역할을 자임한 인물이다.

　그의 문장은 철저하게 솔직하고 사실적이다. 그는 삶의 고민했던 흔적들을 글로 담담하게 표현하여 읽는 사람으로 하여금 빨려 들어가게 한다. 그의 글을 읽은 사람들은 그 솔직하고 넉넉한 글에 저절로 매료된다. 이 책에서는 그의 산문 가운데 백미(白眉)들을 실었다.

꽃병에 열한 송이 꽃을 꽂아 동전 스무 닢을 얻었고,
형수님께 열 닢을, 그리고 아내에게 세 닢, 작은 딸에게 한 닢,
형님 방에 땔나무 값으로 두 닢, 내 방에도 두 닢,
담배 사느라 한 닢을 쓰고 나니, 공교롭게 한 닢이 남았고,
이에 올려 보내니 웃고 받아주시오.

| 차례 |

제3부 하룻밤에 강을 아홉 번 건너다

1부
연암,
그를 추억한다

풍찬노숙의 삶

風餐路宿

연암 박지원은 1737년(영조 13년) 2월 5일(음력) 서울 서소문 밖 반송방(盤松坊) 야동(冶洞)에서 박사유(朴師愈)와 함평 이씨(咸平 李氏) 사이에 2남 2녀 중 막내로 태어났다.

1752년, 연암 나이 16살에 이보천(李輔天)의 딸과 결혼했다. 그런데 결혼하자마자 할아버지가 돌아가셨고, 얼마 뒤에는 형도 죽었으며, 집안은 더욱 가난하여 끼니를 걱정해야 했다. 처가 신세를 지던 연암은 처숙(妻叔) 이양천에게 많은 영향을 받았다. 장인 이보천이 고고한 선비의 삶을 실천적으로 보여 주었다면, 스승인 이양천은 그의 문학적 감수성을 일깨워 준 인물이었다.

1755년, 연암의 나이 19살 때 자신을 지금까지 가르쳤던 스승 이양천이 40살로 숨을 거두었다. 연암은 스승을 잃은 슬픔에 방황하기 시작했다. 스승 이양천은 1716년에 태어나 40살을 넘기자마자 일찍 세상을 떠난 것이다.

연암은 이양천에게 주로 《사기》를 비롯한 역사 서적을 배웠고, 문장 쓰는 법을 터득하여 많은 글들을 습작하였다. 그리고 처남 이재성과 교우하면서 서로 거침없는 조언자이자, 충고를 아끼지 않았다. 당시 연암은 스승의 제문에서 다음과 같이 슬픈 감정을 숨기지 않았다.

"제가 현문(賢問)의 사위 되고 열여덟 어린 나이에 스승께 배움을 받았습니다. 형제분의 정이 두텁고 화기가 그득했지요. 장인이 내게 하신 말씀이, '내 아우가 글을 좋아해 벼슬은 비록 변변치 못하나 문학에 매우 열성이라 네가 내 집 사위 되었으니 내 아우를 스승으로 삼아라.' 했지요. 스승은 나를 아낌이 장인 못지 않아서 제게 시서(詩書)를 주고 엄한 일과로 공부에 매진하게 하였습니다. 스승을 모시고 몸가짐 갖기 4년이 되었으나 문장은 세태에 함께 못하고 쇠약한 문학만 일으켰습니다.

그러나 스승은 저에게 산문은 한유(韓愈)의 뼈로 만들고, 시는 두보의 살갗을 갈아 만들어 재주 없는 사람을 가르쳤습니다. 이제 겨우 선생의 인도와 보살핌으로 겨우 못난 사람을 면했는데 문득 가시니 아득한 학문의 갈림길에서 누구를 찾을 것인가, 막막합니다.

옛날 책 하나를 읽자 해도 막히고 어그러짐이 많아져 겨우 몇 줄 읽어 내려가면 온갖 의문이 서로 막아 책을 덮고 한숨지으며 눈물 흘리기 일쑤입니다. 이 의문을 어디에 풀어야 할까요? 또한 이 게으름을 누가 독려하겠습니까?

지난 여름 장마와 무더위에 선생의 병이 처음 들은 때에도 나를 돌아보고 하신 말씀이 '어찌 물을 살피지 않느냐? 큰일을 하려거든 흐르는 물처럼 바빠야 하느니라.' 하셨으니 그 말씀 아직도 귓가에 쟁쟁합니다.

상제가 앉아야 할 거적자리에는 맏아들도 없고 노모는 아직 살아 계시는데 알기 어려운 것은 귀신에게나 물어 볼 수 있겠습니까? 일찍이 문과에 장원은 했으되, 집안은 매우 청빈하였고, 두루 화려한 요직을 거쳤으나 어버이 봉양으로 외직을 맡지 않으셨으며 한림원이란 영광스런 자리도 스승께는 영광스런 자리가 아니었습니다.

일찍이 올린 상소(上疏) 하나로 흑산도 변방에 귀양가 저는 병들어 벽에 걸린 지도(地圖)를 보고 눈물 방울방울 흘렸습니다. 그 옛날 귀양갈 때는 위로하는 말이라도 했건만 이제 이렇게 떠나시매 차마 무슨 말을 하란 말입니까? 갖춘 제물(祭物)은 비록 보잘것없지만 인정과 예절로 갖춘 것이라 존령(尊靈)은 어둡지 않아 모름지기 이 한 잔 흠향하시라."

상향(尙饗)

연암은 풍자적이고 사회 고발적인 글들을 스무 살 무렵 많이 썼다. 1757년 연암은 《민옹전(閔翁傳)》을 지었다. 여기 주인공은 실제 인물 민유신(閔有信)을 풍자하여 만든 글이다. 여기서도 게으르고 무위

도식하는 늙은이 민유신은 곡식을 헤치는 메뚜기보다 더 나쁜 인간 메뚜기로 묘사하여 무위도식하는 인간들을 매섭게 나무랐다.

1758년 무인년 12월 14일 밤에 친구 세 명과 함께 백악산의 동쪽 기슭에 올라가서 대은암(大隱巖)에 걸터앉아 술을 마셨다. 시냇물이 얼어붙은 위에 덧얼어 붙어 얼음덩이가 층층이 쌓인 가운데도 얼음 밑에 갇힌 샘에서 졸졸 물 흐르는 소리가 들려왔다.

싸늘한 달빛과 희끄무레한 눈빛에 주위가 고요하니 정신마저 느긋했다. 서로 쳐다보며 좋아하다가 시를 지어 서로 화답하였다. 그러다 한숨이 나와 이런 말을 하였다.

"여기 예산 사화 남곤(南袞)과 친구 중열(仲說)이 일국의 명사로, 그들은 언제나 술을 마시면 대은암에 와서 마셨고 두 사람은 마주하며 시를 짓지 않은 적이 없었다. 당시 중열은 문장으로 보나 교유로 보나 그 성대함이 한 시대에 일등 가는 인물이건만 수백 년 지나는 동안 자취가 인멸되어 버려서 아무것도 알 수 없이 되었거니와 하물며 남곤과 같은 사람이야 생각해서 무엇 하나?

이제 이 무너진 담과 헐어진 터 사이 쓸쓸히 머뭇거리며 돌아봄은 흥망성쇠가 덧없음을 아쉬워하는 것이고, 선악(善惡)은 종당 마멸될 수밖에 없음을 깨달았다.

아아! 슬프다. 당시 박은*과 남곤**이 이곳에서 유할 때 그 의기의 성대함이 정말 어떠했던가? 실컷 퍼마시고 대취하여 서로 속마

20

음을 털어놓으며 얼싸안고 함께 흐느낄 때 그 기세는 산도 무너뜨릴 만하고, 그 도도한 언어는 큰 강물을 터놓을 만하였으려니, 그들이 천고(千古) 이래 역사와 인물을 논하며 군자와 소인의 구별을 어찌 엄격하게 하지 않았으랴?

그런데 중열은 연산군 때 직간(直諫)하다 죽임을 당하였으며 그가 지은 시가 많지 않은 것은 아니나 오히려 더 많지 못한 것을 한으로 여긴다. 오늘날에도 그의 시를 읽으면 늠름한 기상이 사람들을 곧추세우게 한다. 그러나 남곤은 몰래 대궐 북문으로 들어가 화를 일으키고 바른 선비를 함부로 살육하였으니 그는 임종 때 후세에 내 글이 전해진들 누가 보겠느냐며 자기 글을 전부 불살랐다.

이것을 보면 실상 글을 짓거나 벗과 함께 노는 것은 정말 하나의 여가요 그게 인물의 좋고 나쁜 평가에 무슨 영향을 미치랴? 여기 그때 우리가 지은 시가 여러 편이고 내가 여기에 발문을 단다."

〈大隱巖唱酒詩序〉

---

* 조선 중기의 학자·시인. 1495년(연산군 1) 진사가 되었고, 이듬해에는 식년문과에 병과로 급제하였다. 그해 사가독서자(賜暇讀書者) 선발에 뽑힌 뒤 승문원권지(承文院權知)를 받고 홍문관에 발탁되어 정자가 되었다. 1498년 유자광(柳子光)의 간사함과 성준(成俊)이 유자광에게 아첨함을 탄하는 소를 올려 그들의 모함을 받았고, 연산군 때 <사사부실(詐似不實)>이라는 죄목으로 파직시켰다. 파직되고 1503년 아내 신씨가 세상을 떠날 때까지 술과 시로써 세월을 보냈다. 갑자사화 때 동래로 유배되었다가 다시 의금부에 투옥되어 26살에 사형을 당하였다.
** 1489년(성종 20) 생원시(生員試), 진사시(進士試)에 합격하고, 1504년(연산군 10) 검열(檢閱)을 거쳐 사가독서(賜暇讀書)·부제학(副提學)·좌부승지(左副承旨) 등을 지냈다. 갑자사화(甲子士禍) 때 서변(西邊)에 유배되었다가 역모를 고변하고 다시 등용되어 이조참판(吏曹參判)을 거쳐 대제학(大提學)까지 이르렀다. 기묘사화(己卯士禍)를 일으켜 조광조(趙光祖) 등을 숙청하고 좌의정을 거쳐 23년 영의정에 올랐다. 만년에는 죄책감과 필화(筆禍)를 염려하여 평생의 사고(私稿)를 불태웠다고 한다.

연암은 당시 서울 삼청동 백련봉 아래 세들어 살았는데, 그 집은 대장(代將) 이장오*(李章吾, 1714~1781. 영조의 누이의 아들)의 별장이었다.

당시 손님들이 자주 찾아왔는데, 비 오는 날 저녁이나 눈 오는 아침이면 한결같이 술병을 들고 연암에게 왔으며, 좀처럼 손님이 끊이지 않았는데 이는 조정의 벼슬아치들이 서로 자기 당파로 연암을 끌어들이려 하는 이유였다. 연암은 그런 사실을 알고 다시 1768년 서울의 백탑(白塔, 지금의 파고다 공원) 부근으로 이사하고 근처 이덕무 등과 교유했다.

1770년(영조 46) 연암의 나이 34살, 사마시 두 번의 시험에 모두 장원을 하였다. 과거 시험의 합격자 방(枋)이 붙자 그날 저녁, 영조 임금은 친히 침전으로 연암을 입실케 하고 지신사(知申事, 지금의 대통령 비서실장)에게 시험 답안지를 읽게 하고 손으로 책상을 두드리며 장단을 맞추며 들었다.

연암은 초시의 초장과 종장 모두 장원을 한 것이다. 영조는 연암을 각별히 마음에 두고 있었으며 이에 시험을 주관하는 사람들은 임금의 총애를 얻기 위해 연암을 주목하고 있었다. 하지만 연암은 회시(會試)에 응시하지 않았다. 연암을 아끼는 사람들조차 그가 관직을 얻기 위해 과거 시험에 나가는 것을 그렇게 달갑게 여기지 않았다.

연암은 개성을 유람하다 한때 목은 이색(李穡)과 익재 이제현(李

---

* 이장오가 영조 말년 권세가 대단하여 전국적으로 그의 전답이 없는 곳이 없다는 말까지 들렸다.

齊賢) 등이 살았던 연암골*을 발견하고 그곳에 거처를 잡았다. 당시 백동수(白東脩)**의 어린 청지기 김오복(金五福)이 연암의 뒤를 따랐다.

이곳을 처음에는 연암 혼자 올라 보았으며, 첫 눈에 반하여 다음에는 백동수와 함께 다시 가 보았다. 초목이 우거지고 길이 나 있지 않아 겨우 시냇물을 따라 올라 가니, 검푸른 절벽이 깎아지른 듯이 섰는데, 마치 그림 병풍을 펼쳐 놓은 듯했다. 그리고 시냇물은 맑은 속이 비쳤으며, 바위는 편편하고, 너른 공터에는 집 한 채 지을 공간이 있어, 연암과 백동수 두 사람은 크게 만족해 했다.

1771년 3월 연암은 자신이 가장 사랑하는 맏누이가 세상을 떠나자 연암골에 은거하기로 마음을 정하고 스스로 호(號)를 〈연암(燕巖)〉이라 붙였다. 그리고 그를 따르던 후배들, 이덕무·이서구·백동수와 함께 송도·평양·천마산·묘향산·속리산·가야산·화양·단양 등을 두루 유람하였다.

연암이 과거를 포기하자 출세를 위해 아부하던 인물들은 발길이 끊기고 주변에는 평생 동지들인, 홍대용(洪大容)·정철조(鄭喆祚)·이덕무(李德懋)·이서구(李書九)·서상수(徐常修)·유금(柳琴)·유득공(柳得恭)·박제가(朴齊家) 등이 그의 집에 자주 출입했다.

---

* 연암골은 황해도 금천군에 속해 있었고 개성에서 30리 떨어진 두메산골이었다.
** 백동수는 18세기에 편찬된 〈무예도보통지(武藝圖譜通志)〉(조선후기 무예 훈련 교본)를 토대로 이덕무, 박제가와 더불어 무예 실기를 담당하여 정조대왕의 찬사를 한 몸에 받았던 조선의 무인이다.

궁핍한 시절 친구들

1783년, 연암의 나이 47살, 홍대용이 죽었다. 중년 이후 연암이 교유하던 벗이 더욱 줄었으나 그나마 홍대용이 있어 다행이었는데, 그가 죽은 것이다.

홍대용에게 보낸 편지 가운데 이런 글이 있었다.

"저는 평소 교유가 넓어 덕망과 지체를 모두 쫓았습니다. 그러나 그 사귐은 명성을 찾아 처세를 한 혐의가 없지 않습니다. 지금 저는 초야에 은둔했거늘 산 높고 물 깊은 이곳에서 명성을 어디다 쓰겠습니까?

옛 사람의 말 가운데 "걸핏하면 비방을 받지만 그래도 명성은 따른다."라는 말이 있습니다. 아마도 허무맹랑한 말인가 하외다. 한 치의 명성을 얻으면 비방은 그 열 배나 돌아오는 법이니, 이름을 좋아하는 사람들은 늙어서야 그런 줄 알게 될 것이외다.

　매양 한밤중에 자신을 되돌아보면, 입에서 신물이 나곤 합니다. 명(名)과 실(實)의 사이에서 스스로를 나무라기에도 겨를이 없거늘, 왜 명예를 다시 가까이하겠습니까?

　권세와 잇속에 대해서도 관심을 가져본 적이 있지만 대개 사람들은 모두 남의 것을 가로채서 자기 것으로 삼으려 궁리하지 자기 것을 덜어 남에게 보태주고자 하는 것을 본 적이 없사옵니다.

　명예란 원래 빈 것이라 돈이 들지 않으므로 사람들이 혹 쉽게 주기도 하지만, 실리와 권세야 어느 누가 자기 것을 남에게 주려고 하겠습니까? 기름을 가까이 했다가는 옷만 더럽힐 뿐이지요.

　명예·권세·잇속을 버리고 비로소 밝은 눈으로 이른바 벗이란 것을 찾으니 도무지 한 사람도 없습니다. 그러니 고금을 살펴볼 때 왜 답답한 마음이 없겠습니까? 그러나 형은 벗 사귀는 일에 대해 올곧고 강개한 기질을 가지고 계신 줄 알기에 이제 일단의 울적한 마음으로 하릴없이 여쭈어 보는 것이외다."

　연암은 이렇듯 자신이 은둔하면서 자신에게 쏟아지는 비난을 괴로워 해, 그의 절친한 선배이자 친구인 홍대용에게 세상 시름을 한탄한 것이다. 그해 담헌 홍대용은 영천군수로 있을 때이며, 얼룩소 두 마리, 농기구 다섯 가지, 줄 친 공책 스무 권, 돈 2백 냥을 보내면서 이렇게 당부하였다.

"산중에 계시니 밭을 사서 농사를 짓지 않을 수 없을 테지요. 그리고 의당 책을 저술하여 후세에 전해야 할 것이외다."

이에 대한 연암의 답신이 있다.

"제가 언덕과 골짜기 하나씩 일군 지 오늘에야 9년이 지났습니다. 풍찬노숙(風餐露宿)하며 그저 양손을 불끈 쥐고 마음은 고달프고 재주조차 없으니 어디 성취한 것이 있습니까? 겨우 자갈밭 몇 이랑에 초가삼간 가졌답니다.

그런데 낭떠러지 절벽과 감싸 안고 있는 골짜기에 초목이 빽빽이 들어차 산의 초입에는 자그마한 길조차 없습니다. 산골짜기 입구에 들어서면 산자락은 간데없고 길조차 없답니다.

산등성이는 평평하고 기슭은 야트막하여 아름답습니다. 흙 빛깔은 희고 깨끗하며 모래알은 투명하고 지세(地勢)는 넓게 툭 트였는데 남향으로 조그만 집을 엮었습니다. 그래도 쉴 만한 공간으로 안성맞춤입니다.

집 앞 왼편으론 깎아지른 듯 서 있는 푸른 절벽은 그림병풍 같고, 바위틈 사이로 제비들이 둥지를 틀었으니 이것을 나는 제비바위라 부릅니다.

그리고 아래로 시냇물이 흐르는데 여기가 제 낚시터입니다. 물고기가 제법 많습니다. 저녁노을이 비치고 경치가 어울리며 그림자가 물에 반사되어 바위 위를 비추니 여기가 바로 그림의 그 골짜기입니다.

산이 굽이치고 물이 돌아 사방에는 마을이라고는 없습니다. 큰길을 가서 7, 8리를 가야 개소리, 닭소리가 들립니다. 지난 가을 모여들어 이웃집을 이룬 것도 겨우 서넛에 지나지 않습니다. 사람들이 누더기 옷에 얼굴은 귀신 형상으로 떠들고 있는데 아주 부자연스럽습니다. 저는 오랑캐와 이웃하고 사는 것과 다를 게 없어요.

호랑이와 표범이 이웃이고 족제비와 날다람쥐가 벗이 되니 그 험하고 외지다고 하더라도 마음은 이곳이 편합니다. 더구나 형수를 집 뒤에 장례 치른 뒤 옮겨갈 수 없는 땅이 되었답니다. 채소와 고사리는 통통하게 살이 올라 한 번 캐면 대바구니 그득하답니다."

연암은 음률을 잘 분별하였고, 담헌은 악률이 밝았다. 연암이 담헌의 집에 들른 적이 있는데, 들보 위에 양금(洋琴)이 있는 것을 보았다. 연암은 그것을 가져와 보게 했다.

담헌은 웃으면서 "곡도 없는데 무엇을 하시려고요?"라고 했다. 연암은 작은 나뭇조각으로 쳐보면서 "거문고를 가져와 보세요. 줄을 따라 대조해가며 쳐보아 음이 어울리는지 확인할 수 있습니다."라고 했다.

연암은 몇 차례 해보고 음계를 맞춘 것이다. 당시 거문고를 잘하던 김억(金億)*이란 사람이 있었다. 그는 새로 조율한 양금을 즐기기 위

*중인층 출신 음악가. 박지원, 김용겸, 홍대용 등과 자주 어울려 음악회를 가졌다.

해 담헌 집을 찾았다.

홍대용의 글에는 독서일기, 고증, 잠언, 생활 묘사, 자연의 풍광, 동식물의 생태 등 다양한 내용이 담겨 있다. 관행에 비추어볼 때 이런 글은 문사의 글쓰기로 취급 받기 어려운 것들이다. 이런 자잘한 글은 경술(經術, 경서를 연구하는 학문)이나 이념을 담는 문장, 전범이나 고전의 격식을 갖춘 문장과는 완전히 다른 자리에 놓인다.

담헌 홍대용은 연암에게 서양 문물의 웅대함을 눈뜨게 해 준 인물이다. 마흔넷 나이에 홍대용은 미관말직에서 사헌부 감찰을 거쳐 태인현감으로 갔다. 이때 연암이 중국 길에 나서자 중국에 있던 학자들을 소개시켜 주었다. 그리고 담헌 홍대용은 1783년(정조 7년) 53살의 나이로 숨을 거두었다.

다음으로 연암이 아주 아낀 후배가 바로 이덕무다. 그는 자잘한 메모와도 같고, 힘들이지 않은 에세이와도 같은 글들을 쓰는 데 주력했다. 그가 생각하는 좋은 글이란 세계와 직접 대면해서 개성이 살아 있는 자기만의 표현을 찾을 때 이루어진다고 생각했다.

그래서 형이상학의 관념 세계보다 천지자연의 미묘한 움직임, 은미한 자연 세계, 자잘한 생활 세계가 더 중요했다. 그리고 그런 세계를 관찰할 수 있는 현미경적인 시야가 더 필요했다. 이덕무는 가끔 자신을 비난하는 소리를 들으면 스승이자 절친한 선배였던 박지원에게 하소연을 하였다.

28

연암 박지원은 그에게 '진정한 글쓰기가 무엇인가'에 관한 서신을 교환하며 힘을 북돋았다. 이덕무가 명청(明淸) 대의 소품체를 만나 재창조한 글쓰기는 의의가 자못 크다. 바로 고문의 격식과 문체, 성명(性命)과 치도(治道)를 문장의 도로 삼아야 한다는 글쓰기의 절대원칙에 의문을 던졌기 때문이다.

정조는 규장각 검서관 이덕무(李德懋)에게 추석 이틀 지나 산[活]게 10마리를 선물로 내려줬다. 임금이 매달 종묘에 햇것을 올리는 천신(薦新) 품목 중에서 게는 8월 품목의 으뜸이었다. 서자 출신이라 높은 벼슬엔 오르지 못했지만 학식과 글이 뛰어났던 이덕무를 정조가 얼마나 아꼈는지 보여 주는 대목이다.

〈책만 읽을 줄 아는 가난한 선비〉

을유년 겨울 11월 공부방이 추워 뜰아래 작은 띳집으로 거처를 옮겼다. 집이 몹시 누추하여 벽에 언 얼음이 뺨을 비추고 방구들의 그을음 때문에 눈이 시었다. 바닥은 들쭉날쭉해서 그릇을 두면 물이 엎질러지곤 했다. 햇살이 비쳐 올라오면 쌓였던 눈이 녹아 스며들었다. 띠에서 누런 국물 같은 것이 뚝뚝 떨어졌다. 손님의 도포에 한 방울이라도 떨어지면 손님이 크게 놀라 일어나는 바람에 내가 사과하곤 했다. 하지만 게을러 능히 집을 수리하지는 못하였다. 어린 아우와 함께 석 달 간 이곳을 지켰지만 글 읽는 소리가 그치지 않았다. 세 차례나 큰 눈을 겪었다.

매번 눈이 오면 이웃에 키 작은 늙은이가 꼭 대빗자루를 들고 새벽에 문을 두드리며 혀를 끌끌 차면서 혼자 말하곤 했다.

"불쌍하구먼. 연약한 수재가 얼지는 않았는가?"

먼저 길을 내고는 그 다음에 문 밖에 신발이 묻힌 것을 찾아다가 쳐서 이를 털고 재빨리 눈을 들어 둥글게 세 무더기를 만들어놓고 가곤 하였다. 나는 그 사이에 이불 속에서 옛글 서너 편을 벌써 외우곤 하였다.

조선의 책벌레라던 이덕무는 자신의 궁핍한 생활의 경험을 자괴적으로 털어놓으면서도 끝내 해학을 놓지 않는다. 그래서 더 아프게 읽히는 그의 문장이다.

"내 집에서 가장 좋은 물건은 단지 맹자 일곱 편뿐인데 오랜 굶주림을 견디다 못해 끝내는 200전에 팔아 버렸고, 그 돈으로 밥을 잔뜩 해먹고 희희낙락하며 영재(유득공)에게 달려가 크게 자랑했다오. 영재도 굶주린 지 이미 오래 되었던 터라, 내 말을 듣고는 즉시 《좌씨전》을 팔아서 남은 돈으로 나에게 술을 사 주더군.

이 어찌 맹자가 몸소 밥을 지어 나를 먹여 주고, 좌씨가 손수 술을 따라 내게 권하는 것과 무에 다르겠소. 이에 맹자와 좌씨를 한없이 찬송하였소. 그렇지만 우리들이 만약 해를 마치도록 이 두 책을 읽기만 했더라면 어찌 일찍이 조금의 굶주림인들 구할 수 있었겠소."

　그래서 나는 겨우 알았소. 책 읽어 부귀를 구한다는 것은 모두 요행의 꾀일 뿐이니, 곧장 팔아치워 한 번 거나하게 취하고 배불리 먹기를 도모하는 것이 박실(樸實)함이 될 뿐 거짓 꾸미는 것이 아니라는 것을 말이오. 그대는 어떻소?

<이덕무가 이서구에게 보낸 편지>

　좀 까탈스런 후배, 박제가는 규장각에 소장된 그 많은 책들을 밤낮을 가리지 않고 읽었고 동료 학자들과 끊임없이 토론을 거듭했다. 뿐만 아니라 후한 녹봉을 받으며 가난을 벗어날 수 있었기에 경제적으로 연암 박지원에게 많은 도움을 주었다. 또한 조정의 일을 끝마치면 탑골 주변 박지원 집에 모여 술과 시로 즐거운 나날을 보낼 수 있었다.

　<천년 뒤에도 천만 명의 사람과는 다른 사람으로 남고 싶다>는 그의 말에서 천재적 호기와 방달(放達)한 기운까지 느껴진다. 서얼을 무시하는 사회에서 일찌감치 과거를 포기했으나 현실에 굴종하지 않았다. 그는 경세의 의지를 세상에 거침없이 드러낸 행동가였다.

　박제가는 1778년 29살 연행(燕行)을 통해서 거대한 문명과 대지의 숨결을 직접 목도한다. 박제가는 문학 분야 뿐아니라 모든 것에 혁신을 주장했다. 기성의 모든 제도를 부정하고 혁신을 한평생 신념으

로 부르짖었다. "요즘 사람들은 아교로 붙이고 칠을 바른 속된 눈꺼풀을 가지고 있어 눈을 뜨려고 해도 뜰 수가 없다."라고 했다.

박제가는 양반가의 서자로 태어났다. 그는 소북(小北) 출신 정치인과 교류가 잦았다. 정치적으로나 인간 관계로나 집권 세력에 비해 힘이 약하고, 소수인 당파의 일원이며, 더구나 서얼이었기 때문에 그는 사상이나 인맥에서 상대적으로 자유로울 수 있었다.

박제가는 평생 사람을 찾으러 다녔다. 그리고 자신의 능력을 인정받고자 하였으나 항상 고독한 편이었다. 검서관이 되어 나흘에 한 번 퇴근하는 아버지를 오랜만에 보고 반기는 어린 아들딸의 행동을 묘사한 작품인 아래 시에도 고독함이 묻어 있다.

어린 아들이 나를 거의 보지 못하여 / 다가오다 돌아서서 머뭇거리고 어미의 무릎에 가더니 / 언뜻 돌아보는 그 모습 두꺼비 같다. / 큰 딸은 열 살 남짓인데 뒤질세라 다가와 반찬 권하며 / 무릎 곁에서 뱅뱅 돌며 소매 붙잡네. / 그 모습이 옛 인장 끈에 새끼 사자 웅크린 걸 그려 놓은 듯하다.

그는 또한 그림을 우습게 여기는 풍조에 대해 일침을 놓는다.

서화의 기예 됨이 진정 작기는 하지만 유학자들이 그것을 버리고 말하지 않는 것 또한 잘못된 일이다. 요즘 사람들 중에 인물의 측면

을 그린 그림을 보고 나머지 귀 하나를 찾으려는 자들이 있는데, 이
들이 대개 그런 사람들이다. 이는 곧 그들의 안중에 있는 물건이 특
별한 것이 아님을 그대로 드러내는 것이다.

10년 동안 임금 곁에서 일을 보던 박제가는 시력을 잃어 버렸다. 그
의 왼쪽 눈은 사물이 영 보이지 않아서 안경을 써도 아무런 효과가 없
었다. 그의 나이 40대 초반, 그 자신의 불행임은 물론 조선이란 나라
의 개혁을 위해서도 불행한 일이었다.

정조는 그를 부여현감으로 보냈다. 현감 생활 2년 후 정조는 임금
앞에서 무재(武才) 시험을 보게 했다. 그리고 박제가는 오위장(五衛
將)이란 직책을 받은 것이다. 그리고 1년 무관 생활을 하다 외직 영평
현령*이 되었다. 그리고 다시《진북학의(進北學議)》를 완성했다.

그런데 정조가 죽고 1801년(순조 1) 세 번째로 청나라에 다녀왔다.
북학이론을 더욱 완숙한 경지에 이르게 되었으며 안동 김씨들은 남
인 시파를 몰아내고 정권을 잡으면서 천주교를 구실로 탄압을 시작
했다.

임시발(任時發)이 박제가가 흉서를 돌렸다는 무고를 하고 그 혐의
를 씌워 종성으로 유배를 보냈다. 박제가는 4년 간의 유배 생활을 겪
은 끝에 1805년 와서야 풀려났다. 그는 귀양살이에서 풀려난 지 한
달 남짓 가족과 지내다가 죽었다.

---

* 경기도 포천 영중(永中) · 일동 · 이동 · 영북면(永北面) 지역을 관할한 조선시대의 행정 구역.

은둔 생활을 청산하다

17 80년(정조 4) 홍국영의 갑작스런 실각과 더불어 그에 대한 탄압이 진정되는 기미를 보이자 연암은 은둔 생활을 청산하고 마침 삼종형(팔촌이 되는 형) 박명원이 중국을 가게 되어 그도 그 기회 연행(燕行)의 기회를 얻게 되었다.

1780년 5월 청나라 건륭 황제의 고희(70살 생일)를 축하하기 위해 박명원이 인솔하는 특별 사행을 파견하였는데 여기에 연암이 개인 수행원 자격으로 참여하게 된 것이다

일행은 6월 압록강을 건넌 뒤, 만주 일대를 거쳐 8월 초 북경에 도착했다. 그런데 뜻밖에도 당시 건륭 황제가 머물고 있던 열하(熱河) 행궁(行宮) 만수절 예식에 참석하라는 특명이 하달되어, 삼사를 위시한 사절단의 일부가 황급히 그곳으로 떠나야만 했다. 이에 연암은 이전 조선 사절단이 한 번도 가 본 적이 없는 열하 여행을 하는 좋은 기

회를 맞은 것이다.

열하는 중국 하북성 동북부의 무열하(武烈河) 서안에 위치하고 있는 국경 도시로서 건륭 황제가 이곳에 거대한 별궁을 완성하고 거의 매년 방문하여 체류하면서 북경에 버금가는 정치적 중심지로 발전하게 되었다.

청의 국력이 최고조에 달했던 건륭 황제 치세 기간 중에 열하(烈河)는 황제를 알현하러 모여든 몽골·티베트·위구르 등지의 외교 사절들로 일대 성시를 이루었다.

한편 연암은 열하 체류 중에 숙소인 태학(太學)에서 청의 전 대리시경 윤가전(尹嘉銓, 1711~1781), 거인(擧人)* 왕민호 등과 거의 매일 밤 만나다시피 하며, 중국 고금의 역사·정치·음악·문예·풍속 등 광범위한 주제를 놓고 필담을 나누었다.

이를 통해 연암은 주자학에서 고증학으로 넘어가던 당시 청나라 학풍을 느낄 수 있었고, 만주족 지배에 대한 한족의 저항 의식을 조금씩 체감할 수 있었다.

연암은 홍대용이 주장한 지구 자전설을 소개하여 그들을 놀라게 했다. 왕민호는 연암을 가리켜 '해상(海上)의 이인(異人)'이라고까지 칭송하였다.

건륭 황제 만수절 행사에 참여한 후 조선 사절단은 열하를 떠나 다

---

* 옛날 중국에서 향시에 합격한 사람에게 수여되었던 자격.

시 북경으로 돌아와 약 한 달 간 머물다가 9월 중순 북경을 출발, 그해 10월 말 한양에 도착하였다.

　귀국 즉시 연암은 중국 여행 중에 써 두었던 방대한 원고를 정리, 편집하는 작업에 착수하여 수년 동안 심혈을 기울였다. 그리고 1783년 일단 탈고를 하는데, 이를 〈열하일기(熱河日記)〉라고 붙였다. 그런데 열하일기는 연암이 이를 미처 완성하기도 전에 일부 원고들이 유출되어 전사(傳寫)되었을 정도로 문단에 커다란 반향을 불러일으키고 있었으며 그의 작가적 명성을 드높여 주었다.

　그러나 그의 집안에서 손자뻘 되는 박남수(朴南壽, 1758~1787)가 비록 취중이긴 하지만 연암이 낭독하던 열하일기의 원고를 빼앗아 불사르려 한 것으로 미루어 보수적인 문인들로부터는 상당한 비판을 받고 있음이 확실했다.

* * *

　1787년 7월 연암의 형(박희원)이 죽었다. 연암은 그 슬픔을 시로 읊었다. 연암의 큰 아들 박종의가 외아들로 입적되어 상주 노릇을 했다. 연암은 두 아들이 있었는데, 큰 아들은 종의(宗儀, 1766~1815)와 둘째 아들 종채(宗采, 1780~1835)가 있고, 종채는 경산현령을 지냈다. 그리고 조선조 말 정승을 지낸 박규수(朴珪壽, 1807~1876)는 종채의 아들이다.

우리 형님 얼굴은 누굴 닮았나?

아버지 생각나면 형님을 봤지.

이제 형님 생각나면 누굴 보나?

시냇물에 내 얼굴을 비추어보네.

我兄顔髮曾誰似 每憶先君看我兄

今日思兄何處見 自將巾袂映溪行

〈燕巖憶先兄〉

1788년 임금 정조는 과거를 거부하는 유생들을 대신하여 조상 덕
분에 과거시험을 치르지 않고 벼슬하는 관원들에게 시험을 보게 하
였다. 유생들이 과거 시험을 거부한 일은 2년 전 은언군(영조의 손자이
며 상계군의 부친)이 상계군을 독살하였다는 소문이 파다하여 그에 대
한 임금의 강력한 처벌을 요구하면서 빚어진 일이다.

상계군 독살 사건으로 1786년(정조 10) 12월, 상계군의 관직을 삭
탈하였다. 이미 죽은 사람이지만 그의 죄가 인정된 것이다. 그리고 그
의 부친 은언군과 그 가족을 강화도로 유배 보낸 사건이다.

1788년 6월 이조에서는 연암의 임기가 6일 남아 있는 상태라 관례
상 그를 승진 대상자 명단에 포함시키려 했다. 나이도 많고 임기를 불
과 6일 남기고 있었기 때문이다.

그러나 연암은 "내 평생 구차한 짓을 한 적이 없다."며 철저하게 거
부하여 결국 1789년, 연암의 나이 53살, 6월에 물가(物價)와 도량형

(度量衡) 등에 관한 일을 맡아 상인을 보호하는 관아인 평시서 주부로 승진하였다. 그리고 임금은 수원 현릉원 행차 시 편리함을 위해 한강에 주교를 설치할 것을 주문하였다.

그리고 주교가 완성된 것을 축하하는 자리에 훈련대장을 시켜 연암을 불러올리게 한 것이다. 하지만 연암은 학질을 심하게 앓고 있었으며 거듭된 임금의 요청을 사양하지 못하고 참석하여 거뜬하게 술을 마시고 돌아왔다.

그의 아들이 아비를 추억하다

아버지는 키가 크고 풍채가 좋으셨으며 용모가 엄숙하고 단정하셨다. 무릎을 모아 조용히 앉아 계실 때면 늠름하여 범접할 수 없는 위엄이 있었다.

이영원(李英遠)은 나에게 이런 말씀을 하셨다.

"자네 춘부장은 그 풍채가 다른 사람을 압도하고 감복시키기에 충분하네. 설사 많은 사람이 모여 있는 자리라도 자네 춘부장이 들어서면 곧 좌중이 압도당하는 인물이지. 담론을 하다가도 자네 춘부장을 보면 모두 고개를 들어 주목했으며 조용히 청하여 소란하지도 않았지. 또한 당신이 이야기할 때면 아무도 중간에 끼어들지 못하였네."

아버지는 사람을 대할 때 언제나 격의 없이 대했다. 그러나 마음에 맞지 않은 인물이 있거나 자신이 말할 때 중간에 끼어드는 사람이 있으면 기분이 상해, 하루 종일 그 사람과 마주하고도 한 마디도 하지 않았다. 친한 사람들은 그런 아버지의 성품에 대해 단점이라 말하였지만 싫은 것을 숨기길 싫어하는 당신의 성품은 타고난 것이었다.

또한 거짓을 꾸미거나 아첨을 하거나 하면 그것을 무척 싫어하였으며 용납하지도 않았다. 그리하여 한번 누구를 위선적이거나 비루한 자(者)로 판단하면 그 사람이 아무리 친하게 지내려 하여도 마음을 닫고 절대 따라주지 않았다.

이런 당신의 태도에 "이것은 내 기질에서 연유하는 병통이라 어찌 고쳐볼 수 없다. 고치려고 노력은 해보았지만 고칠 수 없었다. 내가 평생 고초를 겪는 것은 아마도 이런 기질 때문이다."라고 말씀하신 적이 있다.

아아, 슬프다!

사람들은 말들을 합니다. 문장에는 정해진 품평이 있고 인물에는 정해진 평판이 있다고. 그러나 공을 제대로 알지 못하니 어찌 그럴 수 있겠습니까? 마치 저 굉장한 보물이 크고 아름답고 기이하고 빼어나나 마음과 눈으로 보지 못하면 이름 하기 어려운 것과 같지요.

용을 아로새긴 보물 솥은 밥하는 솥으로 쓸 수 없고, 옥으로 만든 술잔은 호리병이나 질그릇엔 어울리지 않지요. 보검이나 큰 구슬은 시장에서 살 수 없는 법이고, 하늘이 내린 글이나 신비한 비결은 보통의 책상자 속에 있을 턱이 없지요.

신령한 구슬은 잊은 걸 생각나게 하지요. 끊어진 줄을 잇는 아교가 있는가 하면 혼을 부르는 향도 있답니다. 그러나 처음 듣고 처음 보면 이상하고 기괴할 밖에요. 그래서 한번 써보지도 않고서 대수롭지 않게 생각하지요.

아아, 우리 공의 명성은 어찌 그리 성대하며 누가 그 심오한 이치를 깨달을는지? 우리 공은 남과 화합하지 못해서 이웃이 드물었지요. 제자들은 땀을 뻘뻘 흘리면서 공을 따라 배우려 했었지요. 세상에 크게 쓰이지 못한 공을 위해 그 누가 탄식하겠습니까? 나의 서투른 글 솜씨를 때로 칭찬해 주시기도 하였으며 상자에 지으신 글 100편을 넣어두시고는 제가 비평해 주는 걸 좋아하셨더랬지요.

아아! 우리 공은 그 사람이 연배를 넘어서 선배에까지 미쳤었지요. 우리 아버지께서 감복한 건 그 고결함과 지조 때문이었으니 잘 알려지지 않은 언행과 덕행을 제문에다 낱낱이 쓰려 하다 왜 붓을 들지 않았는지요?

저는 형제가 없어 공을 형님처럼 여겼지요. 머리가 허옇도록 늘 그랬으니 새삼 무얼 말하겠습니까? 숲이 우거진 저 무덤은 옛날 사시던 연암골에 가까운데 현숙했던 부인께서 먼저 잠들어 계시지요. 추운 새벽 발인하니 눈과 얼음 가득하고, 병으로 멀리 전송하지 못하옵고 홀로 서서 길게 통곡하옵네다.

<처남 이재성이 연암의 묘지에 올린 제문>

연암은 생긴 것과는 달리 따뜻한 가슴을 갖고 있었다. 특히 그가 누이에 대한 연민의 정을 글로 적은 것을 보면 가슴 따뜻한 남자라는 것을 알 수 있다. 다음 글은 연암이 가장 아끼던 큰 누이가 죽자 제문으로 남긴 글인데 그리움이 가슴에 아플 정도로 마음을 울리는 글이다.

아아! 누님이 시집가던 날 새벽 화장하던 것이 어제 일만 같구나. 나는 그때 갓 여덟 살이었다. 장난치며 누워 발을 동동 구르며 새신랑의 말투를 흉내내어 말을 더듬거리며 점잔을 빼니, 누님은 그만 부끄러워 빗을 떨어뜨리어 내 이마를 맞추었다. 나는 성나 울면서 먹을 분에 뒤섞고, 침으로 거울을 더럽혔다. 그러자 누님은 옥오리, 금빛 따위 패물을 꺼내 내게 뇌물로 주면서 울음을 그치게 하였다. 지금부터 스물여덟 해 전의 일이다.

강가에 말을 세워 놓고 나룻배가 가는 것을 멀리 바라보았다. 붉은 명정이 바람에 펄럭이고 돛대 그림자가 어른거리다가 산모퉁이를 돌아 나무에 가려지면서 다시는 더 보이지 않았다.

강 위에 멀리 서 있는 산은 푸르러 누님의 머리채 같고 강물의 풍광은 거울 같고 새벽달은 눈썹과 같았다. 눈물지으며 빗을 떨어뜨리던 때를 생각하니 유독 어렸을 때 일이 가장 똑똑히 기억되고 또 기쁨과 즐거움이 많았던 것 같다.

길고 긴 세월 중에 언제나 괴로움, 이별, 우환, 가난으로 문득문득 꿈속을 살아온 듯한데 형제로 지내던 날은 어찌 그리도 빠르게 지나갔을까? 떠나는 사람 거듭 훗날의 기약을 남겨도 보내는 이의 옷을 눈물 젖게 하건만 쪽배로 이제 떠나면 언제 다시 오려나. 보내는 자 부질없이 언덕 위로 발길을 돌이키네.

이덕무는 이런 연암의 글쓰기 "사람을 까닭 모르게 눈물 흐르게 한다."고 말하였다. 연암의 친척 가운데 서로 가장 뜻이 맞는 사람은 박명원(朴明源)과 박재원(朴在源)*을 들고 있다. 또한 좌원과 우원은 그의 아우들이다. 이들과 이양회는 모두 연암과 비슷한 연배들이다.

우리 집안은 신임사화** 때까지 언론이 본디 청준(淸峻)하였으나 다만 다투어 변론하기를 좋아하지는 않았다. 대개 집안에 의견이 많았기 때문이다. 선군(박지원)이 강가 별장에 계실 때 선군의 삼종형 좌원(左源) 및 우원(右源) 형제분과 이공량(李公良)이 모였으니, 모두 소론을 주장하는 집안이었으나 선군과 정이 매우 도타웠다.

---

* 홍국영 실각에 결정적인 역할을 한 사람.
** 1721년(경종 1)~1722년 왕통 문제와 관련하여 소론이 노론을 숙청한 사건. 경종 즉위 후 1년 만에 노론이 연잉군(뒤에 영조)을 세제로 책봉하는 일을 하고 세제의 대리청정을 강행하려 하자 소론이 이를 경종을 제거하려는 계획이라고 하여 노론을 숙청하였다.

담론을 하다 당론에 관계된 이야기가 나오면 지론이 자못 어긋나자 선군은 정색을 하고 "자네들과 하루 토론을 해볼까?" 하시곤 마침내 위로 노론과 소론이 갈라지게 된 근원부터 신임사화의 본말까지 마음 씀씀이가 바르지 못하여 굽은 곳과 모진 곳의 반복, 무상함을 두루 거론하여 따져 지적하였다.

세 사람은 번갈아 거론하여 서로 문제를 제기하였으나 선군은 혼자 대응하면서 무릇 사흘 밤낮에 이르렀지만 조금도 뜻이 꺾이거나 빼앗기지 않으셨다. 종종 사나운 말과 높은 소리가 나오고 손에 쥐고 있던 접부채와 여의(如意)* 등속을 쳐서 모두 부서졌다. 제공(諸公)들은 모두 크게 웃고 자리를 마치면 "연암의 당론이 썩 두렵네." 하였다.

그러나 연암은 노론 벽파 심환지 등이 적극적으로 끌어들이려는 것을 완곡하게 거부하였다.

처남 이재성과 김기무, 큰사위 이종목과 작은 사위 이겸수를 초대하여 물가에서 술을 마시고 글을 짓는 자리를 가졌다. 이때가 계축년 (1793) 봄이었는데, 왕희지의 난정고사(蘭亭故事)를 본뜬 술자리를 마련해 흐르는 물에 술잔을 띄워 시를 읊었다.

처남 이재성은 편지 글에서 안의현감으로 있던 연암에 대해 이렇게 평했다.

---

* 독경이나 설법을 할 때 강사인 스님이 들고 있는 막대기.

"나는 화림(안의현)에 도착해 40일 동안 하풍 죽로당에 거처하였소. 당시 풍년이 든데다가 관아에 일이 없어 한가했으며, 사또 또한 일찍 업무를 끝내고 해가 뉘엿뉘엇 질 무렵이면 객들이 묵고 있는 곳으로 찾아 왔다오.

그리고 예스러운 거문고와 운치 있는 율동이, 잘 정돈된 책들과 아담한 칼이 있었소이다. 그리고 곁에는 종종 시에 능한 승려와 이름난 기생이 있었소이다.

술이 거나해지면 천고의 문장에 대해 마음껏 토론이 있었으니, 당시의 즐거움은 1백 년 인생과 맞바꿀 만했다오. 내가 훗날 화림과 같이 아름다운 고장에서 살아 갈 수 있을지는 모르지만, 연암과 같은 객을 얻을 수는 없을 것이오."

연암, 술에 얽힌 일화

연암은 젊을 적에는 술을 잘 먹지 않았는데, 과거를 단념하고 산수를 유람하면서 술을 마셨다. 그러나 비록 술자리에 어울려도 취하는 일은 없었다.

말년에 연암골을 다시 찾았을 때 개성유수 구상(具庠)은 연암과 잘 알지 못하는 사이였으나 연암이 개성을 지나간다는 말을 듣고 그를 맞이했다. 두 사람은 오랜 친구를 만난 것처럼 기뻐하여 큰 술병을 가지고 와서 함께 취하도록 마시자고 한 것이다.

이미 연암은 큰 술 잔으로 네댓 잔을 마신 상태였다. 구상은 커다란 사발로 술을 돌리기 시작했다. 구상도 술이라면 지지 않는 실력을 가진 인물이었다.

두 사람은 아주 늦은 밤까지 술을 마셨고 개성유수 구상은 대취하여 가마에 부축을 받으며 돌아갔다. 그런데 연암은 다른 방에 기거하고 있던 손님들을 불러 들여 "그대들이 나 때문에 그만 하룻밤 유숙하며 즐거움을 맛보는 것을 잃어 버렸으니 내가 한 잔 사겠다."고 하면서 그날 꼬박 술을 마시었다.

그렇게 하룻밤을 술로 지새우고 다음날 아침을 먹고 동이 틀 때까지 태연히 담소를 나누다가 아침을 먹고 말에 훌쩍 올라 길을 나선 것이다.

이날 주인은 술자리에서 먹은 술잔을 계산하니 유수가 마신 것이 마흔두 잔이었고 연암이 전후 두 차례의 술자리에서 마신 건 도합 오십여 잔, 그래서 거의 구십여 잔을 먹은 것은 마을 사람들에게 두고두고 내려오는 전설 같은 이야기다.

다음 글은 술친구들과 밤새 문학과 철학을 논하다가 다음 날 술이 덜 깬 상황에서 문득 친구들에게 술에 대한 경계심을 고취하기 위해 쓴 글이다. 이 글에서 그는 술에 대한 해박한 지식도 갖고 있는 듯하다.

옛 사람이 술을 경계한 것이 아주 심했다 할 만하네. 술에 부림당하는 것을 주정한다[酗] 하니 그 흉덕(凶德)을 경계한 것이요, 술그릇 중에 주(舟)가 있으니 뒤집어져 빠지는 것을 경계한 것일세. 술독[罍]이란 글자는 괴롭다[纍]는 글자와 관계되고, 술잔[罌]이란 글자는 혹독하다[嚴]는 글자에서 빌려온 것이네. 잔[盃]이란 글자는 그릇이 아니라[不皿]는 뜻이고, 잔[卮]이란 글자는 위험하다(危)는 글자와 비슷하지 않은가. 뿔잔[觥]이란 글자는 부딪침[觸]

을 경계한 것이고, 잔(盞)이란 글자는 창[戈] 두 개를 그릇[皿] 위에 얹은 것이니 서로 다툼을 경계한 것이지.

술통[樽]이란 글자는 절제하라[撙節]는 뜻을 나타내고, 술 따르는 그릇[禁]은 금하고 억제하라[禁制]는 말이라네. 죽음을 따르는 것[從卒]이 취함[醉]이 되고, 삶에 속하는 것[屬生]이 술깸[醒]인 것이지. 주관(周官)은 평씨(萍氏)가 술을 맡았는데, 《본초강목(本草綱目)》을 살펴보니, 부평초가 능히 술을 깨게 한다고 했더군. 우리들이 술을 즐김은 옛 사람보다 더하나 옛 사람이 경계를 드리운 뜻에는 어두우니, 어찌 크게 두려워하지 않겠는가? 원컨대 이후로 우리가 술을 앞에 두면 문득 옛 사람이 글자를 만들었던 뜻을 생각하고, 여기에 더하여 옛 사람이 만든 그릇의 이름을 살피기로 하세. 어떠한가?

연암은 그러나 어느 날에는 하루 종일 대청에 앉아 무언가 골똘하게 응시하는 버릇도 있다. 그는 지극히 미미한 사물, 즉 풀, 꽃, 새, 벌레들의 움직임을 혼자 관찰하다 불현듯 붓을 가지고 잔글씨로 종잇조각에 적어 두고 상자에 넣어 둔 다음 나중에 그것을 글로 옮기는 습관이 있었다.

그런데 그 종이상자를 모아 두고 한 10여 년 관직을 떠나 연암골에 다시 들어서서 그 글을 꺼내 보았는데, 눈이 어두워져 잔글씨를 볼 수 없게 되자 탄식하며 "안타깝구나! 벼슬살이 10년에 좋은 책 하나를 잃어 버리고 말았구나."고 아쉬워하기도 했다.

연암 선생이 기이하고 고풍스런 것을 좋아하여 옷을 풀어 헤치고

등잔 앞에서 춤을 추다가 술에 대취하자 먹을 갈라고 크게 소리쳐

재촉하네.

대접에 물 담아 죽 늘어놓고 술 푸는 그릇은 옆에 끼고

쓱쓱 붓 달리는 소리만 들리는구나.

마치 신이 내려서 멈추지 못하는 것 같으니

쓱 끌어서 삐치면 잎사귀가 되고, 잡아당기면 뿌리가 되어

농담이 저절로 푸른색을 이루네.

우러러 백 척의 소나무

곧고 구부러지고 쓰러질 듯 웅크리고 있는 기이한 바위

순식간에 허공에 두 눈을 불러내고

돌연 발톱이 생겨 진짜 용이 되네.

술에 취한 연암, 갑자기 박제가에게 먹을 갈라 하고 옷섶을 풀어 헤치고 큰 붓을 쓱 들어 백 척의 소나무를 그리는 듯하더니 기이한 바위가 되고 드디어 돌연 발톱 달린 용이 되었다는 내용의 시다.

박지원은 평소 남들로부터 그림을 그려 달라는 부탁을 많이 받을 만큼 그림을 잘 그렸지만 그것에 빠지지는 않았다고 한다. 박지원은 그림을 취미 이상으로 하지 않은 듯하다.

2부

어떻게
살아야 하나

수소완정하야방우기

_이서구가 쓴 글과 자신의 자화상

6월 어느 날, 밤에 낙서(洛瑞)가 나한테 왔다가 돌아가면서 이상한 글을 한 편 주었다.

"내가 연암 어른을 찾아가니 어른은 끼니를 거른 지 사흘째였다. 망건도 벗고 버선도 벗고 방의 창문에 발을 걸치고 누워서 행랑의 천한 것들과 말을 주고받고 있었다."

그가 쓴 글 내용이 이렇다.

5월 그믐에 서편 이웃으로부터 걸어 연암 어른 댁을 찾았다. 때마침 희미한 구름은 하늘에 걸렸고, 숲속에 걸린 달은 푸르스름하였다. 종소리가 울렸다. 처음엔 은은하더니 나중엔 둥둥 점차 커지는 것이 마치 물방울이 사방으로 흩어지는 것만 같았다. 이 어른이 댁에 계실까 생각하면서 골목으로 접어들었다. 먼저 그 집 들창을 살펴보았다. 등불이 비치고 있었다.

그 문으로 연암 선생이 들어섰다. 어른께서는 벌써 사흘째 끼니를 거르고 계셨다. 마침 맨발에 맨 상투로 창턱 위에 다리를 걸치고서 문간방의 아랫것과 서로 이야기를 주고받는 중이었다. 내가 온 것을 보시더니 옷을 고쳐 입고 앉으시고는, 고금(古今)의 치란(治亂)과 당대 문장명론(文章名論)의 파별동이(派別同異)를 자세히 말씀하시는 것이었다. 내가 듣고 몹시 기이하게 여겼다.

그때 밤은 하마 삼경으로 내려왔다. 우러러 창 밖을 보았다. 하늘 빛이 갑자기 열릴 듯 모여들어 은하수가 환해지는가 싶더니만 더욱 멀리로 날리어 이리저리 흔들렸다. 내가 놀라 말하였다.

"저건 어찌된 건가요?"

어른께서는 웃으며 말씀하셨다.

"자네, 그 옆을 좀 살펴보게."

옆을 살펴보니 등촉불이 막 꺼지려 하여 불꽃이 더 크게 흔들린 것이었다. 그제야 좀 전에 보았던 것이 이것과 서로 비치어서 그런 것임을 알았다.

잠시 후 등불이 꺼졌다. 두 사람은 캄캄한 방 가운데 앉아 웃고 얘기하며 자약(自若)하였다. 내가 말했다.

"예전에 말이죠. 어르신께서 저와 한 마을에 사실 때 한 번은 눈 오는 밤에 어르신을 찾아뵈었었지요. 어르신께서는 저를 위해 손수 술을 덥혀 주셨고요. 저도 손으로 떡을 집어 흙난로에다 구웠는데,

54

불기운이 올라와 손이 너무 뜨거워 자꾸만 떡을 재 속으로 떨어뜨리는 바람에 서로 보면서 몹시 즐거워했었지요. 이제 몇 해 사이에 어르신께선 머리가 벌써 하얗게 세시고, 저 또한 수염과 머리털이 희끗해졌군요."

이 말 때문에 서로 한참동안 슬퍼하며 탄식하였다. 이날 밤으로부터 13일이 지난 뒤에 이 글을 쓴다.

이 이상한 글의 주인공이 곧 나를 말함인데, 황해도 금천협 시골집이 있는 동리 이름이 연암으로 그 이름을 내 별호로 사람들이 부르고 있다.

우리 식솔들은 광릉(廣陵)에 살고 있었다. 내 본래 몸집이 비대해서 더위를 몹시 타는데다 풀과 나무가 울창해 여름밤의 모기와 파리도 견디기 어렵고 논고랑의 맹꽁이 떼가 밤낮없이 울어대는 것도 여간 시끄러워서 매번 여름 한철은 언제나 서울 집으로 피서를 와 살고 있었다.

서울 집이 비록 습하고 좁지만 모기, 맹꽁이, 풀과 나무로 인한 괴로움을 받을 일이 없어 좋았다. 다만 계집종 하나가 서울 집을 지켜주다가 갑자기 눈병이 나서 광증(狂症)으로 시달리는 주인을 버리고 달아나 밥을 지어 줄 사람이 없던 상황이었다.

그래 행랑 사람에게 의탁하려니 자연 친근해져야 했고 저희들도 나를 어렵게 대하지 않고 마치 노비 대하듯하고 있었다. 혼자 조용히 있자니 마음에 아무런 딴 생각도 나지 않고 가끔 시골집에서 온 편지를 받더라도 단지 편안하다는 글자나 훑어보고 있었다.

이러니 그만 덜렁거리고 게으른 것이 버릇이 되어 남의 경조사에 인사하는 것도 모두 그만두고 며칠씩 세면을 하지 않고, 혹 열흘이 넘도록 망건을 쓰지 않아도 되었다. 가끔 손님이 와도 어떤 때는 말하지 않고 조용히 앉아 있기만 하고, 어떤 때는 나무장수나 참외장수가 지나가면 불러들여서 그들에게 효도니 우애, 충성, 신용, 예의, 체면 등을 친절하게 몇 백 마디고 설명해 주기도 했다.

다른 이들은 나를 물정이 어둡고 수다가 많다고 나무라지만 이를 고치지 못하였다. 또 어떤 사람은 멀쩡한 집을 놔두고 혼자 객지살이를 하고, 아내가 있는데도 중처럼 지낸다고 비웃긴 하지만, 나는 마음이 느긋해져 아무 일도 없이 있는 것이 여간 만족스럽지 않다.

까치 새끼 한 마리가 분질러진 다리를 끌면서 절뚝거리고 다니는 것이 보기에 우스웠다. 그래서 밥풀이나 던져 주니 더욱 길이 들어 날마다 찾아와서 그도 아주 친한 사이가 되었다. 그래서 그것과 장난을 하며 "맹상군(孟嘗君)*은 전혀 없고 단지 평원군(平原君)**의 식객만 있구나."고 말해 주었다.

---

* 진(秦)나라 소양왕(昭襄王)의 초빙으로 재상(宰相)이 되었으나 의심을 받아 살해 위기에 처했을 때 좀도둑질과 닭울음소리를 잘 내는 식객들의 도움으로 위기를 모면하였다.
** 조나라 혜문왕(惠文王)의 동생이며, 맹상군(孟嘗君)·춘신군(春申君)·신릉군(信陵君) 등과 함께 '사군(四君)'의 한 사람으로 알려져 있다. 혜문왕·효성왕(孝成王) 시대(BC 298~BC 245)에 3차례에 걸쳐 재상이 되었으며, 현명하고 붙임성이 있어 식객(食客) 3,000명을 먹였다고 전해진다.

우리나라에서 돈의 단위를 문(文)이라고 하기 때문에 돈을 맹상군이라고 일컫는다. 졸다가 깨서 책을 보고, 보다가 또 졸아도 아무도 깨울 사람이 없어서 어떤 때는 하루 종일 내처 푹 자버리기도 하였다. 때때로 글을 지어 내 생각을 표현하기도 하고, 그러다가 피로를 느끼면 갓 배운 양금(洋琴)을 두어 가락 뜯기도 하였다.

어떤 친구가 술을 보내 주면 문득 일어나 퍼마셨다. 그리고 취한 뒤에는 스스로 예찬하여 "내가 내 몸만 아끼기는 양주(楊朱)와 같고, 모든 사람을 평등하게 사랑하기는 묵자(墨子)와 같고, 꼼짝 않고 앉아 있기는 노자와 같고, 마음이 넓어 구애 받지 않기는 장자와 같고, 참선을 하기는 석가와 같고, 이것저것 따지지 않기는 유하혜(柳下惠)와 같고, 술을 퍼 마시기는 죽림칠현의 유영(劉伶)과 같고, 남에게 밥을 얻어먹기는 한신(韓信)과 같고, 잠을 잘 자기는 진박(陳摶)과 같고, 거문고를 잘 타기는 자상호(子桑戶)와 같고, 책을 저술하기는 양웅(揚雄)과 같고, 스스로 유명 인물에 비유하기는 제갈량과 같으니, 나는 아마도 성인일 것인데, 다만 키만 크고 무능하기는 조교(曹交)에게 겸손해야 하고, 3일 굶어도 염치 찾기는 어릉중자(於陵仲子)에 양보해야 하니 그게 부끄럽다. 그게 부끄러워."라고 말하고 크게 혼자 웃었다.

그때 정말 나는 사흘째 끼니를 잇지 못하고 있었는데 행랑 사람이 남의 지붕을 이어 주고 받은 품삯으로 겨우 그날 저녁밥을 지어 주었다. 행랑 어린애가 밥투정을 하느라 울고 있자 행랑 사람은 화가 치밀어 밥사발을 엎어 개에게 주면서 "나가 뒈져라."고 고래고래 소리를 질렀다.

나는 밥을 먹고 곤하게 드러누워 송나라 장영(張詠)이 촉(蜀)의 지방관으로 있을 때 어린애를 목 베어 죽인 일을 들어서 이야기하고 또 평소에 가르치지 않고 욕만 하면 커서 은혜도 모르는 불효자가 된다고 타일러 가르쳤다.

고개를 들어 하늘을 보니 은하수는 지붕 위에 드리웠고 별똥이 서쪽으로 쭉 나가며 공중에 하얀 자국을 남긴다. 행랑 사람과 마저 이야기가 끝나지 않았을 때 낙서(洛瑞)가 오더니 "어르신은 혼자 누워 누구와 이야기 하느냐?"고 물었다.

또한 낙서가 이야기한 글에는 눈 오는 날, 떡을 구워먹던 때의 일을 기록하고 있다. 그것은 나의 옛집과 낙서의 집이 마주 있어서 그가 어려서부터 가끔 나를 찾아왔고 당시에는 찾아오는 손님도 많았으며 나도 세상에 대해서 의욕이 높았던 시절이었다.

금년 내 나이가 마흔도 못 되어 벌써 머리털이 하얗게 센 것을 보고 그 감개무량한 뜻을 표시한 것이다. 그러나 나는 이미 병들고 피로해져서 기백이 쇠하고 꺾였으며 세상에 대한 의욕도 담담히 사라져 버렸으니 다시는 그때의 내가 아니다.

증백영숙입기린협서

_ 백동수 세상을 완전히 등지다

영숙(永叔)*은 장수 집안의 자손이다. 그 선대에 충성으로 나라를 위해 죽은 이가 있으니, 지금까지 사대부들이 이를 슬퍼한다. 영숙은 전서와 예서에 능하고 장고(掌故)에 밝다.

젊어서 말 타기와 활쏘기에 뛰어나 무과에 뽑히었다. 비록 벼슬은 시명(時命)에 매인 바 되었으나, 임금에게 충성하고 나라를 위해 죽으려는 뜻만은 선조의 공덕을 잇기에 족함이 있었으니 사대부에게도 부끄럽지가 않다.

아아! 그런 영숙이 어찌하여 식솔을 이끌고서 예맥(강원도 두메산골)으로 들어가는가? 영숙이 일찍이 나를 위해 금천(金川)의 연암협(燕巖峽)에 거처를 잡아 준 일이 있었다.

---

*백동수(白東修, 1743~1816)이니 영숙(永叔)은 그의 편한 이름이다.

산이 깊고 길이 막혀 종일을 가도 사람 하나 만날 수 없었다. 서로 더불어 갈대 숲 가운데에 말을 세우고 채찍으로 높은 언덕배기를 구획 지으면서 말하였다.

"저 정도라면 울타리를 치고 뽕나무를 심을 수 있겠군. 갈대에 불을 질러 밭을 갈면, 한 해에 조를 천 석은 거둘 수 있겠네."

시험 삼아 쇠를 쳐서 바람을 타고 불을 놓으니, 꿩이 깍깍대며 놀라 날고, 새끼 노루가 앞으로 달아났다. 팔뚝을 걷고 이를 쫓다가 시냇물에 막혀 돌아와 서로 보고 깔깔 웃으며 말하였다.

"백년도 못되는 인생이 어찌 답답하게 목석같이 살면서, 조나 꿩, 토끼를 먹으며 지낼 수 있겠는가?"

이제 영숙은 기린협에서 살겠다고 한다. 송아지를 끌고 들어가 키워서 밭을 갈게 하겠다고 한다. 소금도 메주도 없는지라 아가위와 돌배로 장을 담그리라고 한다. 그 험하고 가로막혀 궁벽한 품이 연암협보다도 훨씬 심하니, 어찌 나와 견주어 같이 볼 수 있겠는가?

그러나 나는 갈림길 사이를 서성이면서 여태도 거취를 결정하지 못하고 있으니, 하물며 감히 영숙이 떠나는 것을 막을 수 있겠는가. 나는 그 뜻을 장하게 여길지언정 그 궁함을 슬퍼하지 않으련다.

불이당기

_ 선비는 궁한 뒤에야 제 모습이 드러난다

사함(士涵, 劉漢兼의 자)이 스스로 호를 죽원옹(竹園翁)이라 짓고 거처하는 집에 불이당(不移堂)이라 편액을 걸고는 나에게 서문을 지어 달라 청했다. 내가 일찍이 불이당의 마루에도 올라보고 뒤뜰을 거닐어도 보았지만 쭉 뻗은 대나무 한 그루도 볼 수 없었다. 내가 그를 돌아보고 웃으며 말하길, "이거야말로 소위 무하향(無何鄕), 오유 선생*의 집이 아닌가? 이름이란 알맹이의 껍질인데 나더러 빈 껍질을 두고 글을 지으란 말인가?"라고 했다.

사함이 머쓱해 하더니 "그저 내 뜻을 부쳐 보이려는 겁니다."라고 말했다. 나도 웃으며 말하였다.

"상심하지 말게. 내 장차 자네를 위해 이를 채워 줌세. 지난번에 학

---

*실제는 없는 허깨비 선생을 말한다.

사 이양천(李亮天)*이 한가롭게 지내며 매화시를 지었는데, 심사정(沈師正)의 묵매도(墨梅圖)를 얻어 시축(詩軸)에 얹었더랬네."

그리고 웃으며 내게 말하지 않겠나. "심하도다! 심씨가 그림을 그리는 것은. 능히 사물과 꼭 같게만 할 뿐이로다." 내가 의아해서 말했지. "그림을 그리면서 꼭 같게 그린다면 좋은 화가일 터인데, 학사께서는 어찌 웃으십니까?"

그러자 이양천 공은 이렇게 말했었네. "까닭이 있다네. 내가 예전에 이인상(李麟祥)과 노닐었는데, 일찍이 비단 한 폭을 보내 제갈공명 사당의 잣나무를 그려달라고 했었지. 이인상은 한참 있다가 고전 서체로 설부(雪賦)를 써서는 돌려보냈더군. 내가 전서를 얻고는 또 기뻐서 더욱 그 그림을 재촉했더니, 이인상이 웃으면서 "자네 아직 모르고 있었는가? 나는 진작 보냈다네." 하더군.

내가 깜짝 놀라 "지난번 온 것은 전서로 쓴 〈설부〉였을 뿐일세. 자네가 어찌 그것을 잊었단 말인가?" 이인상은 웃으며 말했지. "잣나무는 그 가운데 있다네. 대저 바람 소리가 모질다 보니 능히 변치 않을 것이 있겠는가? 자네 잣나무를 보고 싶거든 눈 속에서 구해 보게." 내가 그제야 웃으며 대답하였네. "그림을 구했건만 전서를 써주고, 눈을 보면서 변치 않는 것을 생각하라니, 잣나무와는 거리가 머네그려. 자네의 도(道)란 것이 너무 동떨어진 것이 아닌가?"

---

*연암의 처숙부 되는 이양천(李亮天, 1716~1755)이다. 그가 한가롭게 지낼 때 지은 매화 시축(詩軸)의 앞머리에 당대의 유명한 화가인 심사정(沈師正, 1707~1769)의 묵매도(墨梅圖)를 얻어 얹은 일이 있었다.

그런 일이 있은 뒤 내가 어떤 일을 임금에게 말하다 죄를 얻어, 흑산도 가운데 위리안치(圍籬安置) 되었었네. 일찍이 하루 낮 하루 밤에 7백 리를 내달리는데, 길에서 전하는 말이 금부도사가 장차 이르러 후명(後命), 즉 사약을 내리는 명령이 있을 거라는 게야. 하인들은 온통 놀라 떨며 울어댔지. 그때 날씨는 추운데 눈은 내리고, 앙상한 나무와 허물어진 벼랑은 들쭉날쭉 무너져 길을 막아 아무리 바라보아도 가없었다네.

그런데 바위 앞의 늙은 나무가 거꾸러져서도 가지를 드리우고 있었는데 마치 마른 대나무와 같지 뭔가. 내가 바야흐로 말을 세우고 도롱이를 걸치고 멀리 가리키며 기이함을 일컫고는, "이 어찌 이인상이 전서로 쓴 나무가 아니겠는가?"라고 하였었네.

위리안치 되고 나서는 장독(瘴毒)을 머금은 안개가 어두침침하고, 독사와 지네가 베개와 자리에 얽혀 있어 해를 입을지 헤아릴 길이 없었지. 어느 날 밤에는 큰 바람이 바다를 뒤흔들어 마치 벽력이 치는 듯하여 아랫것들은 모두 넋이 나가 구토하며 어지러워들 하였네. 내가 노래를 지어 말하기를, "남쪽바다 산호야 꺾인들 어떠하리. 오늘 밤 다만 구중궁궐이 추울까 걱정이다." 하였네.

이인상이 편지를 보내왔는데, "근자에 산호곡을 얻어 보매, 완미하면서도 상심하지 않아 원망하고 후회하는 뜻이 없으니, 능히 환난에 잘 대처해 가고 있더군. 지난번에 그대가 일찍이 잣나무를 그려 달라 하더니만, 그대 또한 그림을 잘 그린다고 말할 만하네그려.

그대가 떠난 뒤, 잣나무 그림 수십 폭이 서울에 남았는데, 모두 이조(吏曹)의 벼슬아치들이 끝이 모지라진 붓으로 베껴 그린 것이라네. 그런데도 그 굳센 줄기와 곧은 기운은 늠름하여 범할 수가 없고, 가지와 잎은 무성하여 어찌나 성대하던지?"라고 하였더군.

내가 나도 몰래 실소하고 나서 이렇게 말했다네. "이인상은 몰골도(沒骨圖), 즉 형체 없는 그림이라 말할 만하구나. 이로 말미암아 보건데, 좋은 그림이란 그 물건과 꼭 닮게 하는 데 있지 않을 뿐이라네." 나 또한 웃고 말았었지.

얼마 후 이양천 공은 세상을 뜨고 말았네. 내가 그 시문을 편집하다가 적소(謫所)에 있을 때 형에게 보낸 편지를 얻었는데, 쓰여 있기를 "근자에 아무개의 편지를 받아보니, 날 위해 당로자(當路者)에게 석방을 구해보려 한다는데, 어찌 저를 이리도 박하게 대우하는지요. 비록 바다 가운데서 썩어 죽을망정 나는 그리하지 않겠습니다."라고 하였었네.

내가 그 글을 읽고서 슬피 탄식하며 말하기를, "이양천 공은 참으로 눈 속의 잣나무로구나. 선비는 궁하게 된 뒤에 평소 품은 뜻이 드러나는 법이다. 환란과 재앙을 만나서도 그 절조를 고치지 아니하고, 높고도 외로이 우뚝 서서 그 뜻을 굽히지 않는 것은 어찌 날씨가 추워진 때라야 볼 수 있는 것이 아니겠는가?'라고 하였었네."

이제 우리 사함의 성품이 대나무를 사랑한다.

아아! 사함은 참으로 대나무를 아는 사람이란 말인가? 날씨가 추워진 뒤에 내 장차 그대의 집에 올라보고 그대의 동산을 거닐면서 눈 속에서 대나무를 구경해도 좋겠는가?

북학의서

__ 오랑캐도 본받아야

학문하는 길에는 특별한 방법이 없다. 모르는 것이 있으면 길가의 남모르는 사람을 붙잡고서라도 물어봄이 옳다. 부리는 종이라도 나보다 한 글자라도 많이 알고 있으면 우선 그들에게 배울 것이다.

자신이 남보다 못함을 부끄러워하면서도 자신보다 나은 사람에게 묻지 않는다면 이는 평생토록 고루하고 재주 없는 곳에 스스로를 고립시키는 것이다.

옛날 순임금은 농사짓고, 질그릇 굽고, 물고기 잡는 일에서부터 임금 노릇 하기에 이르기까지 남이 잘하는 것을 본받지 않는 것이 없었다. 공자는 "내가 젊은 시절 미천하였기에 막일을 잘하는 편이다."고 말한 것을 보면 그 일이란 것 역시 농사짓고, 질그릇 굽고, 물고기 잡는 일 따위였을 것이다.

비록 순임금과 공자같이 거룩하고 재주 많은 분도 스스로 무성을 만들고 고안하는데 있어, 일에 맞닥뜨려서 기구를 만들자면 시간도 부족하고 지혜도 막히는 바가 있었을 것이다. 그러므로 순임금과 공자가 성인이 된 까닭도 남에게 잘 묻고 잘 배운 것에 지나지 않는다.

우리나라 선비들은 세상의 구석진 한 모퉁이 땅에서 편협한 기질을 타고 나 발로 중국 땅을 밟아보지 못하고 눈으로는 중국의 인사들을 보지 못한 채 생로병사 할 때까지 이 나라, 이 강토를 벗어나 본 적이 없다.

그러므로 마치 학의 다리가 길고 까마귀 날개가 검은 것이 제 잘난 멋으로 여기듯 각각 타고난 천품이려니 하여 지키고 앉았고, 우물 안의 개구리와 밭둑의 두더지가 제 사는 곳에만 갇혀 있듯, 자기 사는 곳이 제일인양 믿고 앉았다.

예절은 차라리 소박한 편이 낫다고 말하고 비루한 꼴을 도리어 검소한 것으로 인식하고 있으니, 이른바 사(士)·농(農)·공(工)·상(商)의 사민이란 것도 겨우 명목만 남았고, 이용후생(利用厚生) 하는 도구는 하루가 다르게 곤궁해질 수밖에 없다.

이는 다른 이유가 아니라 배우고 질문할 줄 모르는 탓이다. 만약 배우고 물으려 할진대 중국을 버려두고 어떻게 할 것인가. 그러나 그들은 말한다. 지금 중국을 다스리는 사람은 되놈이라고. 그들 되놈에게 배우기를 부끄럽게 여길 뿐아니라, 중국에서 전해 오는 문화도 싸잡아서 더럽고 야만적인 것으로 업신여긴다.

저들 중국 사람이 체두변발(剃頭辮髮)하고 옷깃을 왼쪽으로 여미는 오랑캐 복장을 하고 있음은 사실이다. 그러나 그들이 터 잡고 있는 땅이야 하(夏)·은(殷)·주(周) 이래고, 한(韓)·송(宋)·명(明) 나라를 거쳐 온 중국 땅이 아니겠는가.

만약 법이 좋고 제도가 훌륭하다면 정말 오랑캐의 것이라도 기준으로 삼고 따라야 할 터인데, 하물며 그 광대한 규모, 정미한 심성학(心性學), 깊고 심오한 예악(禮樂), 찬란한 문장에 아직도 삼대 이래 한·당·송·명의 고유한 옛 제도가 남았음에야?

우리나라는 저 중국(청나라)과 비교한다면 정말 한치도 나을 것이 없으련만, 유독 한 움큼 상투 트는 것을 가지고 자신들이 천하에 제일인 체하면서, 오늘의 중국은 옛날의 중국이 아니라고 말한다. 중국의 산천은 누린내가 난다고 책망하고, 그 인민은 개나 양이라고 욕하며 그들의 언어는 되놈의 말이라고 업신여길 뿐아니라, 중국 고유의 좋은 법과 아름다운 제도마저 아울러 배척한다. 그렇다면 장차 어느 나라를 본받아 나아갈 참인가.

내가 연경(燕京)에서 돌아오니, 재선(在先, 박제가의 이름)이 자기가 지은 《북학의(北學議)》 내·외편을 보여 주었다. 재선은 나보다 먼저 연경에 갔다 온 사람이다.

그는 농잠(農蠶)·목축·성곽·궁실·수레에서부터 기와·대자리·붓·자 따위의 제도에 이르기까지 눈으로 계산하고 마음속으로 비교해 보지 않은 것이 없었다. 그리고 눈으로 미처 보지 못한 것은 반드시 중국 사람에게 묻고, 마음에 미심쩍은 것이 있으면 반드시 그들에게 배웠다.

　시험 삼아 책을 한번 펼쳐보니 내가 지은 《열하일기》와 조금도 어긋남이 없어 마치 한 사람 손에서 나온 것 같았다. 이러한 까닭에 그도 기꺼워하며 나에게 보여 주었고, 나 역시 흔연히 받아 사흘 동안이나 읽어도 싫증나지 않았다.

　아아! 이것이 어찌 우리 두 사람의 눈으로 직접 보고 나서 그렇게 된 것이랴? 일찍이 비 오는 지붕, 눈 내리는 처마 밑에서 연구하고 술을 데우고 등잔불의 불똥을 따는 즈음에 손뼉을 치며 좋아했던 것을 한차례 눈으로 체험한 것일 뿐이다.

　어쨌거나 이것을 남들에게 말할 수 없으니 남들도 믿어 주지 않을 것이다. 믿으려 하지 않는다는 것은 환경 탓이고 편협한 기질 때문일 것이다.

답창애

答蒼厓 _ 글자는 같으나 문장은 독자적이다

보내 주신 책은 양치하고 손 씻고 무릎 꿇고 앉아 정중히 읽었습니다. 문장은 모두 기이합디다만 사물의 명칭에 중국말을 빌려 쓴 것이 많고 인용한 전거도 맞지 않는 데가 있으니 이것이 옥에 티가 되었습니다.

청컨대 노형을 위해 말씀드리지요. 문장을 짓는데도 법도가 있습니다. 이는 마치 송사하는 사람은 물증을 가지고 있어야 하며, 행상하는 장사꾼은 제 물건 이름을 외치는 것과 같습니다. 아무리 그의 진술이 명백하고 정직한들 다른 물증이 없고서야 어떻게 송사에 이길 수 있겠습니까?

그러므로 글을 짓는 사람도 두루 경전을 인용하여 자신의 뜻을 밝혀야 합니다. 공자가 짓고 자사(子思)가 설명하여 만들어졌다는 《대학(大學)》이란 책은 더할 수 없이 믿음직한 내용이건만, 그래도 《서경》의 강고(康誥)에서 '명명덕(明明德)'이란 말과 요전(堯典)에서 '극명준덕(克明峻德)'이란 말이 각각 인용하여 명덕(明德)이란 말뜻을 설명했습니다.

벼슬 이름과 지명은 남의 것을 서로 빌려 씀은 옳지 않습니다. 땔나무를 지고 다니면서 소금을 사라고 외친다면 온종일 돌아다니더라도 나무 한 짐 못 팔 것입니다.

만약 중국 당나라 도읍지였던 장안(長安)을 빌려다 임금이 사는 도읍지를 모조리 장안이라고 일컫고, 역대 정승들을 진(秦)나라 때의 명칭인 승상(丞相)이란 말을 본떠서 모두 승상이라 부른다면 명칭과 실물이 뒤죽박죽 혼동되어 도리어 속되고 비루하게 됩니다. 이것은 곧 동명이인인 진준(陳遵)을 보고 모든 사람이 진짜 진준인 줄 알고 놀라는 격입니다. 아름다운 서시(西施)의 찡그린 모습을 흉내내다 더욱 추악해졌다는 못난 여인과 같은 격입니다.

그러므로 글을 짓는 사람은 아무리 더러운 명칭을 쓰더라도 쓰기를 꺼려서는 안 되며 아무리 촌스러운 자취라도 파묻어 버려서는 옳지 않습니다. 맹자가 사람의 성씨는 같아도 이름은 개별적인 것이라고 말했듯이 글자는 같으나 문장은 모두 독자적인 것입니다.

종북소선 자서選

— 올바른 문장이란?

아아! 삼라만상을 관찰하여《주역》의 팔괘(八卦)를 그렸다는 복희씨가 죽은 뒤로는 올바른 문장이 흩어진 지 오래되었다.

그러나 곤충의 더듬이, 꽃술, 파란 돌, 비취색 깃털 등에는 그 문장의 심지가 변하지 않았으며, 솥발, 호리병 허리, 태양의 둥근 고리, 달의 테두리 등에는 글자의 모양이 아직 완전하다. 그가 보았던 바람, 구름, 우레, 번개, 비, 눈, 서리, 이슬과 나는 새, 물 속의 물고기, 뛰고 달리는 짐승, 웃고 지저귀는 새, 울고 찍찍거리는 곤충, 그 소리 빛깔 정감 등은 오늘날 이르기까지 그대로 존재한다.

왜 그러한가? 복희씨는《주역》을 만들 때 위를 살피고 아래를 관찰하여 한 획 또는 두 획을 겹치고 곱절로 하는 데 지나지 않았다. 이와 같이 하여 그림이 되었다. 문자를 만들 때도 성정을 다해 모양을 극진히 하여 형상과 뜻을 전용하고 빌리는 것에 지나지 않았다. 이렇게 하여 글이 탄생했다.

그렇다면 글에는 소리가 있는가?

"은(殷)나라의 대신이었던 이윤(伊尹)과 성왕의 숙부였던 주공(周公), 내가 그들의 말소리를 직접 들어보진 못했으나 그 음성을 상상해 본다면 아주 충실하고 은근했을 것이다. 아비를 잃고 국외로 추방당한 백기(伯奇)와 남편 기량(杞梁)을 잃은 그의 아내, 내가 그들의 용모를 직접 보지 못했으나 그 육성을 생각해 본다면 아주 간절하고 지성스러웠으리라."

글에 빛깔은 있는가?

"《시경》에는 '비단저고리를 입으면 그 위에 홑저고리를 겹쳐 입고, 비단치마를 입으면 그 위에 홑치마를 겹쳐 입는다' 라 했고 '숱한 머리숱 구름 같아서 다리 꼭지(머리숱 적은 여인은 숱이 많게 보이려고 끼워 넣어 쪽찌던 머리 타래)를 달갑게 여기지 않는다' 라고 했다."

어떻게 해야 정감이 드러나는가?

"이별할 때 그 슬픈 정감을 표현하되 마음을 말하지 않고 주변 정경을 묘사하듯, 새는 지저귀고 꽃은 피었으며 물은 초록빛이고 산은 푸르더라고 표현해야 한다."

어떻게 상황을 묘사하는가?

"멀리 있는 물은 물결치지 않으며 먼 산은 나무가 있지 않고 멀리 있는 사람은 눈이 없다. 손가락으로 가리키는 사람은 말을 하는 사람이고 팔짱을 끼고 있는 사람은 듣는 사람이다."

그러므로 늙은 신하가 어린 임금에게 고하는 것, 아비 잃은 아들과 남편을 잃은 아내가 사모(思慕)하는 것, 이를 알지 못한다면 그와 함께 문장의 소리를 논할 수 없을 것이다. 글을 짓되《시경》의 생각이 없다면 그런 작가는《시경》국풍장(國風章)에서 보여 준 글의 색깔을 알 수 없을 것이다. 사람으로서 이별을 겪어 보지 못하거나 그림으로서 유원한 뜻을 나타내지 못하는 것처럼 말이다.

순패서
旬稗序
__ 도인을 스승으로 삼아라

소천암(小川菴)이 우리나라의 속요, 민속, 방언, 속기(俗技) 등 여러 가지를 기록했다. 심지어는 종이연의 계보와 아이들의 수수께끼도 풀이하여 짓기까지 하였다.

후미진 골목길, 가난한 마을에 무르녹게 익은 인정과 모습, 거리의 문 옆에서 몸을 파는 여자, 소 잡고 요리하는 숙수(熟手, 기술 좋은 사람), 어깻짓으로 모아서 기재하지 않은 것이 없으며 제각각 조목에다 꿰어놓았다.

말을 가지고 도저히 분간하기 어려운 것도 붓으로 표현하였고, 미처 생각하지 못한 것도 책을 펴들기만 하면 곧바로 이해되었다. 무릇 닭이 우는 소리, 개가 짖는 소리, 벌레가 목을 빼는 모습, 달팽이가 기어가는 모습 등, 실제 소리와 모습을 그대로 표현하였다. 그리고 이를 십간(十干)으로 배열하여 책 이름을 《순패(旬稗)》라 하였다.

하루는 책을 소매 속에 넣고 와서 나에게 보이며 말했다.

"이것은 내가 어린 시절 손으로 끄적거려 본 것일세. 자네는 음식 중에 중배끼라는 강정을 보았겠지? 쌀가루를 반죽하여 술에 재었다가 누에 크기만큼 잘라서 따뜻한 온돌방에 말린 다음, 달군 기름에 지져서 부풀리면 모양이 누에고치와 같이 되네. 이 중배끼는 보기에는 깨끗하고 아름답지 않은 것은 아니지만 속이 텅 비어서 아무리 먹어도 배부르게 하기는 어렵지.

그 성질은 부스러지기 쉽고, 부서진 가루를 불면 눈발처럼 날린다네. 그러기에 물건이 겉만 아름답고 속이 빈 것을 일러 '속 빈 강정'이라 말하지.

개암, 밤, 멥쌀은 혹 사람들에게 하찮게 대접받지만 실상 아름답고 정말 배를 불릴 수 있어 하늘에 제사를 지낼 수 있고 사돈에게 보낼 폐백으로 쓸 수도 있지. 무릇 글 짓는 방법도 이와 같아야 할 것으로 되 사람들은 개암, 밤, 멥쌀 같은 것을 보고 더럽고 천하게 여기고 있으니 나를 위해 변론해 주지 않을 텐가?"

내가 다 읽고 나서 책을 돌려 주며 말했다.

"장주(莊周, 장자)가 꿈에 나비로 변했다는 것은 믿지 않을 수 없지만 이광(李廣)*이 바위를 호랑이로 착각하고 활을 쏘아 꿰뚫었다는 것은 종시 의심이 들어. 왜냐하면 남의 꿈은 보기 어려운 반면에 눈앞

---

* 흉노족들은 이광의 이름만 들어도 무서워 벌벌 떨었다. 사마천의 사기에 나오는 인물로, 이광은 키가 큰 만큼 팔도 길어서 활을 잘 쏘았고 기마술도 뛰어났다.

에 실제 벌어진 일이야 증거하기 쉽기 때문일세.

지금 자네는 비루하고 일상적인 말을 찾고, 천박한 일들을 주워 모았네. 어리석고 무식한 남녀가 미소짓는 웃음과 일상적인 생활이란 모두 눈앞에 벌어지는 일이니 눈이 시도록 보고 귀에 딱지가 앉도록 들어서 제 아무리 용렬한 인간이라도 신기할 게 없음이 당연하네. 그렇다지만 묵은 간장도 그릇에 담으면 입맛이 새로워지고, 늘 예사롭게 보던 생각도 환경이 달라지면 마음과 눈이 아울러 바뀌지지.

이 책을 보는 사람은 소천암 자네가 무엇을 하는 사람이며, 풍속과 가요가 어느 지방의 것인가를 굳이 물어볼 필요도 없이 이 책을 통해 바야흐로 깨닫게 될 것이네. 잇달아 읽되 운율을 붙이면 시처럼 인간의 성정을 논할 수 있고, 계보를 상고해서 그림이라도 그린다면 수염과 눈썹만 보더라도 누구인지 살필 수 있을 것이네.

눈이 멀고 귀가 먹은 도인이 일찍이 논하기를 '석양빛을 받으며 떠있는 조각배는 갈대 속으로 언뜻언뜻 보일락말락하고, 거기 타고 있는 사공과 어부가 모두 수염이 꼬부라지고 치솟았다 하더라도 모래톱을 따라 걸으면서 바라보면 그가 혹 재야에 숨은 군자인 육노망(陸魯望) 선생이 아닌가 심히 의심이 들더군'이라고 하였네. 아아! 슬프다. 도인이 나보다 먼저 알고 있었던 게로구나. 자네는 그 도인을 스승으로 삼고 그를 찾아가서 물어볼 지어다.

만휴당기 晩休堂記

_ 늘그막의 쉬는 즐거움

내가 이미 세상을 떠난 대부 김술부(金述夫)와 함께 눈 내리는 어느 날 화로를 마주하고 고기를 볶아 먹으면서 이야기한 적이 있었다. 세상에서는 이런 음식을 전골이라고 한다.

방 안이 후끈하고, 마늘 냄새와 고기 굽는 냄새가 몸에 배었다. 김 공이 먼저 일어나 나를 끌고 북쪽 창가로 갔다. 그가 부채를 흔들면서 말했다.

이렇게 맑고 시원한 곳이 있군. 신선이 사는 곳과 별반 차이가 없을 거야.

얼마 뒤에 밖을 보니 여러 하인들이 심부름을 하느라고 마루 아래에 섰는데, 너무 추워 발을 동동거리고 있었다. 그 집의 자제가 끓는

78

국을 엎질러서 손을 데었다고 야단들이었다.

　김 공이 껄껄 웃으면서 말하였다.

　"뜨거운 곳에서 일찍 물러나니까 시원한 재미를 보네. 그렇지만 눈
속에서 발을 구르는 자들은 고기 한 점도 얻어먹지 못했으니, 정말 가
엾네."

　나는 젊은이들이 국을 엎질러 손을 덴 사실을 들어 그에게 암시하
면서 옛날이나 오늘이나 사람들이 어떻게 세상에 나타났다가 물러나
고 어떻게 영광을 얻었다가 욕되게 되는지를 극렬하게 논하였다.

　김 공은 서글프게 말하였다.

　"실컷 부귀를 누린 끝에야 비로소 넉넉한 줄 알거나, 다 늘그막에
이르러서야 쉬려고 생각한다면 이미 때가 늦은 거라네. 무슨 즐거움
이 있겠는가?"

　그도 정치에서 일찍 물러날 것을 용감하게 결정하지 못했지만 그
가 이렇게 말한 것만 해도 역시 마음속으로 느낌이 있었기 때문이다.
내가 서쪽 개성으로 와서 돌아다니다 양정맹(梁廷孟)과 친하게 지냈
으므로, 그 아버지의 별장에 가서 논 적이 있다.

　꽃과 나무가 줄지어 섰고, 집과 뜨락도 깨끗하게 치워져 있었는데,
그 마루의 이름을 〈만휴당(晩休堂)〉이라고 했다. 양 노인은 아주 순
박하여, 옛날 어른의 기풍이 보였다.

　날마다 같은 마을의 노인들과 어울려 활쏘기와 장기 두기로 일을
삼았으며 거문고와 술로 하루를 즐겼다. 명예 · 이익 · 권세의 길을

일찍이 그만두고, 늘그막을 편안하게 즐기는 것이다. 이야말로 늘그막에 쉬는 즐거움[晩休之樂]이 아니겠는가.

그가 나에게 기(記)를 지어 달라 청하였다. 아아, 김 공도 일찍이 이 고을의 사또로 있으면서 공이 갈려 간 뒤에도 그 고을 사람들은 공을 생각하고 있다.

그래서 그와 함께 전골을 먹던 옛일을 이야기하면서 양 노인의 '늘그막에 쉬는 즐거움'을 치하한다. 또한 이 글을 써서 시끄럽게 굴다가 손을 세상 사람들에게 경계하고자 한다.

하야연기

_ 한여름 밤의 풍류

국옹(麴翁)과 함께 걸어서 담헌(湛軒, 홍대용)을 찾아갔다. 풍무(風舞, 거문고의 명인 김억)도 밤에 왔다. 담헌은 비파를 뜯고, 풍무는 거문고를 타면서 어울렸다. 국옹은 갓까지 벗어부치고 노래를 불렀다.

밤이 깊어 구름이 사방에 몰려들자, 더위가 잠시 수그러들고, 줄풍류 소리가 더욱 맑아졌다. 옆에 앉은 사람들도 고요하기만 해서, 마치 신선을 배우는 이들이 금세 도를 깨닫는 듯하고, 입정에 든 스님이 돈오전생(頓悟前生)하는 듯하다.

대저 스스로 돌아보아 곧으매 삼군이 막아선다 해도 반드시 나아갈 기세다. 국옹이 노래를 할 때 보면 방약무인(傍若無人)하다. 매탕(梅宕) 이덕무가 한번은 처마 사이에서 늙은 거미가 거미줄 치는 것을 보고 기뻐하며 내게 말하였다.

"묘하구나! 때로는 머뭇머뭇할 때는 생각에 잠긴 것 같고, 잽싸게 빨리 움직일 때는 득의함이 있는 듯하다. 발뒤꿈치로 질끈 밟아 보리 모종 하는 것 같고, 거문고 줄을 고르는 손가락 같다."

이제 담헌과 풍무가 서로 화답함을 보며 나도 거미가 거미줄 치던 느낌을 얻게 되었다.

지난 해 여름, 내가 담헌에게 갔더니 담헌은 마침 악사 연익성(延益成)과 더불어 거문고를 논하고 있었다. 그때 하늘은 비를 잔뜩 머금어, 동녘 하늘가엔 구름장이 먹빛이었다. 우레가 한번 치기만 하면 비가 쏟아질 것 같았다. 잠시 후 긴 우레가 하늘로 지나갔다.

담헌이 연에게 말하였다.

"이 우레 소리는 무슨 소리에 속할까?"

그리고는 마침내 거문고를 당겨 소리를 맞춰 보는 것이었다. 나도 마침내 천뢰조(天雷操)를 지었다.

초정집서

__ 법고창신(法古創新)

문장(文章)을 함은 어찌해야 하는가? 논하는 자는 말하기를 "반드시 옛것을 본받아야 한다."고 한다. 그리하여 세상에는 마침내 흉내내어 모의하고 남의 모습을 본뜨면서도 이를 부끄러워하지 않는 자가 있게 되었다.

이는 왕망(王莽)이 신(新)이란 나라를 세우고 제멋대로 주(周)나라의 관직 제도를 모방하여 예악(禮樂)을 정해도 괜찮고, 공자와 얼굴이 닮았다는 양화(陽貨)를 만세의 스승으로 삼을 수 있다는 격이다.

그러면 새로운 문체를 만드는 일은 어떤가? 세상은 드디어 괴상하고 음란하여 편벽된 소리를 늘어놓으면서도 두려움을 모르는 사람이 있게 되었다.

아아! 옛것을 본받는다는 자는 자취에 얽매이는 것이 병통이 되고, 새것을 창조한다는 자는 법도에 맞지 않음이 근심이 된다. 진실로 능히 옛것을 본받으면서 변화할 줄 알고, 새것을 만들면서도 법도에 맞을 수만 있다면 지금의 글이 옛글과 같게 될 것이다.

옛 사람으로 책 읽기를 잘 한 사람이 있는데 공명선(公明宣)*이 바로 그 사람이다. 옛 사람에 글을 잘 지은 이가 있으니 한신(韓信)**이 그 사람이다. 왜 그럴까? 공명선이 증자에게서 3년을 배웠는데 책을 읽지 않자 증자가 이를 물었다.

그가 대답하였다. "제가 선생님께서 가정에서 생활하시는 것을 뵈었고, 선생님께서 손님 접대하시는 것을 보았으며, 선생님께서 나라일을 하시는 것을 보았습니다. 배웠지만 아직 능히 하지 못합니다. 제가 어찌 감히 배우지도 않으면서 선생님의 문하에 있겠습니까?"

물을 등지고 진을 치라는 것은 병법에 보이지 않으므로 여러 장수들이 따르지 않는 것이 당연했다. 그러자 한신이 말하길, 이것이 병법에 있는데 생각건대 그대들이 살피지 않은 것일 뿐이다. 병법에 '죽을 땅에 놓인 뒤에 산다'고 하지 않았던가? 그런 까닭에 배우지 않음을 잘 배우는 것으로 여긴 것은 노남자(魯男子)의 홀로 지냄이고, 부뚜막 숫자를 늘이는 것을 부뚜막 숫자를 줄이는 것에서 본떠 온 것은

---

* 공명선은 춘추시대 노나라 남무성 사람이다. 그는 증자의 제자가 되어 공부를 하였는데, 3년이 지나도 책을 보지 않았다.
** 진(秦)나라 말 난세에 처음에는 초(楚)나라의 항량(項梁)·항우(項羽)를 섬겼으나 중용되지 않자 한왕(漢王 高祖 劉邦)의 군에 참가하였다. 한나라 군사를 지휘하여 크게 공을 세워 초왕이 되었다. 한제국(漢帝國)의 권력이 확립되자 차차 밀려나, BC 201년 회음후(淮陰侯)로 격하되고, 진희 난에 부하 여후에게 참살 당하였다.

우승경(虞升卿)의 변화를 앎이다. 이로 말미암아 보건대, 하늘과 땅이 비록 오래 되었지만 끊임없이 생명을 내고, 해와 달이 비록 오래 되었어도 그 광휘는 날마다 새롭다. 책에 실려 있는 것이 비록 방대하지만 가리키는 뜻은 제각기 다르다. 때문에 날고 잠기고 달리고 뛰는 온갖 생물 중에는 간혹 이름이 드러나지 않은 것이 있고, 산천초목에는 반드시 비밀스런 영(靈)이 있게 마련이다.

썩은 흙에서 지초(芝草)가 나오고, 썩은 풀이 반딧불로 화한다. 예(禮)에는 송사(訟事)가 있고, 악(樂)에는 의논이 있으며, 글은 말을 다하지 못하고, 그림은 뜻을 다하지 못한다. 어진 이가 이를 보면 인(仁)이라 하고, 지혜로운 자가 이를 보면 지(智)라고 한다.

그런 까닭에 백세 뒤의 성인을 기다리더라도 의혹하지 않는다는 것은 앞선 성인의 뜻이고, 순임금과 우임금이 다시 살아나 일어나신다 해도 내 말은 고치지 않을 것이라고 한 것은 어진이의 말이다. 우직(禹稷)과 안회(顏回)가 그 법도가 한가지이나, 소견이 좁아 융통성 없는 것과 제멋대로 공손치 않음은 군자가 말미암지 않는다.

박씨의 아들 제운(齊雲, 박제가)은 나이가 스물셋인데 문장에 능하여 호를 초정(楚亭)이라 하며 나를 좇아 배운 것이 여러 해가 되었다. 그 글을 지음은 선진양한(先秦兩漢) 시대 작품을 흠모했으나 옛 문체에만 얽매이지 않았다. 그러나 진부한 말을 제거하기에 힘쓰다 보니 간혹 근거 없는 데서 잃고, 논의를 세움이 지나치게 높은 것은 간혹 법도에 어긋남에 가까웠다.

　이는 명나라의 여러 작가들이 〈법고〉와 〈창신〉에 있어 서로를 헐뜯으면서도 함께 바름을 얻지 못하고 나란히 말세의 자질구레함으로 떨어져서, 도를 지키는데 보탬이 없이 한갓 풍속을 병들게 하고 교화를 손상시키는 데로 돌아간 것이니, 나는 이것을 염려한다. 새것 만들어 교묘하기보다는 차라리 옛것을 본받아 보잘 것 없는 것이 더 나으리라.

　내 이제 그의 《초정집》을 읽고, 공명선과 노나라의 독실한 배움을 아울러 논하고 회음 후와 우승경이 기묘한 책략을 내었던 것이 결국 옛 법을 배워서 이를 잘 변통하지 않음이 없음을 밝혔다. 밤에 초정과 말한 것이 이와 같기에, 드디어 그 책머리에 그를 권면한다.

의청소통소
擬請疏通疏

_ 서자 차별을 금지하여야 합니다

하늘이 인재를 내리면서 그토록 차별을 두지는 않았습니다. 그러기에 넘어진 둥치에 돋은 가지나 곁가지에도 비와 이슬을 골고루 적셔 줍니다. 썩은 그루터기나 거름 흙더미에서도 초목이 돋아나게 합니다.

성인이 정치하면서도 인재에 귀천을 따지지 않았습니다.

시경에서도 "문왕이 오래 사셨으니 어찌 인재를 기르지 않았으랴(文王壽考 假不作人)."라고 노래하였고, "그래서 왕국이 평안하게 되어 예찬하는 소리가 끊이지 않았다."고 하게 되었습니다.

아아, 우리나라에서 서얼의 진출을 막은 지가 삼백여 년이나 되었습니다. 이보다 더 크게 잘못된 정책은 없었습니다. 역사를 살펴보아도 이런 법은 없었고, 여러 예법과 율법을 캐어 보아도 근거를 찾을 수가 없었습니다.

이것은 조선 건국 초기에 한 관료가 기회를 타서 사사로운 감정을 풀려고 했던 것인데, 어느 새 아주 커다란 제한이 되어 버린 것입니다. 그런데 후세의 집권자들이 명분을 핑계 대고 잘못을 그대로 답습하여 하나의 습속을 이루다가, 연대가 오래 되어 감에 따라서 그 인습을 개혁하지 못했던 것입니다.

이러한 제도 때문에 조정에서는 오로지 문벌만을 숭상하게 되어 훌륭한 인재를 내버리며 탄식하게 되었고, 개인의 집안에서는 불화의 씨앗이 되었습니다. 자기 핏줄인 서자를 내버려 두고 일갓집에서 양자를 구해 왔으며, 임금을 속이는 죄도 범한 셈입니다.

아아 차별이 너무 엄격해서 나라에 이로울 게 없습니다. 또한 제한이 너무나 심각해 가정에서도 은혜가 줄어들고 있습니다. 한 집안의 서얼이 자기 집안에서는 천대받을 수도 있지만, 온 세상으로부터 천대받을 까닭은 없습니다.

역대 임금들께서 도리를 세워 공평하게 통치하셨으니, 벼슬을 만들면서 어진 사람을 뽑으셨고, 직분을 나눌 때에는 능력을 우선 보았습니다. 이제 조정의 신하들에게 널리 물어 보시고 그들의 처지를 딱하게 여기셔서 그들에게도 등용의 길을 열어 주고 억울함을 씻어 줄 길을 생각하였습니다.

그러나 양반들은 원래 자기들 몫을 나누는 것을 두려워하여 실오라기 재듯 여러 가지를 따져서, 지체가 조금만 떨어지는 사람이 관리 후보에 오르면 분노가 한데 모이고 탄핵이 벌떼처럼 일어납니다. 그런 판에 서얼의 경우는 명분과 처지에 얽매여서 세상에 굽힌 지가 오래 되었으니, 같은 대열에 끼워 주려고 하지 않는 것이 당연합니다.

그러나 이러한 태도가 실제로는 개인의 집안만을 위하고 사사로운 이익을 성취하려는 생각에서 나온 것이지, 나라를 위한 공의가 아님을 알고 있습니다. 신이 청컨대 그러한 태도가 잘못된 것을 말씀드리겠습니다.

맹자가 말하길 "군자가 없으면 백성을 다스리지 못하고, 백성이 없으면 군자를 먹여 살리지 못한다."고 하였습니다. 여기서 군자와 백성은 지위를 가지고 말한 것입니다. 미천한 신분의 덕이 있는 사람을 들어 쓰는 것이 바로 요임금의 관리 등용하던 방법입니다. 어진 사람을 찾아 내세우면서 아무런 제한도 하지 않는 것은 성탕(탕왕)이 정치를 추구하던 태도였습니다.

이로 본다면 삼대(중국의 夏, 殷, 周 나라를 가리킴) 때에도 이미 군자와 소인의 구별이 있었습니다만 인재를 들어 쓰는데 있어서 본래 귀천에 얽매이지 않았고 그 출신 계층을 묻지 않았습니다.

그런데 우리나라의 이른바 서얼로 말한다면 대대로 벼슬하여 문벌이 빛나는 집안인데도 불구하고, 그 모계가 비천하다고 해서 혁혁하게 빛나는 부계까지도 멸시하니, 이래서야 되겠습니까?

중국에서도 진(晉) 나라와 당나라 이래로 차츰 문벌을 중시해 오기는 했습니다. 그러나 진나라의 관리들이 도간(陶侃, 도연명의 중조부. 진나라를 위해 많은 무공을 세움)을 내치지 않았고, 왕씨와 사씨 같은 귀족들도 주의를 같은 대열에 끼워 주지 않았습니다. 또한 이소(李愬)는 이성(李晟)의 얼자(천인의 첩에게서 난 자손)였지만 벼슬이 태위까지 이르렀습니다.

고려 시대 정문배(鄭文培)는 예부상서까지 되었고, 이세황(李世璜)은 합문지후(閤門祗侯)까지 되었습니다. 권중화(權仲和)는 고려 왕조에서 대사헌이었다가, 우리 왕조 들어와서 도평의사까지 되었습니다.

그러나 우리 왕조의 법률을 적용했다면 위의 열거한 사람들은 관리의 대열에 끼지 못했을 것입니다. 지위로는 말단의 벼슬을 벗어나지 못했을 것이고 녹봉으로도 되와 말의 단위를 넘지 못합니다. 신이 지나간 역사를 살펴보아도 이런 법은 없었다고 말씀드린 것은 바로 이런 근거 때문입니다.

《의례(儀禮)》에 이르기를 "서자는 장자의 삼년상을 입지 못한다."고 하였는데, 정현(鄭玄, 평생 재야 학자로 지내면서 경학에 깊은 지식 소유자)은 주석하기를 "서자란 아버지의 후계자가 된 사람의 아우다. 서(庶)라고 말한 까닭은 거리를 두어 구별하자는 뜻이다."라고 하였습니다. 그는 첩의 아들도 적자의 아들과 구별하지 않은 것은 혈통을 가르는데 두 가지 갈래를 만들지 않으려 했기 때문입니다.

신은 예전에 전해 오는 말을 들은 적이 있는데, 우리나라 건국 초기 재상 정도전이 서얼의 자식이었는데, 정도전이 총애하는 종에게 우대언(右代言) 서선(徐選)이 모욕을 당했습니다. 그래서 복수할 방법을 생각하고 있던 중, 정도전이 패망하자 서선이 명분론을 끌어다 그에게 분풀이를 하였습니다.

찬성(贊成) 강희맹(姜希孟), 안위(安瑋) 등이 경국대전(經國大典)을 기초할 때에 문장이 이치에 맞는지 따질 겨를이 없어서, 서얼의 과거 금지와 등용 금지 조항을 그대로 끼워 넣었던 것입니다. 그때 무오사화 때에 선비들이 유자광에 대한 원한이 쌓여 분풀이할 데가 없자, 서얼 금고의 논의가 더욱 엄격해지고 깊어졌습니다. 그러나 예부터 난신적자(亂臣賊子)가 어찌 반드시 유자광과 같은 부류에서만 나왔겠습니까?

불행하게도 서얼 가운데 그런 자가 한 번 나왔다고 해서 유자광 한 사람 때문에 모든 서얼의 진출을 막는다면, 사대부 가운데 그런 자가 뒤이어 나올 때에는 장차 어떤 법으로 처리하려고 하십니까?

아, 서얼 계층에도 훌륭한 유학자와 문장가들이 잇따라 나왔지만, 처음에는 명분론에 얽매이고 다음에는 문벌 숭상에 굽혀지고 말았습니다.

송익필(宋翼弼), 이중호(李仲虎), 김근공(金謹恭)의 도학(道學)과 박지화(朴枝華), 이대순(李大純), 조신(曺伸)의 행의(行誼)와 어무적(魚無迹), 어숙권(魚叔權), 양사언(楊士彦), 이달(李達), 신희계(辛喜季), 양대박(梁大樸), 박호(朴濠)의 문장과 유조인(柳祖認), 최명룡(崔命龍), 유시번(柳時蕃)의 재주가 위로는 나라의 커다란 계획을 도울 만했고, 아래로는 일세의 규범이 될 만했습니다.

그러나 모두 초야에 묻혀 늙어 죽고 말았습니다. 이따금 약간의 국록을 먹는 사람도 있기는 했지만, 변변찮은 말단 벼슬에서 세월만 보낼 뿐이었습니다.

그들이 비록 자기 분수를 지켜 곤궁하게 버려져도 그 억울함을 호소하지 않는다지만, 거룩하신 임금께서 관직을 설치하고 분배하여 어질고 재주 있는 사람들에게 맡기려는 본뜻은 과연 어디에 갔습니까?

아아, 서얼들에게 금고하는 것만으로도 부족하다고 생각하여 고유한 인륜 관계를 끊어 버리게 하고, 평범한 인간의 대열에 끼지도 못하게 하였습니다. 부자 사이의 은정보다 더 중한 것이 없건만 아버지를 감히 아버지라 부르지 못하게 하고, 군신 사이의 의리보다 더 큰 것이 없건만 그 임금을 가까이서 모실 수 없게 하였습니다. 아무리 늙었어도 끄트머리에 앉아야 하니, 학교에서도 장유(長幼)의 질서가 없어졌습니다. 모두들 친구로 사귀기를 부끄럽게 여기니, 마을에서도 붕우(朋友)의 도리가 없어졌습니다.

공자께서 이르시길, "명분을 반드시 바르게 해야 한다(必也正名乎)."라고 하였습니다. 아들은 아버지를 아버지로 섬기고, 아버지는 아들을 아들로 사랑하며, 형은 형답고 아우는 아우다운 것, 이게 바로 명분을 바르게 하는 것입니다. 그렇기 때문에 인륜 관계의 칭호 가운데 아버지와 형이라는 이름보다 더 존귀한 칭호는 없습니다.

오늘날 서얼들은 임금을 가까이서 모시는 승정원 홍문관 등에 있을 수 없습니다. 그러니 어찌 충성할 마음이 있다 하더라도 임금 곁에서 도울 수 있습니까? 조정에 나아가더라도 대부(大夫)의 직책을 가질 수 없으며 물러나서도 체면상 평민의 직업을 가질 수 없습니다. 이른바 나라에서는 외톨이 신하요, 집안에서는 군더더기 자식입니다.

〈중략〉

선정(先正) 조광조는 조정에 이렇게 건의했었습니다.

"우리나라는 인물이 중국보다 적은데다 또한 적서의 차별이 있습니다. 신하로서 충성을 바치고 싶은 마음이야 어찌 적자와 서자 사이에 차이가 있겠습니까만, 인재를 쓰고 버리는 기준이 너무 편협한 것이 애석합니다."

선조 임금 때 신분(申濆) 등 1600명의 서얼들이 연명 상소하여 자기들의 억울함을 호소했더니, 선조께서 이렇게 비답을 내리셨습니다.

"해바라기가 해를 따라 도는데 곁가지라고 다르겠는가. 신하로서 충성을 바치고 싶은 마음이 어찌 적자만 꼭 그러랴."

이때 올바른 신하 이이(李珥)가 앞장서서 서얼 등용의 문제를 건의하여, 비로소 그들도 과거에 응시할 자격을 얻게 되었습니다.

인조 임금 시절, 재상 최명길이 홍문관 부제학으로 있을 때 임금의 자문에 응하여 동료 심지원·김남중·이성신 등과 함께 연명하여 서얼 등용을 청하는 글을 올렸는데 그 말이 매우 절실했습니다.

아아! 자기 집안만을 위하고 사사로운 이익을 이루려는 속셈이 뿌리 깊어, 명분론을 철석같이 고집하고 있습니다. 서얼들의 등용문을 터 주고 막는 결정이 중요하다 보니, 슬그머니 선대의 법전을 멸시하여, 친아들을 버리고 촌수가 먼 일가를 양가로 데려와 고의로 임금을 속이고 있습니다. 잘못된 관례를 답습하여 병적인 습속을 이루면서 윤리를 무너뜨린다는 것도 깨닫지 못하며, 지체를 두고 저울로 달고 실오리로 재듯이 여러 가지로 따지면서 인재들이 내버려지는 것도 돌아볼 줄 모릅니다.

대개 어떤 법이든지 오래 되면 폐단이 생기게 되고, 어떤 일이든지 궁지에 이르면 길이 트이게 마련입니다. 그 시대에 마땅히 준수해야 할 것이라면 준수하는 것이 계승입니다. 그러나 그 시대에 마땅히 변통되어야 할 것이라면 변통하는 것도 또한 계승입니다.

그 제도를 고집하느냐 바꾸느냐 하는 문제는 어느 쪽이라도 그 시대에 맞느냐 하는 기준에 따라야 하는 차이만 있을 뿐이지, 그 의의는 마찬가지입니다.

아아! 서얼로 태어나면 세상의 큰 죄인이 되고 맙니다. 중요한 벼슬길이 막혀서 조정에서 소외되고 가족들의 칭호도 제대로 부를 수 없게 집안에서도 핍박받습니다. 학교에서도 장유유서가 어지러워지고 마을에서도 친구들과 사귀는 길이 끊어집니다. 발걸음이 위태로워지고, 신세가 처량해집니다. 마치 커다란 죄라도 짊어진 것처럼 사람들이 천대합니다. 궁지에 처해도 돌아갈 곳이 없으며, 몸 둘 곳을 모릅니다.

어떤 사람은 적자의 지위를 이어받았음에도 불구하고 서얼이라는 이름을 지워 버리지 않으며, 서얼이 된 연대가 아무리 오래 되어도 영원히 천한 족속으로 남아 있어야 하니, 사실상 종에게 주어진 조건과 마찬가지입니다.

그 후손이 불고 불어나 온 나라 인구의 거의 절반이나 되었습니다. 그런데도 이들에게 정상적인 지위가 없을 뿐만 아니라 일정한 생활 근거도 없어 저들끼리 바짝 마른 모습으로 고달프게 살아가고 있습니다. 가난이 뼈에 사무쳐서 추스르고 일어날 형편이 못됩니다.

삼가 생각하건대, 우리 전하께서는 하늘의 법을 받아 나라를 다스리셔 거룩한 공훈이 우뚝 빛나니, 강토 안의 모든 생물이 제자리를 얻어 자신의 생을 즐기고 자신의 업에 안주하고 있습니다.

침체되고 버려졌던 사람들은 떨쳐 일어나 탕평의 정치를 회복하시고, 때를 닦아 내고 허물을 덮어 주어 모두 덕화의 틀로 감싸 주셨습니다. 그런데도 유독 서얼 차별법에 대해서만은 아직 뚜렷한 정책이 없습니다.

아아! 신이 올리는 이 말은 한 사람의 사사로운 말이 아니라, 온 나라 식자층의 공언입니다. 또 역대 선정과 명신들이 내내 유념해 오던 공언입니다. 그 동안 이에 반대하던 사람들을 신이 낱낱이 아뢰었습니다만, 대개는 그 지식이 얕고, 소견이 좁아서, 예전에 보고 들은 것에만 집착하고 통속적인 관습에만 따를 뿐입니다.

지금도 편파적인 주장을 가지고 반대 의견을 내세우기 좋아하는 무리가 없는 것 아닌데, 이들 모두 명신 정온의 상소문 한 장을 끌어다가 구실로 삼고 있습니다.

신은 지금 서얼 가운데 아무개는 그 인격이 등용할 만하고, 아무개는 재주가 발탁할 만하다고 말씀드리는 것은 아닙니다. 다만 조정이 일시 동인의 은덕을 천지와 같이 하고, 위대한 덕화로 일체 만물과 간극이 없이 해야 합니다.

집안에서는 아버지와 자식 사이의 명분이 바로잡히고, 학교에서는 나이가 많은 사람과 적은 사람에 질서가 바로 잡혀서 삼백 년 동안 쌓인 폐단에서 벗어나 서얼이 다시 인간다운 대접을 받게 되어야 합니다. 그렇게 되면 사람마다 모두 자신을 새롭게 하려고 언행을 가다듬으며, 충성을 바쳐 은덕에 보답하려고 할 것이며 다른 생각을 할 겨를이 없습니다. 지금 우리나라 정치 문제 가운데 이보다 더 커다란 문제는 없습니다. 위대한 성인께서 오래 수(壽)를 누리시면서 인재를 양성하시는 공적이 이에 빛날 것입니다.

녹천관집서

綠天館集序

_분별하기 어려울 만큼 진짜에 가깝다

옛 것을 모방하여 글을 짓되 거울이 형상을 비추듯 한다면 닮았다고 말할 수 있을까? 실체의 좌우가 서로 반대되니 어떻게 닮았다 할 수 있으랴! 물이 형상을 베껴내듯 한다면 닮았다고 말할 수 있을까? 밑과 꼭대기가 뒤집혀 나타나니 어찌 닮았다고 말할 수 있으랴?

그림이 형상을 그리듯 한다면 닮았다고 말할 수 있을까? 한낮에는 난쟁이로 있다가 해가 기울어질 때는 키다리가 되니 이를 어찌 닮았다고 할 수 있으랴! 다니는 사람은 움직이지 않고 말하는 사람은 목소리가 없으니 어찌 닮았다 할 수 있으랴! 그렇다면 끝내 닮게 할 수는 없는 것일까?

무릇 어찌해서 닮기를 구하는가? 닮기를 구함은 그 자체가 참이 아니다. 세상에서 서로 같은 것을 말할 적에 꼭 닮았다는 뜻의 혹초(酷

肖)라는 말을 하고, 분별하기 어려울 만큼 진짜에 아주 가깝다는 뜻으로 핍진(逼眞)이라고 말한다.

무릇, 진짜에 가깝다고 하고 닮았다고 할 때는 가짜라는 것, 다르다는 것의 의미가 이미 들어 있다. 그러므로 세상에는 해득하기 어려워도 배울 수 있는 것이 있고, 외형은 아주 다르면서 내실은 서로 같은 것이 있다. 말이 달라도 통역을 통해 외국말의 뜻을 통할 수 있고, 한자의 글자체가 다른 전서체, 예서체, 해서체로도 모두 문장을 지을 수 있다.

왜 그런가? 다른 것은 외형적인 모양이고 같은 것은 내용이기 때문이다. 이렇게 본다면 내용이 같다는 것은 사람의 뜻이고, 외형적인 모양이 다르다는 것은 피부와 머리카락이다.

이씨 집의 자제 낙서(이서구)는 나이가 열여섯이다. 나를 따라 배운지가 여러 해가 되었다. 어느 날 자신이 엮은 《녹천관집(綠天館集)》 원고를 들고 와서 나에게 물었다.

"제가 글짓기를 시작한 지 이제 겨우 몇 해이건만 남의 노여움을 산 적이 많습니다. 한 마디라도 조금 새롭고 한 글자라도 기이하게 보이면 문득 옛날 글에도 이런 것이 있었던가 하고 묻습니다. 없다고 답하면 발끈하여 어찌 이런 글을 함부로 쓰느냐고 꾸짖습니다. 아아! 옛글을 쓴다면 무어라 다시 쓰겠습니까?"

나는 손을 모아서 이마에 얹고 세 번 절을 한 다음 꿇어 앉아 이렇게 말했다.

"자네 말이 맞네. 자네 아직 나이 젊으니 남의 노여움을 만나면 공손하게 '아직 배우지 못한 것이 많아 그렇습니다.'라고 답하게. 그래도 따지기를 그치지 않거든 조심해서 이렇게 답하도록 하게.《시경》,《서경》은 모두 하·은·주 문장이고 이사나 왕희지 글씨도 그가 살던 속된 필체였습니다."

능양시집서

菱洋詩集序

검은 것은 능히 비출 수 있다

통달한 사람은 괴이한 바가 없지만 속인은 의심스러운 것이 많다. 이른바 본 것이 적고 보니 괴이한 것도 많게 되는 것이다. 그렇지만 통달한 사람이라 해서 어찌 사물마다 눈으로 직접 보았겠는가?

하나를 들으면 눈앞에 열 가지가 떠오르고, 열을 보면 마음에서 백 가지가 베풀어져, 천 가지 괴이함과 만 가지 기이함이 도로 사물에 부쳐져서 자기와는 간여함이 없다. 때문에 마음은 한가로워 여유가 있고 응수함이 다함이 없다.

그러나 본 바가 적은 자는 백로를 가지고 까마귀를 비웃고, 오리를 가지고 학을 위태롭게 여긴다. 사물은 절로 괴이할 것이 없건만 자기가 공연히 화를 내고, 한 가지만 같지 않아도 온통 만물을 의심한다.

아! 저 까마귀를 보면 깃털이 그보다 더 검은 것은 없다. 그러나 홀

100

연 유금(乳金) 빛으로 무리지고, 다시 석록(石綠) 빛으로 반짝인다. 해가 비치면 자줏빛이 떠오르고, 눈이 어른어른하더니 비췻빛이 된다. 그렇다면 내가 비록 푸른 까마귀라고 말해도 괜찮고, 다시 붉은 까마귀라고 말해도 또한 괜찮을 것이다. 자기가 본디 정해진 빛이 없는데, 내가 눈으로 먼저 정해 버린다. 어찌 그 눈으로 정하는 것뿐이리오. 보지 않고도 그 마음으로 미리 정해 버린다.

아! 까마귀를 검은 빛에 가두었으면 충분한데도, 다시금 까마귀를 천하의 온갖 빛깔에다가 가두었구나. 까마귀가 과연 검기는 검다. 그러나 누가 다시 이른바 푸르고 붉은 것이 그 빛깔 가운데 깃든 빛인 줄을 알겠는가? 검은 것을 일러 어둡다[闇]고 하는 자는 단지 까마귀를 알지 못하는 것일 뿐아니라 검은 것도 알지 못하는 것이다.

어째서 그런가? 물은 검기[玄] 때문에 능히 비출 수가 있고, 칠[漆]은 검은[黑] 까닭에 능히 거울이 될 수가 있다. 이런 까닭에 빛깔 있는 것 치고 빛이 있지 않은 것이 없고, 형상[形] 있는 것에 태[態]가 없는 것은 없다.

미인을 보면 시(詩)를 알 수가 있다. 그녀가 고개를 숙임은 부끄러운 것이다. 턱을 괸 것은 한스러움을 나타낸다. 홀로 서 있는 것은 누군가를 그리고 있는 것이다. 눈썹을 찌푸림은 근심스러운 것이다. 누군가를 기다림이 있을 때에는 난간 아래 서 있는 모습을 보여 주며, 바라는 바가 있을 때는 파초 아래 서 있는 모습으로 보여 준다.

만약 그 서 있는 모습이 재계(齋戒)한 것 같지 않고 앉아 있는 것이 빚어놓은 것 같지 않다고 나무란다면, 이것은 양귀비가 이빨이 아파 찌푸림*을 나무라는 격이요, 번희(樊姬)가 쪽진 머리를 감싸 쥠**을 못하게 하는 격이며, 사뿐사뿐 걷는 걸음걸이의 아름다움***을 야단하고, 손뼉치며 추는 춤의 경쾌하고 빠름****을 꾸짖는 격이라 하겠다.

내 조카 종선(宗善)은 자가 계지(繼之)인데 시에 능하다. 한 가지 법도에만 얽매이지 아니하여 온갖 체를 두루 갖추었으니, 우뚝하니 동방의 대가가 된다. 성당(盛唐)*****의 시인가 싶어 보면 어느새 한위(漢魏)의 시가 되고 또 송명(宋明)의 시가 된다. 겨우 송명인가 싶어 보면 다시금 성당으로 돌아가 있다.

아아! 세상 사람들이 까마귀를 비웃고 학을 위태롭게 여김이 또한 너무 심하도다. 그러나 계지의 동산에는 까마귀가 자줏빛도 되었다가 비췻빛도 된다. 세상 사람들은 미인을 재계한 듯 빚어놓은 듯 만들고 싶어 하지만 손뼉 치며 추는 춤과 사뿐사뿐한 걸음걸이는 날로 경

---

* 양귀비가 이가 아파 손을 뺨에 대고 얼굴을 찌푸리니 그 자태가 더욱 고혹적이었음을 두고 한 말.
** 한나라 영현의 첩 번통이 재색(才色)이 있었는데, 조비연 자매의 슬픈 운명을 이야기하다가 촛불을 돌아보고 손으로 쪽진 머리를 감싸 쥐며 구슬피 눈물을 흘렸다는 이야기. 여기서는 쪽진 머리를 매만지며 눈물을 흘리는 여인의 아름다운 자태를 말함.
*** 폐제(廢帝) 동혼후가 금으로 연꽃을 만들어 땅에 붙여두고 애첩 반비로 하여금 그 위를 걷게 하고는 걸음걸이마다 연꽃이 피어난다는 고사에서 나온 말.
**** 장무(掌舞)는 한나라 때 북방에서 수입된 춤사위로, 손뼉을 치며 빠른 템포로 추는 호선무를 가리킴. 백거이가 호선녀의 춤사위의 아름다움을 노래한 작품.
***** 당나라 문학사를 크게 초당, 성당, 중당, 만당 이렇게 4가지 단계로 나뉘는데, 그 가운데 두 번째 단계.

쾌해지고 더 아름다워질 터이고, 틀어 올린 머리와 아픈 이빨은 모두 나름대로의 태가 있는 법이다. 그 성내고 노함이 날로 심해질 것은 의심할 여지가 없겠구나.

　세상에는 통달한 선비는 적고 속인만 많다. 그럴진대 침묵하고 말하지 않는 것이 좋겠으나, 그런데도 말을 그만 둘 수 없는 것은 어째서일까? 아! 연암노인은 연상각(烟湘閣)에서 쓰노라.

소단적치인

騷壇赤幟引

글을 논리로 무장하라

글을 잘 하는 자는 병법을 아는 것일까? 글자는 비유컨대 병사이고, 뜻은 비유하면 장수이다. 제목이라는 것은 적국이고, 전장(典掌) 고사(故事)는 싸움터의 진지이다.

글자를 묶어 구절이 되고, 구절을 엮어 문장을 이루는 것은 부대의 대오(隊伍) 행진과 같다. 운(韻)으로 소리를 내고, 사(詞)로 표현을 빛나게 하는 것은 군대의 나팔이나 북, 깃발과 같다. 조응이라는 것은 봉화이고, 비유라는 것은 유격의 기병이다. 억양 반복이라는 것은 끝까지 싸워 남김없이 죽이는 것이고, 제목을 깨뜨리고 나서 파제(破題)를 하고 다시 묶어 주는 것은 성벽을 먼저 기어 올라가 적을 사로잡는 것이다. 함축을 귀하게 여긴다는 것은 반백의 늙은이를 사로잡지 않는 것이고, 여음이 있다는 것은 군대를 떨쳐 개선하는 것이다.

대저 장평(長平)의 군사가 그 용감하고 비겁함이 지난날과 다름이 없고, 활, 창, 방패, 짧은 창의 예리하고 둔중함이 전날과 변함이 없건만, 염파(廉頗)가 거느리면 제압하여 이기기에 족하였고, 조괄(趙括)이 대신하자 스스로를 파묻기에 충분하였다. 그런 까닭에 병법을 잘하는 자는 버릴 만한 병졸 없고, 글을 잘 짓는 자 가릴 만한 글자가 없는 것이다.

진실로 그 장수를 얻는다면 호미, 곰방메, 가시랭이, 창자루를 가지고도 굳세고 사나운 군대가 될 수 있고, 천을 찢어 장대에 매달아도 정채가 문득 새롭다. 진실로 그 이치를 얻는다면 집안 사람의 일상 이야기도 오히려 학관(學官)에 나란히 할 수 있고, 어린아이들의 노래나 마을의 속언도 훌륭한 문헌에 엮어 넣을 수 있다. 그런 까닭에 글이 좋지 않은 것은 글자의 잘못이 아니다.

비유하자면 용맹하지 못한 장수가 마음속에 아무런 계책도 없다가 갑자기 적을 만나면 견고한 성을 맞닥뜨린 것과 같다. 눈앞의 붓과 먹이 꺾임은 마치 산 위의 초목을 보고 놀라 기세가 꺾인 군사가 산화하여 벌써 사막 가운데 원숭이와 학이 되고 마는 것과 같다. 그러므로 글을 짓는 사람은 항상 스스로 논리를 잃고 요령을 깨치지 못함을 걱정한다. 무릇 논리가 분명하지 못하면 글자 하나도 써내려가기 어려워 항상 붓방아만 찧게 되며, 요령을 깨치지 못하면 겹겹으로 두르고 싸면서도 오히려 허술하지 않은가 걱정하는 것이다.

비유하자면 항우(項羽)가 음릉(陰陵)에서 길을 잃자 자신의 애마가 앞으로 나아가지 않는 것과 같고, 물 샐 틈 없이 전차로 흉노를 에워쌌으나 그 추장은 벌써 도망친 것과 같다.

진실로 능히 말이 간단하더라도 요령만 잡게 되면 마치 눈 오는 밤에 채(蔡) 성을 침입하는 것과 같고, 토막말이라도 핵심을 놓치지 않는다면 세 번 북을 울리고서 관(關)을 빼앗는 것과 같게 된다. 글을 하는 도가 이와 같다면 지극하다 할 것이다.

나의 벗 이중존(李仲存, 처남 이재성)이 우리나라 고금의 과체(科疹)를 모아 엮어 열 권으로 만들고, 이를 이름하여 소단적치(騷壇赤幟)라 하였다. 아아! 이것은 모두 승리를 얻은 군대요, 백 번 싸워 이긴 나머지이다.

비록 그 체재와 격조가 같지 않고, 좋고 나쁨이 뒤섞여 있지만 제각기 이길 승산이 있어, 쳐서 이기지 못할 굳센 성이 없고, 그 날카로운 칼 끝과 예리한 날은 삼엄하기가 마치 무고(武庫)와 같아, 때를 따라 적을 제압하여 움직임이 군대의 기미에 맞으니, 이를 이어 글 하는 자가 이 방법을 따른다면, 정원(定遠)의 비식(飛食)과 연연산(燕然山)에 공을 적어 새기는 것이 여기에 있을 것이다.

그러나 방관(房琯)의 수레 싸움은 앞 사람을 본받았지만 패하고 말았고, 우후가 부뚜막을 늘인 것은 옛 법을 반대로 하였지만 이겼으니, 합하여 변화하는 저울질이란 것은 때에 달린 것이지 법에 달린 것은 아니다.

홍범우익서

_ 먼저 부유하게 한 뒤에 선을 행하게 하라

내가 스무 살쯤 되었을 때에 동네 글방에서 《서경》을 배우는데, 〈홍범(洪範)〉*편을 이해하기가 어려워서 글방 선생님께 물어 보았다. 선생님은 이렇게 설명해 주었다.

이게 그리 이해하기 어려운 글은 아니다. 이해하기 어렵게 된 데에는 까닭이 있으니, 세상의 선비들이 어지럽혀서 그렇게 되었다. 무릇 오행(五行)이란 하늘이 낳고 땅에 저축되어 있으며, 사람이 쓰고 있는 그것이다. 우(禹) 임금이 차례를 매기고 무왕(武王)과 기자(箕子)가 문답한 바로 그것이다. 그 내용은 정덕·이용·후생의 도구에 지나지 않고, 그 효용은 세상이 잘 다스려지고 만물이 생성되는 공을 이

---

* 〈홍범〉편은 《서경》 가운데 한 편인데, 기자가 주나라 무왕의 질문에 대답하는 형식으로 서술되어 있다. 고대 중국의 정치사상과 그 행사를 서술하였는데, 아홉 개의 범주로 구성되어 있다. 오행도 그 가운데 한 범주다.

룬다.

그런데 한나라 학자들이 길흉화복의 미신을 두텁게 믿어서 어떤 일은 반드시 다른 일의 징조가 된다고 생각했으므로, 오행을 분배하고 추연(推演)해서 허황된 소리를 하기 좋아하였다.

그것은 한편으로 음양복서(陰陽卜筮)의 학설을 이루고, 다른 한편으로는 성력참위(星曆讖緯)의 책들을 만들었다. 그래서 세 성인(우임금·무왕·기자)의 본뜻과 크게 괴리가 되었고, 오행상생설(五行相生說)에 이르면 그 괴리가 극에 달하였다.

만물 가운데 흙에서 나오지 않은 것이 없으니, 어찌 유독 쇠붙이(金)에 대해서만 그 모체가 되겠는가? 쇠붙이의 본성은 견고한 것이니, 불에 녹아 흐르는 것이 쇠붙이의 본성은 아닐 것이다.

강해(江海)나 하한(河漢)에 침윤되어 있는 물들이 모두 쇠붙이가 녹아서 불려진 것이겠는가? 돌이나 쇠에도 진액이 있으니, 만물에 진액이 없으면 말라 버린다. 그런데 어찌 나무(木)만이 물에 의해서 생성되었겠는가? 만물이 흙으로 돌아가도 땅은 더 두터워지지 않으며, 하늘과 땅이 어울려서 만물을 화육(化育)한다.

그런데도 한 아궁이의 땔나무로 땅덩이를 불린다고 말할 수 있겠는가? 쇠와 돌이 서로 부딪치거나 기름과 물이 세게 출렁거려도 다 불이 생겨난다. 번개가 쳐서 물건을 태우기도 하고 황충이 묻은 곳에서 도깨비불이 일어나기도 하는 법이다.

이러한 현상들을 보더라도, 불이 오로지 나무에 의해서만 일어나지 않는 것 또한 분명하다. 그러므로 상생(相生)이란 것도 서로 자모(子母) 사이가 아니라, 서로 보태 주며 살아가는 사이라고 볼 수 있다.

옛날 하우씨(下愚氏)는 오행을 잘 이용하였다. 산림의 모습에 따라서 나무를 베어냈으니, 굽게도 하고 곧게도 하는 나무의 성질을 잘 이용한 셈이다. 그 땅의 흙이 좋은지 나쁜지를 따졌으니, 농사 짓는 방법을 얻게 된 셈이다. 금과 은과 구리를 갈라내었으니, 변형시킬 수 있는 성질을 잘 이용한 셈이다.

숲과 못에 불을 질러서 개간했으니, 불의 나오는 성질을 잘 이용한 셈이다. 낮은 쪽으로 땅을 파 나가 물을 터 주었으니, 낮은 데로 스며 흘러내리는 물의 성질을 잘 이용한 셈이다.*

백성들이 만물에 힘입어 살아가는 관계가 이렇게 큰 것이다. 물질 아닌 것이 어디 있으랴만, 유독 오행에 대해서만 행(行)이라고 말하는 것은 이 다섯 가지가 만물을 통괄하고 있는 그 덕행을 지칭한 것이다.

그러나 후세에 이르러서는 물의 이용은 물을 끌어내어 남의 성을 함락시키는 데만 빠져들었고, 불의 이용도 공격하여 싸우는 데만 빠져들었다. 쇠붙이의 이용도 금과 은으로 뇌물을 주고받는 데만 빠져들었고, 나무의 이용도 궁궐을 짓는 데만 빠져들었다. 흙의 이용도 논밭을 넓히는 데만 빠져들었다. 이로 말미암아 세상에는 홍범구주(洪

---

*이 문단은 우임금의 공적과 오행의 성질을 연결시켜 설명한 것이지만 《서경》 자체의 해석 논리를 비약시킨 듯하다.

範九疇)의 학문이 끊어지고 말았다.

내가 이렇게 여쭈어 보았다.

"우리 동방은 기자가 와서 다스리던 나라이니, 홍범이 나온 곳입니다. 그렇다면 집집마다 읽어 오고 사람마다 외워 왔으련만, 아득히 수천 년 동안 홍범에 관한 학문으로 세상에 이름난 학자가 있다는 말을 아직 듣지 못했습니다. 어찌 된 일인가요?"

글방 선생님께서 대답하셨다.

"아아, 이건 네가 알 수 있는 문제가 아니다. 가장 바른 준법을 세워 세상을 다스리는 사람은 반드시 도달해야 할 데까지 도달함으로써 이치에 적중되기를 기대한다. 그렇지만 후세의 학자들은 그렇지 않다. 명백해서 알기 쉬운 윤리나 정사에 관한 일을 내버리고, 반대로 희미하고 고원(高遠)한 도상(圖像)*을 가지고 논설하거나 쟁변한다. 여러 가지를 억지로 끌어다 붙여서 오행부터 어지러워졌다. 이래서 학설이 공교할수록 진실은 더 많이 잃어버리게 되었다.

이제 내가 오행의 이용에 대해서 먼저 말해 주겠다. 그러면 홍범구주의 이치가 분명해질 것이다. 왜냐하면 이용한 뒤에야 후생할 수가 있고, 후생한 뒤에야 정덕이 될 수 있기 때문이다.

이제 저 물을 때에 맞추어 가두기도 하고 빼기도 하여 가뭄을 당했

---

*송나라 성리학자 주돈이(周敦頤)가 〈태극도설(太極圖說)〉을 시도한 이래 많은 학자들이 그림을 그려서 설명하였다.

을 때에는 수차(水車)를 사용하여 논밭에 물을 대고 갑문을 사용하여 배를 다니게 한다면, 물을 이루 다 쓸 수 없을 것이다. 그렇지만 지금 사람들은 물이 있는데도 이용할 줄 모르니, 이것은 물이 없는 것이나 마찬가지다.

이제 저 불도 계절에 따라 성질이 다르고 세고 약한 정도에 따라 그 쓰임이 다르니, 그릇을 굽거나 쇠를 달구거나 농사를 짓거나, 각각 그 적당한 성격에 따라 이용한다면 불을 이루 다 쓸 수 없을 것이다. 그렇지만 지금 사람들은 불이 있는데도 이용할 줄 모르니, 이것은 불이 없는 것이나 마찬가지다.

우리나라는 백 리 되는 고을이 360개지만 높은 산과 험준한 고개가 열 가운데 7, 8개이다. 말이 백 리라고 하지만 사실상 평야는 삼십 리가 못 되니 백성들이 가난한 것이다. 저 우뚝하게 높은 커다란 산들이 차지한 면적을 헤아려 보면 평지의 몇 배나 된다. 거기서 금·은·구리·쇠가 많이 나오는데, 만약 채광법을 알고 제련술을 발전시킨다면 천하에 가장 부유한 나라가 될 것이다.

나무의 사용에 대해서도 또한 마찬가지다. 궁실·관곽(棺槨)·수레·농기구 등의 용도에 따라 쓰이는 목재도 각기 다르니, 산림을 때맞추어 관리하고 잘 가꾸기만 한다면, 온 나라의 쓰임에 넉넉할 것이다.

아아, 토질에 따라 거두는 방법이 다르고 곡식에 따라 심는 조건이 다른 법이다. 그런데도 농사에 관한 지혜를 어리석은 농부에게만 맡겨 두고, 그 땅을 잘 이용하는 방법에 대해서는 알지를 못한다. 그러니 백성들이 어찌 굶주리지 않을 수 있으랴.

그래서 '먼저 부유하게 해 준 뒤에 선(善)을 행하게 해야 한다'고 하였다. 먼저 일상생활부터 밝혀 나가면 부유하게 되고, 또 선하게 될 것이다. 홍범구주의 이치도 여기에서 벗어나지 않는다. 그러니 무엇이 이해하기 어렵단 말인가?"

내가 화림(花林)*의 현감으로 부임해 와서 먼저 이 고을의 문헌을 찾아보았다. 그랬더니 속수(涑水) 우공(偶公)이 〈홍범〉을 깊이 연구해서 그〈우익(羽翼)〉사십이 편과〈연의(衍義)〉여덟 권을 지었다고 말해 주는 사람이 있었다. 즉시 얻어다 읽어 보았더니, 체계가 정연하게 구별되고 분류되어 있었다. 크게 말한다면 나라를 경륜하는 데 반드시 취해 작게 말한다면 경서를 공부하는 학생들이 자료로 필요한 책이었다.

〈홍범〉편을 이해하기 어렵지 않다고 하더니 정말 그러했다.

지금 성상(정조 임금)께서는 오래도록 덕화(德化)를 펴시고 백성들에게 중정(中正)의 도를 세우시며, 암혈에 숨어 있는 선비를 찾아내시고 묻혀 있는 지혜를 밝혀내고 있는 중이다. 그래서 나는 이 책이 때를 만날 날이 있을 것임을 안다. 우선은 이 책의 서두에 이런 말을 써붙여 두고 뒷날 나라의 동냥들이 와서 수집해 가기를 기다리고자 한다.

---

*경상남도 안의(安義)의 옛 이름이다. 1791년부터 1796년까지 연암은 안의현감으로 있었다.

공의 휘는 여무(汝楙)요, 자는 아무개니, 단양 사람이다. 인조 갑술년(1634년) 문과에 급제하여 벼슬이 하동 현감에 이르렀다. 일찍이 〈홍범〉의 내용을 부연해서 조정에 상소했다가 임금으로부터 '격언지론(格言至論)'이란 칭찬을 들은 적도 있다 한다.

자소집서 自笑集序

_ 시골로 가서 예법을 찾아라!

아아! 예법을 잃어버리면 초야(草野)에서 찾는다니, 그 말이 정말이구나. 이제 온 중국이 머리를 깎고 옷깃을 왼쪽으로 여미게 되었으니 옛 중국의 의관 문물을 모르게 된 지가 벌써 백여 년이나 지났다. 오직 연극을 하며 즐기는 마당에서만 검은 모자와 둥근 옷깃에 옥띠와 상아 홀(笏)을 차리고 노는 것이다.

아아! 중국의 옛 늙은이들이 다 없어졌겠지만, 혹시 얼굴 가리고 차마 보지 못하는 사람이 있는지? 또는 이러한 세태를 재미있게 보면서 옛 제도를 상상하는 사람이 있는지?

사신 행차를 따라서 중국에 갔던 사람이 남방 사람과 만나서 이야기를 했는데, 남방 사람이 말하길, "우리 시골에 머리를 깎아 주는 집이 있는 밖에다가 '태평성대의 즐거운 일'이라고 써붙였다오." 얼마 뒤에 그 사람은 눈물이 그렁그렁하더라고 한다. 내가 이 말을 듣고 슬

114

퍼하며 말하였다.

"아아! 습관이 오래 지나면 성품이 된다고 했는데 이미 (머리를 깎는 것이) 세상에서 습관으로 되었으니, 이제야 어찌 변할 수 있으랴. 우리나라 아낙네의 옷도 이 일과 아주 비슷하다. 옛날 아낙네의 의복 제도에는 띠가 있었고, 소매가 넓은데다 치마도 길었다.

고려 말기에 임금들이 원나라 공주에게 많이 장가들면서, 궁중의 상투와 의복들이 모두 몽골 오랑캐의 의복 제도로 바뀌었다. 그러자 사대부들도 다투어 왕궁의 차림을 본떴으므로 드디어 풍속이 되고 말았다. 지금까지 삼사백 년 동안 그 제도가 바뀌지 않았다. 저고리는 겨우 어깨를 덮고 소매는 팔뚝을 겨우 감을 정도로 좁아서, 요망스럽고 창피한 모습이 너무나 한심스럽다.

가 고을 기생들의 옷차림은 도리어 올바른 옛 제도를 간직하여, 쪽머리에 비녀를 지르고 원삼(圓衫)에 선을 둘렀다. 지금 넓은 소매가 너울거리고 긴 띠가 치렁거리는 것을 보면, 잘 차린 모습이 좋아 보인다. 그러나 비록 예법을 아는 사람이 있어 그 요망스럽고 꼴사나운 모습을 고쳐서 옛 제도로 돌아가자고 하더라도, 세상에서 습관이 된 지 오래 되었다. 넓은 소매와 긴 띠가 기생의 옷차림이라고 생각할 테니 그 옷을 찢으면서 자기 남편을 욕하지 않을 아낙네가 있겠느냐."

이홍재(李弘載) 군은 스무 살 무렵부터 내게 글을 배우다가 자란 뒤에는 중국어를 배우러 갔다. 그의 집안이 대대로 역관(譯官)이었기에, 나도 더 이상 문학 공부를 권하지 못했던 것이다.

이 군은 중국어를 다 배운 뒤에 역관의 의관을 차리고 사역원(司譯院)에 근무하였다. 나는 이 군이 예전에 글을 읽을 때에는 제법 총명해서 글 짓는 이치를 알았다고 하지만, 이제는 거의 다 잊어버렸을 것이라고 생각했다. 그래서 너무나 안타까웠다.

하루는 이 군이 자기가 지은 글을 모아《자소집(自笑集)》이라 이름 붙였다면서 내게 보여 주었다. 논(論)·변(辨)·서(序)·기(記)·서(書)·설(設) 등 백여 편이었다. 내용이 모두 해박하고 논리가 활달하여, 나름대로 일가를 이루었다.

내가 처음에는 의아하게 여기며, "본업은 내버리고 쓸데없는 일에 종사하다니 어찌 된 일인가?" 하고 물었다.

이 군이 이렇게 대답하였다.

"이게 바로 본업이고 쓸데가 있습니다. 사대교린(事大交隣)을 하는 데 문장보다 더 좋은 일이 없고, 옛 일을 아는 것보다 더 필요한 일은 없습니다. 그러기에 사역원의 역관들이 밤낮 배우는 것도 모두 고문(古文)으로 시험을 보며 제목을 내는 것도 모두 여기에서 따다 합니다."

나는 그제야 얼굴빛을 고치고 탄식하며 말하였다.

"사대부 집안에 태어나면 어려서부터 글을 읽지만, 자란 뒤에 공령

(功令)을 배우고 변려*의 화려한 문체를 익힌다네. 과거에 급제하고 나면 변모(弁髦)나 통발처럼 내버리지. 그러나 과거에 급제하지 못하면 머리털이 희어질 때까지 거기에 골몰한다네. 그러니 고문(古文)이 있다는 것을 어찌 알겠나?

역관이라는 업(業)은 사대부들이 천하게 여기는 것이지. 그러나 이제부터 천 년 동안 책을 써서 이론을 세우는 사업을 아전들의 하찮은 기교로 보아 버린다면, 결국 연극 마당의 검은 모자나 기생의 긴 치마처럼 될까 봐 걱정일세."

나는 이러한 점을 걱정하면서 《자소집》에다 머리말을 쓴다. 아아, 예법을 잃었으면 시골로 가서 찾아야 한다. 중국의 옛 의복 제도를 보려면 연극 배우에게 가서 찾아야 한다. 아낙네의 예스러운 옷차림을 찾으려면 마땅히 각 고을의 기생들을 보아야 한다. 문장이 잘 되어 가는 것을 알려면 나는 참으로 역관으로 일하는 천한 선비들에게 부끄럽다.

---

* '공령(功令)'은 과거를 볼 때 쓴 시체(詩體)다. '변려'는 넉 자와 여섯 자의 대구를 많이 쓰고, 음조를 맞추며 고사 성어를 많이 인용하는 산문이다. 조선시대에는 과거 시험과 외교 문서에 변려문을 주로 사용하였다.

여인
與人 _ 벗에게

한창 무더운 중에 그간 두루 편안하신가? 성
흠(聖欽, 이희명)은 근래 어찌 지내고 있는가? 늘 마음에 걸려 더욱
잊을 수가 없네. 중존(仲存, 처남 이재성)과는 이따금 서로 만나 술잔
을 나누겠지만, 백선(伯善)은 청파교(靑坡橋)를 떠나고, 성위(聖緯,
이희경)도 운니동(雲泥洞)에 없다 하니, 이 같은 긴 여름날에 무엇 하
며 지내는지 모르겠구려.

들자니 재선(在先, 박제가)은 벼슬을 하마 그만 두었다던데, 돌아온
뒤로 몇 번이나 서로 만나보았는가 궁금하이. 저가 조강지처를 잃은
데 더하여 무관(懋官, 이덕무) 같은 좋은 친구마저 잃었으니, 아득한
이 세상에서 외롭고 쓸쓸해 할 그 모습과 언어는 보지 않고도 가늠할
만하네그려. 또한 하늘과 땅 사이의 궁한 백성이라 말할 만할 것이오.

아아! 슬프다. 나는 일찍이 벗 잃은 슬픔이 아내 잃은 아픔보다 심하다고 말한 적이 있다. 아내를 잃은 자는 오히려 두 번, 세 번 장가들어 아내의 성씨를 몇 가지로 하더라도 안 될 바가 없다. 이는 마치 옷이 터지고 찢어지면 깁거나 꿰매고, 그릇과 세간이 깨지거나 부서지면 새것으로 바꾸는 것과 같다. 혹 뒤에 얻은 아내가 앞서의 아내보다 나은 경우도 있고, 혹 나는 비록 늙었어도 저는 어려, 그 편안한 즐거움은 새 사람과 옛 사람 사이의 차이가 없다.

벗을 잃는 아픔 같은 것에 이르러서는, 다행히 내게 눈이 있다 해도 누구와 더불어 내가 보는 것을 함께 하며, 귀가 있다 해도 누구와 더불어 듣는 것을 함께 하며, 입이 있더라도 누구와 더불어 맛보는 것을 함께 하며, 코가 있어도 누구와 더불어 냄새 맡는 것을 함께 하며, 다행히 내게 마음이 있다 해도 장차 누구와 더불어 나의 지혜와 깨달음을 함께 하겠는가?

종자기*가 죽으매, 백아가 석 자의 마른 거문고를 끌어안고 장차 누구를 향해 연주하며 장차 누구더러 들으라 했겠는가? 그 기세가 부득불 찼던 칼을 뽑아들고 단칼에 다섯 줄을 끊어 버리지 않을 수 없었으리라.

그 소리가 투득 하더니, 급기야 자르고, 끊고, 집어던지고, 부수고, 깨뜨리고, 짓밟고, 죄다 아궁이에 쓸어 넣어 단번에 그것을 불살라버

---

* 종자기는 중국 춘추시대 초나라 사람이다. 그가 죽은 후 거문고의 명수 백아는 자기 거문고 소리를 알아주던 유일한 사람인 종자기의 죽음을 한탄하고, 일체 거문고를 타지 않았다고 한다.

린 후에야 겨우 성에 찼으리라. 그리고 스스로 제 자신에게 물었을 테지.

"너는 통쾌하냐?"

"나는 통쾌하다."

"너는 울고 싶지?"

"그래, 울고 싶다."

소리는 천지를 가득 메워 마치 금석(金石)이 울리는 것 같고, 눈물은 솟아나 앞섶에 뚝뚝 떨어져 옥구슬이 구르는 것만 같았겠지. 눈물을 떨구다가 눈을 들어 보면 텅 빈 산엔 사람 없고 물은 흘러가고 꽃은 피어 있다.

"너는 백아를 보았니?"

"나는 보았다."

답이중존서

열하일기가 만들어진 경위

저 사람들이 '오랑캐의 연호를 쓴 글'*이라고 시비한다는데 무엇을 가리키는 말인지 모르겠구려. 연호를 말하는 것인지? 지명을 말하는 것인지? 이 글은 기행문에 지나지 않습니다. 이런 글이 있건 없건, 잘 지었건 못 지었건, 별다른 영향이 없을 글입니다. 처음에는 춘추의 의리로 따지며 글을 썼겠습니까? 지금 어떤 사람들이 갑자기 그런 문제들을 가지고 책망한다니, 좀 지나친 것 같습니다.

아아, 세상에서 청나라 연호를 처음 쓰기 시작할 때에, 우리 동방의 선현들 가운데는 고신(告身)** 위에 쓰지 말자고 주장한 분이 있었습

---

* 명나라가 망한 뒤에도 우리 선비들은 대의명분을 지키기 위하여, 명나라 마지막 연호 숭정(崇禎)을 사용하였다. 그러나 연암은 청나라에 들어가는 길이었으므로 《열하일기》에서 청나라 연호를 사용한 것을 가지고 시비를 한 사람을 말한다.
** 관리를 임명하는 사령장인데, 직첩(職牒)이라고도 하였다. 벼슬을 받는 관리뿐만 아니라, 그 아내에게도 고신을 내렸다.

연암산문선 **121**

니다. 또 사대부 집안에서 무덤에 글을 새기면서 숭정(崇禎)* 기원 후라고 소급하여 쓴 경우도 있긴 있습니다.

그러나 공사간의 문서에서는 청나라 연호를 피할 수가 없었습니다. 어쩔 수가 없기 때문입니다. 그러므로 논밭이나 집을 사들일 때에 그것을 대대로 전하려고 생각하지 않는 것은 아니지만, 그 문서를 작성할 때에는 결국 당시의 연호를 썼습니다. 그러지 않으면 매매가 이루어지지 않기 때문입니다.

이 세상에서 《춘추》의 의리에 가장 엄격한 저 사람들이 장차 "오랑캐의 연호가 붙은 집이라서 살지 않겠다."고 말하는지 또 과연 "오랑캐의 연호가 붙은 논밭이라서 그 소출을 먹지 않겠다."고 말할는지, 나는 아직도 모르겠습니다.

내가 지난번에 중국 여행을 하면서, 그 노정과 숙소와 날짜를 기록해 두지 않을 수가 없었습니다. 그래서 처음 압록강을 건너가던 그날 첫머리에다 '후삼경자(候三庚子)'라고 썼습니다. 그리고는 다시 설명하면서 이렇게 썼습니다.

"왜 후(候)라는 말을 썼는가? 숭정 기원 후부터 따지기 때문이다. 왜 삼경자라고 했는가? 기원 후 세 번째 돌아오는 경자년이기 때문이다. 왜 (명나라 연호를) 숨겼는가? 장차 압록강을 건너서 청나라 땅으로 들어가기 때문이다."

---

* 이자성이 1644년 자금성을 함락시키자, 명나라 마지막 황제인 의종이 자살하였다. 그러나 임진왜란 때 명나라 도움을 받아 그 은혜를 잊지 않은 선비들은 청나라 연호를 쓰지 않고 비공식적인 명나라 마지막 연호 숭정을 사용하였다.

이 글을 쓰고서 나는 붓을 던지고 웃으며 말했습니다.

"옛날에는 살가죽 속에 《춘추》가 있었다더니, 이제 나는 겉껍데기 밖의 《공양전(公羊傳)》을 쓰고 있구나."

이처럼 구차스럽게 꾸며 쓰는 것이 스스로 부끄럽지 않은 것은 아니지만, 오늘의 날씨를 기록하면서 반드시 '춘황정월(春皇正月)'이라고 큰 글씨로 쓰는 것은 참으로 옳지 않습니다. 기록하는 도중에 이따금 강희(康熙)니 건륭(乾隆)이니 하는 식으로 그 시대를 구별했던 것인데, 이제 역사를 쓰는 필법을 가지고 나를 책망하다니, 어찌 얼떨떨하지 않겠습니까? 이는 과연 그 원고도 보지 못하고서 억지로 하는 말입니다. 반드시 '되놈의 임금'이나 '오랑캐 황제'라고 몰아세워야만 비로소 《춘추》의 의리에 철저하다는 말입니까?

만약에 오랑캐 땅이 된 것을 부끄럽게 여겨서 책 이름으로도 쓸 수 없다면, 이는 더욱 이해할 수가 없는 이야기입니다. 예부터 중국 땅이 불행하게도 오랑캐에게 점령된 적이 이번이 처음은 아닙니다. 그러면 모두 오랑캐 땅이 되었던 곳이라고 해서 그 지명도 쓰지 못하겠습니까?

순임금은 동쪽 오랑캐에게서 나온 사람이고, 문왕은 서쪽 오랑캐에게서 나온 사람입니다. 요즘처럼 《춘추》의 의리를 내세우는 자라면, 순임금과 문왕을 위해서 그들이 태어난 곳도 억지로 감추어야 하지 않겠습니까?

《춘추》라는 책은 본디 중국을 높이고 오랑캐를 배척하는 글이지만,

공자도 일찍이 "아홉 오랑캐의 땅으로 가서 살고 싶다."고 말한 적이 있었습니다. 요즘 《춘추》를 내세우는 자 같다면, 성인이 어찌 자기가 배척한 곳에 가서 살고 싶다고 말할 수 있었겠습니까? 만약에 이런 식으로 《춘추》를 내세우다가는 오랑캐에 관한 글은 모두 없애고 읽지도 말자는 것입니까? 나를 죄 주거나 나를 알아 주거나 간에, 마땅히 밝히는 자가 있을 것입니다.

내가 아주 일찍부터 과거 볼 것을 단념하여 마음이 한가하였으므로, 여기저기 돌아다니며 마음껏 구경하고 싶었습니다. 그래서 멀리는 목은(牧隱, 이색)을 사모하고 가까이는 노가재(老稼齋, 김창업)*를 본떠서, 가벼운 차림에 말채찍 하나로 만리 길을 떠났던 것입니다. 직책이 없다지만 명색이 선비이니, 역관도 아니고 의원도 아닌 게 종적이 불편했습니다. 몰래 갔다가 몰래 온다고 하더라도 행색을 감추기 어려웠습니다. 언제나 조심해야 하는 군자의 몸가짐 태도로 본다면, 참으로 마음속에 스스로 부끄럽지 않은 것도 아닙니다.

새벽마다 말고삐를 잡아 쥐면서 혼자 속으로 말하길 "용문(龍門)의 장쾌한 유람이 무어 그리 커다란 일인가? 조가(朝歌)까지 갔다가 수레를 돌렸다는 이야기도 듣지 못했던가?" 하였습니다. 그러나 조금 지나면 해맑은 아침 해가 요동 벌판에 가득 차고 멀리 공중에 치솟은 탑이 말머리에서 나를 맞아 주었습니다. 수은 같은 연기가 나무에 자

---

* 김창업은 1712년에 형 김창집을 따라, 청나라 사신으로 연경에 갔다가 그 경험을 바탕으로 기행문을 썼다.

124

욱하고 햇살을 받은 기와집들이 구름 속에서 빛났습니다. 나는 그 가운데서 왼편으로는 푸른 바다를 따르고 오른편으로는 험준한 산을 끼고 돌았습니다. 가고 또 가도 눈앞에 날마다 새로운 모습이 펼쳐지니, 지난날의 좀스러운 생각이 우스워졌습니다. 마음속이 시원해지는 것도 깨달았지요. 나는 드디어 만리장성 밖으로 나가서 북쪽에 있는 커다란 사막까지 갔습니다. 이게 바로 내가 열하(熱河)까지 구경하게 된 원인입니다.

귀국 뒤에도 그 일에 대해서 시비하는 사람이 없었을 뿐만 아니라, 도리어 나의 이번 여행을 부러워하는 사람들까지 있었습니다. 그러다가 산속에 살면서 할 일이 없었기에, 낡은 초고들을 정리하여 몇 권의 책으로 만들었습니다. 이게 바로 《열하일기》가 만들어진 경위입니다.

내 생각에는 세심하게 관찰하였으므로 기록하지 못한 것이 없을 듯하였지만, 문자로 적어 놓고 보니 아홉 마리 소에서 털끝 하나를 뽑아 온 셈이었습니다. 필치까지 변변치 못했습니다. 베개에 기대어 생각해 보니, 처음 출발할 때의 마음과는 너무나 멀어졌습니다.

지나온 행로를 돌이켜 생각해 보니 구름과 물이 다 허무했습니다. 이따금 그 책장을 들쳐 보면 온갖 지저분한 것들이 다 나타납니다. 내가 보아도 재미없으니, 누가 다시 들쳐 보겠습니까?

그 동안 우환도 있고 초상도 나서, 미처 초고를 거둬들일 틈도 없었습니다. 게다가 벼슬한 뒤부터는 초고들이 더 흩어져서, 그 이름만 흉하게 남아 있을 뿐입니다. 이게 바로 오랑캐의 연호를 썼다는 글입니다. 어느 새 이십 년이 지나가, 파초 잎에다가 사슴을 감추어 두었던 사람처럼 내가 《열하일기》를 썼다는 사실조차 꿈속에 부쳐 버리고 말았습니다. 그런데 시장 바닥에 호랑이가 나타났다고 전하는 사람들이 이제는 두 날개까지 돋쳤다고 덧붙이니, 어찌 지나치지 않습니까?

그대는 지금 춘추의 의리를 외치고 있는 저들에게 나를 위해서 이렇게 전해 주십시오. 왜 저네들이 나를 이렇게 꾸짖지 않느냐고 말입니다.

"자네가 그 전에 돌아다니던 곳은 삼대 이래로 훌륭한 분들과 한·당·송·명의 나라들이 다스리던 지방일세. 지금은 불행하게 오랑캐에게 점령되었지만, 그들 집안과 그 백성들은 모두 그대로일세. 최(崔)·노(盧)·왕(王) 씨, 사(謝)*씨 같은 집안도 다 없어지지 않았을 것이요, 정주의 학설도 없어지지는 않았을 걸세. 저 오랑캐들도 중국이 좋다는 것을 알기 때문에 강점하고 있는 것일세. 자네는 왜 옛날부터 고유한 중국의 좋은 법과 아름다운 제도라든지 중국의 자랑이 될 만한 전통과 사실을 모두 알아다가 책으로 만들어서, 온 나라 안에서 이용토록 하지 않았는가. 자네가 이런 방면에는 힘쓰지 않고, 한갓 사신들의 뒤만 따라다니지 않았는가. 지금 자네가 썼다는 그 내용도 난잡하지 않은 게 없고, 실지가 없는 말뿐이니, 이런 허튼 사연을 가지고 어떻게 남들에게 큰소리로 자랑할 수 있겠는가. 스스로 자네의 뜻

＊ 중국 육조시대(六朝時代) 대표적인 귀족 집안이다.

을 잃고 자네의 덕도 망가뜨릴 뿐이라네."

　이렇게 말한다면 그 말을 듣는 나도 어찌 등에서 찬 땀이 솟고 말문이 꽉 막혀 고개를 파묻은 채로 여생을 마치려 하지 않겠습니까? 제후(諸侯)를 끌어안고서 제후를 치는 데에 바로 《춘추》를 지은 본뜻이 있는 것입니다. 그런데 이제 갑자기 어떤 사람이 나서서 《춘추》를 끌어안고 남을 욕하려 하니, 그게 옳습니까? 나는 모르겠습니다만, 《춘추》의 의리를 어찌 말소리와 웃는 맵시로써 할 수 있겠습니까?

하김우상이소서

_ 동전의 유통 구조를 개혁하시오

백성들이 바라는 분을 임금께서도 알아 주시어 정승으로 임명하시던 날 저녁에 모두들 기뻐하였습니다. 더구나 남과 다른 제 처지로는 기쁜 마음을 더욱 이길 수 없었습니다. 이제 각하의 집안에서는 4대 동안에 정승이 다섯 분이나 나왔습니다.

모두들 올려다보는 자리인데다 그 책임이 무거우니, 그 전이라고 더하고 오늘이라고 덜할 리가 없습니다. 굳이 멀리 역사상의 인물 가운데서 모범을 찾지 않더라도, 가까이 대감의 댁 안에서 가풍을 본받으신다면 백성들에게 복이 될 것입니다.

화폐 문제에 대하여 어리석은 사람도 하나의 견해가 있기에 다른 종이에다가 기록해 보냅니다. 행여 책임 없는 사람이 주제 넘는 말을 했다고 꾸짖지 마시기 바랍니다.

생각해 보면 오늘날 백성들의 걱정과 나라의 계책이 오로지 재부

(財富)에 달려 있습니다. 우리나라는 배로 외국과 교통하지 않고 나라 안에서도 수레로 왕래하지 않으므로, 재물이 언제나 일정합니다. 그것이 관청에 있지 않으면 백성들에게 있게 마련입니다. 그런데도 불구하고 관청이나 백성이나 간에 그 창고가 다 말라 있고, 위와 아래가 모두 곤궁하게 되었으니, 어찌된 일입니까? 재물을 다스리는 방법이 올바르지 못하기 때문입니다.

돈 값이 올라가면 물건 값은 떨어지고, 돈 값이 떨어지면 물건 값은 올라가게 마련입니다. 물건 값이 올라가면 백성과 나라가 함께 병들게 되고, 물건 값이 떨어지면 농민과 장사꾼이 함께 다칩니다. 열성조(列聖朝)에서 돈 값이 떨어질까 봐 깊이 염려하여 이따금 동전을 주조하였지만, 잠시 유통시키다가는 이내 그만두었습니다. 사실 포화(布貨, 베)나 저화(楮貨, 종이)가 비록 천해지긴 했지만, 은화가 귀중하기 때문에 귀하고 천한 사이에 절충하여 역할을 하였습니다.

이 세 가지 화폐는 모두 백성들의 손에서 만들어진 것들이므로, 부지런히 하면 스스로 넉넉할 수 있습니다. 그러나 동전은 개인적으로 주조할 수 있는 것이 아니라, 관청에서 공급 받아야만 하는 것입니다. 게다가 당시에 주조한 것이 많지 못하고, 백성들에게 퍼뜨린 것도 두루 돌아다니지 못했으니, 백성들이 동전 사용하기를 불편하게 생각한 것도 참으로 이 때문입니다.

그러니 나라에서 재물을 잘 다스린다는 것도 별다른 방법이 아닙니다. 돈 값이 떨어지고 올라가는 것을 헤아려서 물건 값이 귀해지고 천해지는 것을 조절하되, 막힌 것은 터 주고 넘치는 것은 가두어 주면 됩니다.

돈 값이 지나치게 올라가거나 떨어지는 일이 없도록 해 주고, 물건이 너무 귀해지거나 천해지는 때가 없도록 해 주는 것에 지나지 않습니다.

우리나라에서 동전이 유통된 지가 123년* 안으로는 호조(戶曹)·진휼청(賑恤廳)·오군영(五軍營)**, 밖으로는 팔도 감영(監營)·양도(兩道)·통영(統營)에서 대체로 모두 두 번 또는 서너 번 동전을 만들었습니다. 그 주조한 연대와 수효는 응당 해당 관청에 기록이 있을 테니, 한번 조사해 보면 알 수 있습니다.

지금 관청에서 보유하고 있는 액수가 얼마인지 밝혀진다면, 민간에서 가지고 있는 액수도 따라서 추측할 수가 있습니다. 백여 년 동안에 닳아 없어지고 깨어져 없어지고, 물이나 불 때문에 잃어버린 것들도 또한 없지는 않을 테니, 이를 대략 헤아려서 빼 버리면 공사 간에 지금 가지고 있는 동전이 수백만 냥을 내려가지는 않을 것입니다.

처음 동전을 유통시킬 때와 비교해 본다면 아마 몇 십 배도 넘겠지요. 그런데도 크든 작든 황급한 일이 생겼을 때에 동전 때문에 걱정하지 않는 경우가 없고, 심지어는 나라 안에 동전이 없다고까지 말하게 되었으니, 어째서 그렇습니까?

---

* 숙종 4년(1678)부터 상평통보가 전국에 유통되었다.
** 오군영은 훈련도감·총융청·수어청·어영청·금위영이다. 양도는 개성과 강화다. 통영은 삼도수군통제사가 있던 군영인데, 지금 경상남도 통영군에 있다.

아아! 동전의 이름을 상평(常平)이라고 한 까닭은 언제나 물건 값과 평행이 되게 하자고 한 것입니다. 백성들이 동전을 사용한 지가 벌써 오래 되었기 때문에, 눈에 익고 손에도 익었습니다. 그래서 다른 것은 화폐라고 알아 주지 않으며, 은화까지도 쓰려 들지 않습니다. 동전이 나날이 더욱 많아질수록 물건 값은 나날이 더욱 귀해져 가고 있습니다.

사고 파는 것은 돈이 없으면 안 되는데, 화폐는 물이 흘러가는 것 같아서 (평행이 깨어져) 기울어지는 데로 쏟아지게 마련입니다. 물건 값이 이미 귀해졌으니, 동전이 어찌 한쪽으로 기울어지지 않겠습니까? 그래서 예전에는 일 문이나 이 문*으로 살 수 있었던 물건 가운데 이제는 삼 문이나 사 문으로도 살 수 없게 된 것이 더러 있습니다.

이제 동전으로 물건 값과 평형을 이루려면 몇 배나 많아야 하게 되었으니, 이 어찌 동전이 천해지고 화폐 값이 떨어진 명백한 증거가 아니겠습니까? 그런데도 온 나라에서 재부(財富)를 말하는 사람들이 모두 '동전이 귀해지니까 따라서 물건도 귀해진다'고 합니다. 어찌 이다지도 생각을 못합니까?

은으로 말한다면 재부 가운데서도 으뜸가는 화폐이고, 천하 사람들이 모두 보배로 여기는 것입니다. 그러나 우리나라에서는 동전을 화폐로 사용하는 데만 익숙하고 은을 사용하는 데는 익숙하지 못하여, 은이 드디어 물건으로 돌아가고 화폐로는 들어가지 못하고 있습

---

*상평통보의 단위다. 동전 하나가 일 문 또는 일 푼이고, 십 문이 일 전, 십 전이 한 냥이다.

니다. 그래서 북경 시장에서 화폐로 쓰지 않으면 곧 무용지물이 되고 맙니다.

정조사(正朝使)·동지사(冬至使)·뇌력관(賫曆官)·뇌자관(賫咨官)이 가지고 가는 포은(包銀)*이 한 해에 십만 냥을 밑돌지 않아, 십 년 치를 통계 내면 벌써 백만 냥이나 됩니다.

그런데 이 많은 은을 주고서 바꿔 가지고 오는 것은 겨우 털벙거지 뿐입니다. 털벙거지는 겨울 석 달만 지나면 내버리게 됩니다. 천년을 지나도 부서지지 않을 물건을 가지고 겨울 석 달만 지나면 내버릴 도구로 바꿔 오고, 산속의 한계가 있는 보화를 가져다가 한 번 가면 돌아오지 않을 곳으로 실어 내고 있으니, 천하에 이보다 더 못난 계책은 없을 것입니다.

요즘 들으니 나라 안에서 당전(唐錢, 중국돈)을 통용하여 돈 흉년(凶年)을 구제하기로 하고, 올해 동지사행(冬至使行)부터 당전을 무역해 올 것을 허락하라 하는데, 이것은 결코 좋은 계책이 아닙니다. 돈에는 풍상수한(風霜水旱)의 재해가 있는 것도 아닌데, 어떻게 곡식이 흉년든 것처럼 '황'이라고 할 수 있겠습니까? '황'이라고 말하려면 응당 돈의 유통이 혼란하여 비유하자면 밭에서 잡초를 제거하지 않은 상태와 같아야 합니다.

---

*조선시대에는 개인적인 무역이 금지되었는데, 사신과 그 수행원들에게만은 여행 비용을 충당하기 위하여 무역을 허락하였다. 지위에 따라서 팔포정액(八包定額)이 정해져 있었는데, 당상관(4명)은 삼천 냥씩, 그 밖의 역관들과 서장관, 군관, 의원, 사자관, 화원은 이천 냥씩, 모두 합하여 칠만사천 냥의 은을 가지고 나가 중국의 물건을 살 수 있었다.

중국 산해관(山海關) 밖에서는 문은(紋銀)* 한 냥을 그곳 돈 칠 초와 바꿔 주고 있는데, 일 초는 163문(文)을 한 꿰미로 만든 것입니다. 우리나라의 상평통보로 따진다면 한 냥의 은으로 대략 11냥 4전 1문의 많은 액수를 바꿀 수 있는 만큼, 장차 열 배의 이득이 될 것이요, 수레 삯이나 말 삯을 제하더라도 오히려 대여섯 배 이득이 남게 됩니다.

그런데 저 역관들은 한갓 눈앞의 이익만 알고 먼 장래를 생각하는 계책은 알지 못하여, 수십 년 동안 밤낮 당전을 통용하는 것만 소원하여 왔습니다. 이것이야말로 '화살 따라 과녁 세우기'나 '언 발에 오줌 누기'와 무엇이 다르겠습니까?

지금 나라 안에는 돈 값이 천해져서 온갖 물가를 뛰어오르게 하고 있는데, 어찌 외국의 조악한 화폐까지 사들여 스스로 우리나라의 화폐를 어지럽게 만들려고 합니까? 털벙거지는 그나마 일반 민중들에게 추위를 막는 도구라도 되지만, 그래도 은을 주고 사 오는 것은 불가하다고 생각합니다. 그런데 역관들의 한때 작은 이익을 위하여 팔도 토산의 은을 몰아다가 저 북경 시장에 한없이 들이부을 수야 있겠습니까? 그 이해득실을 환하게 알기 쉬우니, 일부러 슬기로운 사람을 기다려 물어 보지 않아도 분명한 사실입니다.

당연한 계책 가운데 가장 중요한 것은 먼저 돈의 유통을 맑게 하고, 은화가 북쪽으로 빠져 들어가는 문을 닫아 버리는 일입니다. 그러면

※ 말굽처럼 생긴 은덩이, 중국과 거래할 때 통화처럼 썼다.

어떻게 돈의 유통을 맑게 할 수 있겠습니까? 나라 안에는 전화(錢貨) 를 사용한 이래, 구전(舊錢)보다 질이 더 좋은 돈은 없었습니다. 구전 은 그 만들어진 품이 돈중(敦重) 견후(堅厚)하고 글자체가 분명하지 않은 것이 하나도 없었습니다.

　그런데 임신(1752), 계유(1753) 연간에 금위영(禁衛營)·어영청 (御營廳)·훈련도감에서 한꺼번에 동전을 만들면서 갑자기 구식(舊 式)을 변경시켜 납을 많이 섞는데다 두께마저 얇아서, 손으로 이 돈 을 만지면 쉽게 부서져 질이 가장 조악하였습니다. 바로 이때 동전이 병들게 되고, 물가가 뛰어오르게 되었습니다. 그 뒤로 계속해서 주조 한 돈들은 형체가 더욱 작아져서, 지금 신전을 구전과 같은 꿰미에 꿰 면 신전은 구전의 윤곽 안에 들어가게 되어 세기가 어렵습니다. 이 때 문에 화폐 제도가 더욱 복잡하게 된 것입니다.

　이제 옛날 오수전(五銖錢)이나 삼수전(三銖錢)의 제도를 본받아, 현재 남아 있는 구전 하나가 어디서나 신전 둘과 맞먹도록 한다면, 꿰 미의 끈만 한 번 바꿈으로써 돈의 대소가 바로 판명되고, 다시 고쳐 주조하는 수고도 없이 앉아서 백만 냥을 얻는 결과가 됩니다. 비록 대 소가 같지 않은 돈을 함께 통용한다 하더라도, 그 값어치의 경중을 달 리하여 사용한다면 물정에 어긋나지도 않고, 화폐의 유통도 순조롭 게 될 것입니다.

　임신·계유 연간에 삼영(금위영·어영청·훈련도감)에서 주조한 돈 은 그 크기가 구전에 미치지도 못하고, 또 신전만큼 작지도 않습니다.

이렇게 이미 그 크기가 어느 편과도 같지 않고 품질마저 조악한 돈이니, 통용을 일체 정지시켜 시중에 들어가지 못하도록 한다면 동전의 유통이 맑아질 것입니다.

그렇다면 어떻게 은화의 유출을 막을 수 있겠습니까? 공사(公私)간에 소장하고 있는 토산의 은을 지은(地銀) 그대로 쪼개어서 화폐로 사용할 수 없게 한 다음, 전부 호조(戶曹)로 가져다가 대개 다섯 냥이나 열 냥 단위의 크고 작은 낟덩이로 만드십시오. 그 낟덩이를 천마(天馬)나 주안(朱雁)의 모양으로 주조하여 본 소유자에게 돌려 주되, 십분의 일을 세금으로 매기십시오. 그리고 당전도 바꾸어다가 나라 안으로 들여오지 말게 하고, 의주(義州)에 보관해 두었다가, 사신들의 여행 경비로 충당해 쓰도록 하십시오.

또 사행(使行)의 역원(役員)도 필요 없는 인원은 일체 감해야 합니다. 이를 테면 서장관(書狀官)*의 경우는 그 임무가 전대(專對)**도 아니요, 그 지위가 보통의 수행원과도 다릅니다. 그를 위한 식량과 인부, 수레, 말 등 일체의 비용이 사신 한 사람을 별도로 더한 것만큼이나 번거로운데다, 많은 하인들을 대동하여 그들의 식사는 상사(上使)와 부사(副詞) 소속에 곁살이로 붙어서 먹습니다. 그가 가고 오는 것

---

* 사신을 보낼 때 정사와 부사를 책임자로 선정하고는, 전체 인원의 행동을 감시하기 위하여 서장관을 파견하였다. 정사와 부사보다 지위는 낮았지만 행대어사(行臺御使)를 겸하였는데, 흔히 사헌부 관원 가운데 임명하였다. 임진왜란 직전에 일본에 파견되어 도요토미 히데요시의 사람됨을 제대로 파악하여 조정에 보고했던 허성(許筬) 같은 경우가 대표적인 서장관이다.
** 외국에 사신으로 갔을 때 상대방이 묻는 즉시 대답하는 일, 또는 상대방으로부터 시를 받았을 때 즉시 화답하는 일인데, 여기서는 외교라는 뜻으로 썼다. 즉 서장관 본연의 임무가 '외교'는 아니라는 뜻이다.

을 본래 저편에서는 몰라야 하는데도 불구하고, 무릇 연회나 상뢰(賞賚) 다 참여하여 버젓이 받고 있으니, 아주 우스운 일입니다. 피차에 역시 매우 구차스러운 노릇입니다.

대통관(大通官)* 세 명 이외에 압물 종사관(押物從事官)**은 모두 감원하십시오. 사자관(寫字官)·도화관(圖畵官)·의관(醫官) 등도 정사와 부사의 비장(裨將)으로 배정해야 합니다.

---

* 책임자의 지위에 있는 역관인데, 사신들을 수행하는 역관 스물두 명 가운데 당상관이 두 명이고, 상통사(上通事)가 두 명이었다.
** 물건을 가지고 가는 역관들인데, 압물 종사관이 여덟 명이었고, 압폐(押幣) 종사관이 세 명, 압미(押米) 종사관이 두 명이었다.

필세설

筆洗說 — 오래 된 그릇에 관한 글

옛날에 오래 된 그릇을 팔려 했으나 3년이 지나도록 팔지 못한 사람이 있었다. 그 바탕은 딱딱한 것이 돌이었는데, 술잔으로나마 쓰려 해도 밖은 낮고 안이 말려 있는데다, 기름때가 그 빛을 가리고 있었다.

사람들이 전혀 거들떠보지 않자 그는 부자 집을 돌았지만 값은 갈수록 더 떨어져 수백 전에 이르게 되었다. 하루는 그것을 가지고 서여오(徐汝五)란 사람에게 보여 주었다.

여오가, "이것은 붓씻개이다. 돌은 복주(福州) 수산(壽山)의 오화석갱(五花石坑)에서 나온 것으로 옥 다음으로 쳐주니 민옥(珉玉)과 같은 것이다." 하고는 값을 묻지 않고 그 자리에서 8천 전을 주었다.

그리고 그 때를 벗겨내자 앞서 딱딱하던 것은 바로 돌의 무늬 결이었고, 쑥색을 띤 초록빛이었다. 형상이 낮고 또 말려 있던 것은 마치

가을 연잎이 시들어 그 잎사귀가 말려진 것과 같았다. 마침내 나라 안의 명기(名器)가 되었다.

여오는, "천하의 물건이 그릇으로 하지 못할 것이 어디 있겠는가? 생각하건대 그 마땅함을 얻어야 쓰이는 것일 뿐이다. 대저 붓털이 먹을 머금어 아교가 굳어지면 끝이 쉬 무지러지므로 늘 그 먹을 씻어 내어 부드럽게 해 주는데, 이것은 붓을 씻기 위해 만든 그릇이다."라고 한다.

대저 서화(書畵)와 골동은 수장하는 자와 감상하는 자 두 종류가 있다. 감상하는 안목은 없으면서 한갓 수장만 하는 자는 돈만 많아 단지 그 듣는 대로 믿는 자이고, 감상하는 안목은 뛰어나지만 능히 수장하지 못하는 자는 가난해도 그 눈을 저버리지는 않는 자이다.

우리나라에 비록 간혹 수장가가 있긴 하지만, 책이란 것은 중국 복건성 건양(建陽)에서 찍어낸 방각본이요, 서화는 강소성 금창에서 만든 가짜일 뿐이다. 밤 껍질 빛깔의 청동 화로에 곰팡이가 피었다고 갈아버리려고 하고, 장경(藏經)의 종이가 더럽다고 씻어내려 한다. 엉터리 나쁜 물건을 만나서는 그 값을 높게 주고, 보배는 버려 두어 수장할 줄 모르니 그 또한 슬퍼할 만할 따름이다.

신라의 선비는 당나라로 가서 국학에 입학하였고, 고려 사람은 원나라에 유학하여 제과(制科)에 급제하였으니, 안목을 열고 흉금을 틔울 수가 있었다. 그 감상의 배움에 있어서도 대개 또한 당시 세상에서 환하게 빛났었다.

조선 이래로 3, 4백 년 동안 풍속이 날로 비루해져서 비록 해마다 연경과 교통한다고는 해도 썩어 버린 한약재나 거칠고 성근 비단 따위뿐이다. 근세의 감상가로는 상고당(尙古堂)의 김씨를 일컫곤 한다. 그러나 재사(才思)가 없고 보면 아름다움을 다하지는 못하는 법이다. 대개 김씨가 개창한 공은 있지만 여오는 꿰뚫어보는 오묘한 식견이 있어 무슨 물건이든지 눈을 거치기만 하면 진짜와 가짜를 구별해 낸다. 여기에 재사(才思)까지 아울렀으니 감상을 잘하는 자라 하겠다.

여오는 성품이 총명하고 지혜로운데다 문장에 능하고 소해(小楷)를 잘 쓴다. 아울러 미불의 발묵법(潑墨法)에 뛰어나고 한편으로 음악에도 정통하였다.

봄가을 한가한 날에는 마당에 물을 뿌려 쓸고는 향을 살라놓고 차를 끓여 감상하였으나, 늘 집이 가난하여 수장할 수 없음을 한탄하였다. 또 세속에서 이를 가지고 시끄럽게 떠들어 댈까 염려하여 답답해하며 내게 말하였다.

"나를 완물상지(玩物喪志)*로 비웃는 자들이야 어찌 참으로 나를 아는 것이겠는가? 대저 감상이란 것은《시경》의 가르침일세. 곡부(曲阜)**의 신발을 보고서 어찌 느낌이 일어나지 않는 자가 있겠으며, 점대(漸臺)***의 북두성을 보고서 어찌 경계하지 않는 자가 있겠는가?"

내가 이에 그를 위로하여 말했다.

* 그릇을 모으는 것에만 빠지면 원래 바른 뜻을 잃어버린다는 뜻.
** 고려 말 한성판윤 벼슬을 지내다, 고려가 망하자 두문동으로 들어간 인물.
*** 중국 한나라의 무제가 세운 누대. 산시성 장안현에 있는 건장궁의 못인 태액에 자리잡고 있다.

"감상이라는 것은 구품중정(九品中正), 즉 품계 매김을 바르고 공정하게 하는 학문일세. 옛날에 허소(중국 후한의 사상가)가 착하고 간특함을 판별함이 몹시 분명하였다고 하나, 당시 세상에서 능히 허소를 알아 준 자가 있단 말은 듣지 못하였네. 이제 여오가 감상에 뛰어나 뭇사람이 버린 가운데서 이 그릇을 능히 알아보고 찾아내었으니, 아아! 여오를 알아 줄 사람은 그 누구란 말인가?"

백자증정부인박씨묘지명

_ 누이를 추억하며

유인(孺人)의 이름은 아무개요, 반남 박씨다. 그의 아우 지원 중미(仲美)가 아래와 같이 묘지를 쓴다.

유인이 열여섯 살 때에 덕수(德水) 이씨 택모(宅模) 백규에게 시집 가서, 딸 하나와 아들 둘을 낳았다. 신묘년(1771) 9월 1일에 세상을 떠나니, 나이가 마흔셋이었다. 남편의 선산이 아곡(鴉谷)이란 곳에 있으므로, 그 서향판 언덕에 모시고 장사를 지내기로 하였다.

백규가 어진 아내를 잃고 난 뒤에 가난한 살림을 꾸려 갈 길이 없었다. 그래서 이왕 관을 모시고 가는 길에 어린 것들과 계집종 한 명, 솥, 탕관, 상자, 고리 등속을 끌고, 물길을 따라 산골로 들어가기로 하였다. 중미가 새벽녘에 두포(斗浦) 배 속까지 따라갔다가, 통곡하고 돌아왔다.

아아, 누님이 갓 시집 가서 새벽 단장을 하던 일이 어제같이 생각난다. 나는 그때 겨우 여덟 살이었다. 응석 부리느라고 드러누워 발버둥 치다가 새 신랑을 흉내내어 말을 더듬었더니, 누님이 부끄러워하는 바람에 빗을 떨어뜨려 내 이마를 건드렸다.

내가 성이 나 울면서 분에다 먹칠을 하고 거울에다 침을 문질렀다. 그랬더니 누님이 옥으로 만든 오리와 금으로 만든 벌을 꺼내어 내게 뇌물로 주면서 울지 말라고 달래었다. 그게 벌써 스물여덟 해나 되었다.

강가에 말을 세워 놓고 멀리서 바라보았더니, 붉은 만장이 바람에 펄럭였다. 돛대 그림자가 길게 휘어지다가 산모퉁이를 돌면서 나무에 가려지더니, 이제는 더 이상 보이지 않았다. 그러자 강가에 멀리 서 있는 산이 머리채처럼 시퍼렇게 보이더니, 강물은 거울처럼 보이고, 새벽달은 눈썹처럼 보였다. 빗을 떨어뜨리던 시절을 울면서 생각하니, 어릴 적 일이라서 가장 또렷하게 기억되고, 기쁨과 즐거움이 또한 많았다.

세월이 깊다지만 그 사이에 언제나 이별, 근심, 가난이 있어 꿈결처럼 덧없이 지났다. 형제로 지내던 시절이 어찌 그리도 빨리 지나갔던가.

가는 사람은 정녕코 뒷날의 기약을 남겼다지만 / 보내는 사람의 옷깃을 눈물로 젖게 하였네. / 쪽배로 이제 떠나면 언제나 돌아오시려나. 보내는 사람만이 외로이 강가에서 발길을 돌리네.

홍덕보묘지명

洪德保墓誌銘

_홍대용의 묘지문

덕보(홍대용)가 세상을 떠난 지 사흘이 지난
뒤에, 어떤 사람이 동지사의 행차를 따라서 중국에 들어가게 되었다.
그 길이 응당 삼하(三河)를 지날 것이다. 삼하에는 덕보의 친구가 있
으니, 그 이름은 손유의(孫有義)이고, 호는 용주(蓉洲)다.

몇 해 전에 내가 북경에서 돌아오는 길에 용주를 찾아간 적이 있었
는데 만나지 못했다. 그래서 편지를 써서 '덕보가 남쪽 땅에서 사또
노릇을 한다'는 소식을 알리고, 또 우리나라의 산물(産物) 몇 가지를
놓아 두고 돌아왔다. 용주가 그 편지를 읽어 보고, 내가 덕보의 친구
라는 사실을 알았을 것이다. 그래서 중국 가는 사람에게 부탁해서 이
렇게 기별하였다.

"건륭 신묘년(1771) 아무 달 아무 날에 조선 사람 박지원이 머리를

숙이고 용주 선생께 말씀을 올립니다. 우리나라의 전임 영천 군수였던 남양 홍담헌이 이름은 대용이고 자는 덕보인데, 올해 10월 23일 유시(酉時)에 세상을 떠났습니다. 평소에는 병이 없었는데, 갑자기 풍증이 일어나서 입이 비뚤어지고 말을 못하더니, 얼마 뒤 이 지경에 이르렀습니다. 나이는 쉰셋입니다. 그의 아들 원(遠)이 통곡하느라 제 손으로 편지를 쓰지 못하며, 또 양자강 이남으로는 소식을 전할 길이 없습니다. 선생께서 이 소식을 절강까지 대신 전해 주시어, 천하의 친구들이 그 죽은 날짜나마 알게 해 주신다면, 이 세상과 저 세상에서 한이 없게 될 것입니다."

중국 가는 사람을 보낸 뒤에 내가 직접 항주(杭州) 사람들의 글씨, 그림, 편지, 시, 글 등 모두 열 권을 찾아내어서 그의 관 옆에 벌려 놓고는 관을 어루만지면서 울며 말하였다.

아아, 덕보는 통달하고 민첩하며 겸손하고 단아하였다. 식견이 심원하고 견해가 정확하였다. 그는 더욱이 율력(律曆)에 밝아 여러 가지의 혼의(渾儀, 천문시계)들을 만들어 내었으니 깊이 생각하고 연구를 거듭하여 기지를 창출해 낸 결과다. 처음에 서양 사람들이 지구가 둥글다고는 말하였지만, 땅이 돈다고까지는 말하지 못했었다. 그런데 덕보는 오래 전부터 땅이 한 번 돌아서 하루가 된다고 설명하였다. 그 학설이 미묘하고 심오해서 미처 책으로 지어내지는 못했지만, 말년이 되어 가면서 땅이 돈다는 것을 더욱 믿어 의심치 않았다.

세상에서 덕보를 흠모하는 사람들도 그가 일찍부터 과거를 보지 않고 명예와 이익에 뜻을 두지 않으며, 조용히 들어앉아서 좋은 향이나 피우고 거문고와 비파나 타는 것을 보고는, 담박하게 혼자 즐기며 세상 밖에서 노닐려는 것이라고 생각하였다. 덕보가 여러 가지 일을 정리하여 어지럽고 잘못된 것들을 바로잡을 수 있으며, 온 나라의 재정을 맡거나 먼 나라에 사신으로 갈 수 있고, 사람들을 거느리고 적을 막아내는 기이한 재주가 있다는 것은 아무도 알지 못했다.

그는 남에게 자랑하며 드러내기를 좋아하지 않았다. 그래서 두어 고을의 사또 노릇을 하면서도 서류나 잘 추리고 매사를 잘 준비하여, 아전들이 순종하고 백성들이 따르게 하였을 뿐이다.

그는 일찍이 숙부가 서장관(書狀官)으로 가는 길을 따라 북경에 갔다가 유리창(琉璃廠)*에서 육비(陸飛), 엄성(嚴誠), 반정균(潘庭筠)을 만났다. 이 세 사람은 모두 전당(錢塘)에 집이 있었는데, 문장과 예술로 이름난 선비들이었다. 그들이 사귄 사람은 모두 중국의 명사들이었지만, 다 함께 덕보를 큰 학자로 떠받들었다.

붓을 가지고 수만 마디를 이야기하였는데, 경전의 뜻, 하늘과 사람의 성명(性命), 고금의 출처와 대의(大義)를 분석하고 토론하였다. 그들은 해박하고도 호걸스러운 사람들이어서 나는 즐거움을 이기지 못하였다.

우리는 헤어질 때에 서로 바라보고 눈물을 흘리며 "한 번 헤어지면

＊ 중국 베이징시에 있는 문화의 거리. 처음에 유리 공장이 있었다가 점차 번성하여 고서적, 골동품을 판매하는 상점 거리가 만들어져 문화의 거리로 불리웠다.

영영 만나지 못할 테니, 지하에서 만나더라도 부끄러운 일이 없도록 하자."고 맹세하였다. 그 가운데서도 특히 엄성과 뜻이 맞아, "군주는 때에 따라 벼슬을 하기도 하고 않기도 한다."고 충고하였다.

그랬더니 그가 크게 깨닫고 남방으로 돌아갔다가, 몇 년 뒤에 복건 지방에서 객사하였다. 반정균이 그 소식을 편지로 덕보에게 기별하였다. 덕보는 애사(哀辭)와 향을 마련하여, 용주에게 부탁하여 전당으로 보내었다.

그런데 바로 그날 저녁이 엄성의 대상(大祥)*이었다. 서호(西湖) 주위의 각 고을로부터 대상에 참례하러 왔던 많은 손님들이 모두 이상한 일이라고 경탄하였다. 대상을 지낼 때에 엄성의 형인 엄과(嚴果)가 향을 피우고 그 글을 읽으면서 첫 술잔을 부었다.

그 뒤 엄성의 아들 엄앙(嚴昻)이 편지로 큰아버지라고 부르면서 자기 아버지의 문집인《철교유집(鐵橋遺集)》을 보내었는데, 9년 뒤에야 겨우 들어왔다. 그 문집 가운데는 엄성이 그렸던 덕보의 작은 초상도 있었다.

엄성이 복건서 병이 위독할 때에도 덕보가 준 먹을 꺼내서 묵향을 맡아 보다가 가슴에 놓고 운명하였기 때문에 결국 그 먹을 관 속에 넣어 주었다. 절강 일대에서는 이 이야기가 신기한 일이라고 널리 소문났으며, 이 소재로 시와 글을 다투어 지었다. 주문조(朱文藻)가 편지로 이런 소식을 알려 왔다.

---

* 3년 상을 마치고 탈상함.

아아, 그가 살아 있던 시절이 벌써 저 먼 옛날의 이야기처럼 되었다. 지성을 지닌 벗들이 그의 사적을 더욱 전파할 것이니, 양자강 남쪽에서만 그의 이름이 퍼질 것은 아니리라. 그 무덤에 묘지명을 쓰지 않더라도, 덕보의 이름은 길이 전해질 것이다.

덕보의 아버지 이름은 락(灤)인데 목사였고, 할아버지의 이름은 용조(龍祚)인데 대사간이었으며, 증조할아버지의 이름은 숙(潚)인데 참판이었다. 어머니는 청풍 김씨인데 군수 방(枋)의 딸이다. 덕보는 영종 신해년에 났으며, 조상의 음덕으로 선공감 감역(監役) 벼슬을 얻었고, 곧 돈녕부 참봉으로 옮겼다가, 세손익위사(世孫翊衛司) 시직(侍直)에 제수되었다.

태인 현감으로 나갔다가 영천 군수에까지 올랐지만, 몇 년 뒤에 어머니가 늙으신 것을 핑계 삼아 벼슬을 버리고 돌아왔다. 아내는 한산 이씨 홍중(弘重)의 딸인데, 아들 하나와 딸 셋을 낳았다. 사위는 조우철(趙宇喆)·민치겸(閔致謙)·유춘주(兪春柱)다. 12월 8일 청주 아무 방향 언덕에다가 장사지냈다.

답임정오륜원도서

지난번 자네의 노씨(盧氏)가 한유(韓愈)의 원도(原道)라는 글을 토론했으나 그 학설의 뜻을 깨닫지 못해 내게 와서 도(道)의 근원을 물었던 이유는 노씨에게 대꾸하기 위해서였는데 나 역시 정확하게 대꾸하지 못했다.

속담에 한 외양간에 암소가 두 마리라 하더니 피차 미욱하기 짝이 없고, 숫염소는 뿔이 없다는 식의 허튼 말이나 한 셈이네. 내가 몇 날을 고민하다 맹자의 "무릇 도는 큰길과 같은 것이니 어찌 알기 어려우랴."라는 구절을 얻었다네. 그래서 그 말을 연역해서 가설적인 문답식으로 꾸며 보았고 고명한 자네 생각을 묻고 싶네.

내가 시험 삼아 묻겠네.

자네가 내게 올 때, 갓을 똑바로 쓰고 옷을 단정히 입고, 허리띠를 매고 들메끈을 묶은 다음에 문을 나섰겠지. 만약 그 중 한 가지라도

미비했다면 아마 문을 나서지 않았을 것이지. 자네가 한길에 나와서
는 반드시 후미진 길을 버리고 또 험하고 위태한 길을 피해서 여러 사
람이 함께 다니는 길을 따랐을 것이네. 무릇 이처럼 하는 것을 알기
어렵다고는 하지 않을 걸세.

그런데 어떤 사람이 가시밭을 헤치고 밭두렁을 가로질러서, 갓이
걸리고 신이 터지며 고꾸라지고 헐떡이며 온다면 자네는 그 사람을
어떻게 말하겠는가? 자네는 응당 그는 반드시 길을 잃은 사람이라고
말할 것일세.

가는 목적지는 같은데 어떤 이는 바른 길로 가고 어떤 이는 옆길로
새는 까닭이 무엇이라고 생각하나? 자네는 이렇게 대답하겠지. 그는
지름길을 좋아해서 빨리 가고자 하는 사람이거나, 험한 길을 가면서
요행을 바라는 사람이라고. 아니면 그는 반드시 남이 알려 준 것을 잘
못 들은 사람이라고. 그러나 그것은 틀린 생각이야. 그는 길을 나선
뒤 헤맨 것이 아니고, 그가 문을 나서기 전에 이미 다른 마음이 앞서
있기 때문이야.

내가 다시 묻겠네.

길이 저처럼 복판에 반듯하게 나 있고, 마땅히 갈 만한 길이라 하더
라도 자네의 익숙한 걸음으로 천천히 가지 않는다면 어찌 능히 그런
길이 있는 줄 알겠나. 무릇 그렇다면 마땅히 갈 만하다는 사실을 아는
것이 길을 통해서 안다고 말할 것인가, 아니면 발을 통해서 안다고 말
할 것인가?

자네는 당연히 이렇게 말하겠지. 참 깨달음은 마음에 있지만 실제로 행하는 것은 발에 달려 있다고. 그러면 자네 발 놀리는 동작을 내가 알겠네. 반드시 발을 번갈아 들고 교대로 밟아서 걸음이 되고, 한 발은 옮기고 한 발은 멈춰야 보행하는 것이 되네. 내 다시 생각해 보면, 발을 들었을 때에는 붙일 곳이 없으며, 발을 옮기면 바로 나아가게 되지만 멈추면 나아가지 못하네. 이는 자네의 양쪽 발 중에 하나는 망각이 있는 것이니, 참 깨달음이 있어 실제 행한다는 것은 도대체 어디에 있는 것인지? 그리고 자네가 올 때 왼발을 먼저 내디뎠는지, 아니면 오른발을 먼저 내디뎠는지 자네는 대답하지 못할 것이네. 발을 망각하게 한 것은 망각하려 그런 것이 아니며 노력하지 않아서 그런 것이 아니네.

어떤 사람은 성급하게 물을 것이야. 말과 소가 일어날 때 둥근 발굽이 앞에서 먼저 일어나는가? 두 쪽 발톱이 뒤에서 먼저 일어나는가? 사람이 걸을 때는 왼편보다는 오른편이 더 편하다고 하네. 그렇다면 남좌여우(男左女右)라는 것이 어디에 근거한 말이며, 길흉을 주관하는 손을 달리해야 한다는 것을 어찌 말할 수 있을까?

껍질을 막 벗은 병아리도 솔개를 경계해서 숨고, 배가 고파서 우는 아이도 호랑이가 온다고 으르면 울음을 그치는 것을, 그 이유를 내가 모르겠거니와 무릇 이렇게 행동하는 것이 선천성 본능인가, 아니면 후천적인 것인지 모르겠네.

그러므로 자네에게 길을 걷게 하면서 걸음마다 발 디딜 곳을 생각하도록 한다면 종일 가도 몇 마장 못 갈 것이네. 그런 까닭에 참 깨달음과 진정한 실천은 아마 자연스럽게 하는 게 가장 좋을 것이야. 인위적으로 지나치게 거칠게 한다든지 하는 것은 오히려 근본이 아니지.

그렇다면 도는 장차 어디에 있는 것일까? 그것은 공적인 곳에 있네. 공은 어디에 있는가? 비움에 있네. 실행에 있네. 실행은 어디에 있는가? 지극함에 있네. 지극함은 어디에 있지. 중지함에 있네. 중지함은 어디 있는가? 균형에 있네. 균형은 어디에 있지? 바름에 있네. 바름은 어디에 있나? 중용에 있네. 중용은 어디에 있는가? 그것은 바로 도(道)에 있네. 이것이 바로 하나의 원리이네.

그래서 공자는 '분리할 수 있으면 도가 아니다'라고 했지. 기(氣)가 아니면 이(理)를 드러낼 수 없기 때문에 도와 의(義)를 짝지어서 기르면 호연지기(浩然之氣)가 되네. 사람에게 인(仁)과 기를 합해서 말하면 도가 되네. 하늘과 사람이 한 근원이듯 도(道)와 기(氣)를 분리할 수 없음이 이와 같네.

문왕(文王)이 도를 바라봐도 보이지 않았음은 자기 몸에 대한 일이고, 장횡거(張橫渠)*가 만년에 불교와 노자 사상에서 떠난 것은 본래 상태로 되돌아 온 것이니, 돌아서 구하면 마땅히 자신에게서 도를 만날 것이네.

그러므로 중용이 아니면 올바른 것을 구할 수 없고, 바름이 아니면 균형을 확정할 수 없으며, 균형이 아니면 중지함을 편히 여길 수 없

---

*중국 북송 때 학자. 송나라 최초로 기일원(氣一元)을 주장한 인물, 송나라 유학에 기초를 세웠다.

네. 중지한 다음이라야 지극함을 볼 수 있고, 지극한 다음이라야 실행을 볼 수 있으며, 실행한 다음이라야 비어 있음을 볼 수 있네. 하늘이 비어 있지 않으면 우레와 바람이 어디에서 소리를 내며 해와 달이 어디에서 비추겠는가. 하늘이 공정하지 않으면 비와 이슬이 선택적으로 내려 만물의 원망이 있을 것이네. 소위 정직하지 않으면 도가 보이지 않는 것은 바로 이런 이치네.

《주역》에 "때때로 육룡(六龍)을 타고 하늘에 오른다."고 하였네. 육룡이란 기(氣)이니 천지사방에 있네. 때때로 탄다 함은 이(理)이니 어느 때건 타지 않는 적이 없네. 그러므로 꼭 고집할 것도 꼭 기필할 것도 없으며, 반드시 옳은 것도 없고 반드시 틀린 것도 없네.

하늘에 뭐가 있는가? 바로 이와 기가 하나로 뭉쳐 있지. 광활하면서도 자신을 드러내지 않음이 하늘의 도일 것이네. 그러므로 하늘의 도, 곧 천도(天道)란 다름이 아니라 보여 주는 것일 뿐이네. 땅의 도, 곧 지도(地道)는 이상한 게 아니라 보는 것일 뿐이네. 사람의 도, 곧 인도(人道)란 이도저도 아니라 분변하는 것일 뿐이네.

그러나 보여 주고 보는 그 사이에는 규칙이 존재하지. 비유하면 숨을 들이쉬고 내쉬어서 호흡이 되고 심장의 박동이 혈관으로 전해져 맥박이 되는 것과 같네. 이러한 성질이 하늘과 땅의 뜻을 받들고 이어서 실제 생명을 감싸게 되는데, 대체로 순일(純一)하고 잡스럽지 않은 기품과 삶을 좋아하고 기꺼이 따르는 이치일 것이네.

만약 이러한 규칙을 얻게 되면 그 천명을 영접함이 매우 민첩하게 되네. 마치 겨울이 봄을 영접하고, 잠자는 것에서 깨어남으로 이어지고, 뭉게뭉게 솟은 구름이 세찬 비를 몰고 오고, 터진 도랑이 물을 흘러가게 하는 것과 같네.

이것이 바로 천명의 성질이란 것인데, 맹자는 밝은 덕과 지극한 선(善)이 곧 타고난 본성을 실천하는 도임을 분명히 하였네. 그리고 다시 도의 근본을 추론하려 하지 않아도 되는 것이 하늘이고 이루려 하지 않아도 이뤄지는 것이 규칙이네.

천명이란 정성을 지극히 하는 것이고, 정성을 지극히 한다 함은 진실을 행한다는 것이네. 진심이란 인위적인 것을 행하지 않음이야. 인위가 없는 몸으로 진심을 행하는 규칙을 받아 머리로 하늘을 이고 발로 땅을 딛고 도에 거리낌 없이 나가네.

걸음을 걸을 때 들린 한쪽 발은 떠 있음을 잊게 되니, 떠 있음을 잊는다 함은 하늘의 이치를 즐기는 것이네. 딛고 있는 한쪽 발은 실지의 땅으로 돌아가니, 이는 땅을 딛는 것이네. 하늘의 이치를 즐김은 형이상적(形而上的)인 것이고, 땅을 딛음은 형이하적(形而下的)인 것이네. 인의예지(仁義禮知)는 하늘의 근본이고, 효제충경(孝悌忠敬)은 땅의 근본이네.

그러므로 지극한 정성으로 능히 교화시키는 것은 형이하적인 것을 가까이 하는 것이고, 사물에 나아가 이치를 깨닫는 것은 형이상적인 것을 가까이 하는 것이네. 인간의 덕성을 존중하고 학문을 실천하는 것은 유학의 도가 상하로 관철되는 것이고, 노장과 불교가 허무함을 숭상하고 육신을 버림은 이단의 학문이 은밀한 것을 찾고 괴이한 것을 실천하는 것이네.

　이러한 이유를 가지고 본다면 소리도 없고 냄새도 없다는 것은 하늘이 스스로 즐거워하는 까닭이고, 모든 만물에 일정한 법칙이 있다 함은 땅이 스스로 믿는 까닭이네. 나타난 대로 바르게 행동함은 규칙을 아는 것이고, 어떤 상황에서도 행해야 할 도란 스스로 깨치는 것이며, 속이기 어렵다는 것은 소리나 형체가 없다는 것이네. 내 말을 새겨서 듣는다면 도를 연구해서 스스로 근본으로 돌이키는 것이며, 길거리의 뜬소문 대하듯 깊이 간직하지 않는다면 이 도를 스스로 버리는 것이 될 걸세.

공작관문고

_ 글은 결국 자기 생각이다

글이란 자신의 생각을 나타내면 그만이다. 제목을 놓고 붓을 잡은 다음 문득 옛말을 생각하고 억지로 고전의 내용을 찾아서, 뜻을 근엄하게 꾸미고 글자마다 장중하게 하려는 태도는 마치 화공을 불러 초상을 그리게 하면서 용모를 고치고 앞에 나서는 것과 같다. 눈알이 돌아가지 않고 옷에 주름도 잡히지 않아서 평소의 모습을 잃었으니 아무리 훌륭한 화공이라 하더라도 참 모습을 그려 내기 어려울 것이다.

글을 쓰는 것도 이와 같다. 말은 대단한 것만 한다고 맛이 아니다. 털끝만큼 작은 것도 말할 수 있어야 한다. 말할 만한 것이라면 깨진 기와와 자갈 부스러기인들 내버릴 것이 무엇인가? 그러므로 도올(檮杌)이란 문자는 흉악한 짐승 이름이나 초나라 역사책에서 빌렸고, 사마천과 반고와 같은 유명한 역사가도 사람을 때려 죽이고 무덤을 파

헤치는 흉악한 도적의 사적을 서술하였다. 글을 짓는 사람은 오직 진실해야 할 뿐이다.

이렇게 본다면 글을 잘 짓고 못 짓는 것은 모두 내게 달려 있고, 비방과 칭찬 등의 평가는 남에게 달려 있어 마치 이명증(耳鳴症)이나 코를 고는 것과 같다. 어린아이가 뜰에서 노닥거리다가 귀가 갑자기 '잉' 하고 울리니 싱글벙글하며 동무 아이에게 소곤거렸다.

"너 이 소리 좀 들어 볼래? 내 귀가 앵앵거린다. 마치 생황(笙簧)을 부는 듯, 피리를 부는 듯 그 소리가 동글동글한 별 모양 같아."

동무 아이가 귀를 기울여 들어 보려 해도 끝내 들리는 것이 없다 하자 그 어린아이는 딱하여 소리를 지르며 남이 알지 못함을 안타까워하였다.

일찍이 촌사람과 같이 자는데 어떤 사람이 드르렁드르렁 코를 골았다. 토하는 듯, 휘파람 부는 듯, 탄식하는 듯, 숨을 내뱉는 듯, 불을 부는 듯, 물이 끓는 듯, 빈 수레가 엎어지듯하여 숨을 들이쉴 때는 빽빽 톱 켜는 소리가 나고, 내쉴 때는 돼지가 씨근거리는 것 같았다. 옆사람이 흔들어 깨우자 그는 벌컥 성을 내며 "내가 언제 코를 골았단 말인가?" 한다.

아하! 자기 혼자만 아는 것은 남이 알아 주지 못함을 항상 걱정하고, 자기가 미처 깨닫지 못한 것은 남이 먼저 깨달을까 기피한다.

어찌 유독 코와 귀에만 이런 병이 있을까? 글을 짓는 데는 더 한층 심한 것이 있다. 이명증은 병이건만 남이 알아 주지 않음을 민망하게 여기니 하물며 병이 아닌 것이랴? 코를 고는 것은 병이 아니건만 남이 일깨워 주면 골을 내니 더구나 병인 것이랴?

그러므로 나의 《공작관문고(孔雀館文稿)》를 보는 사람이 깨진 기와나 자갈 부스러기처럼 하찮은 것이라도 내버리지 않고 읽는다면 화공이 먹물을 바림질하여 흉악한 도적놈의 협수룩한 머리를 살아 있는 듯 그려낼 수 있을 것이다. 나의 병인 이명증은 들으려 하지 말고 나의 코고는 것만 일깨워 준다면 얼추 작가의 진의(眞意)를 얻으리라.

원사

原士 _ 선비란 누구인가

무릇 선비란 아래로는 농공(農工)들과 나란히 설 수 있으며, 위로는 왕족들과 친할 수 있는 존재다. 지위로 보자면 등급이나 차별이 없고, 덕(德)을 보자면 올바른 일을 한다. 한 선비가 독서를 하면 그 은혜가 세계에 미치고 그 공덕이 만세에 드리워진다.

주역에서 "나타난 용이 밭에 있다."라는 말은 선비가 나타나 세상을 재건한다는 뜻이니, 천하 문명은 독서하는 선비의 책임이다. 그러므로 천자도 선비 출신이다. 그 근원이 선비라 함은 출생의 근본을 말한 것이다. 직책은 천자(天子)이지만 신분은 선비인 것이다. 따라서 직책에는 아래위가 있지만 신분은 변화하는 것이 아니며, 지위에는 귀천이 있지만 선비 신분을 옮기는 것은 아니다. 그러므로 작위가 선비에게 더해지는 것이지, 선비가 작위에 나아가는 것은 아니다.

무릇 정치를 하는 대부를 사대부(士大夫)라 말함은 대부를 높이기 위함이고, 군자를 사군자(士君子)라 함은 군자를 어질게 여기기 위함이다. 군졸은 군사(軍士)라 하는데, 숫자를 많게 하여 사람들마다 자신이 선비임을 알리려는 까닭이다. 법을 집행하는 사람도 사(士)라 하는 것은 독자적 판단으로 천하의 공평함을 보이려는 까닭이다.

그러므로 천하의 공적인 말을 사론(士論)이라 말하며, 당시 일류를 사류(士流)라 말하며, 천하의 의로운 목소리를 외치는 것을 사기(士氣)라 말하며, 군자가 죄없이 죽는 것을 사화(士禍)라 말하고, 학문을 권하고 도(道)를 논하는 곳이 바로 사림(士林)이다.

당나라 고종 때 외척이 발호하자 송광평(宋廣平)이 이를 막으려고 장열(張說)에게 "후대 역사에서 존경받을지 여부는 이번 행동에 달려 있다."고 역설한 것은 천하의 공론이다. 환관과 궁첩들이 그 이름이 알려지지 않는 것은 당연한 이치다. 노중련(魯仲連)이 동해 바다에 뛰어들려 하자 쫓아온 진시황 군사들이 스스로 물러났으니 이도 또한 천하의 의리로 하늘을 감동시킨 것이다.

《시경》에 "어진 사람이 없으니 나라가 열병을 앓아 초췌해진다." 했으니 어찌 군사들이 무죄로 죽은 것을 애석하게 여긴 것이 아니리요? 또한《시경》에 "재주 있는 여러 선비들 때문에 왕이 편안하다."고 했으니 학문과 도를 강론하지 않고서야 능히 그와 같이 될 수 있었겠는가?

무릇 선비는 이제 무엇을 해야 하는가? 천자가 국립학교에서 춘추

제례를 행할 때, 삼로와 오경*을 세우고 신하들의 말을 빌리고 음식을 대접한 것은 천하에 효성을 널리 펴고자 해서이다. 천자의 아들들을 서민의 아들과 같은 자격으로 공부시킨 것은 천하에 공경을 보이고자 해서다. 효성과 공경이란 선비의 근본이며, 선비란 인간의 근본 바탕이다. 바름은 모든 행실의 근본이다. 천자도 오히려 선비의 바름을 명확히 하려거늘, 하물며 벼슬하지 않는 선비임에랴!

요임금·순임금도 효성스럽고 공경스러운 바른 선비였으며, 공자와 맹자 그들도 독서를 잘한 선비였다. 누군들 선비가 아닐까만 능히 일을 하는 선비는 드물고, 누가 독서를 하지 않았겠는가. 하지만 제대로 할 수 있는 선비는 드물었다.

소위 독서를 잘한다는 것은 읽는 소리를 잘 내는 것을 말함이 아니며, 구두점을 잘 찍는 것을 말함도 아니며, 그 의미를 잘 이해함을 말하는 것도 아니며, 그 내용을 잘 말함을 의미하는 것도 아니다. 비록 효제충신(孝悌忠臣)한 사람이 있더라도 독서가 아니면 모두 사사로운 지혜로 천착하는 것이며, 권모지략과 경륜의 기술이 있다 하더라도 독서가 아니면 모두 권모술수로 맞추는 것이다. 이것은 내가 말하는 선비가 아니다. 내가 말하는 선비는 서투르고 꾸밈이 없지만 자신을 지킴이 확고한 사람이다. 그처럼 우러러 하늘에 부끄럽지 않고 굽

＊ 삼로오경(三老五更) : 주나라 때 설치한 임금의 스승.
　삼로는 삼덕(三德 : 正直·剛·柔)을 아는 자이고,
　오경은 오사(五事 : 貌·言·視·廳·思)를 아는 자를 말한다.

어 사람에 부끄럽지 않음은 오직 문을 닫아걸고 독서하는 선비일 것이다.

갓난아이는 비록 연약하지만 그리워하는 것에 전심전력하며, 처녀는 비록 서투르고 꾸밈이 없지만 자신을 지킴이 확고하다. 그처럼 우러러 하늘에 부끄럽지 않고 굽어 사람에 부끄럽지 않음은 오직 문을 닫아걸고 독서하는 선비일 것이다.

증자(曾子)*가 독서를 한 것을 보면 천하를 헌 짚신짝 버리듯했으며 그 음성이 천지에 가득하여 마치 악기 소리가 나는 것 같았다. 혹 사람들은 물을 것이다. 안연이 비록 자주 굶주렸어도 자신의 안빈낙도(安貧樂島)하는 태도를 바꾸지 않았고, 만약 그 아비가 굶을 때 안빈낙도를 할 수 있었겠는가? 쌀을 지고 와서 부모를 공양할 수 있다면 그는 백리 길도 멀다 여기지 않았을 것이니, 처에게 밥을 짓게 하고 자신은 마루에 올라 독서를 하였을 것이다.

독서를 하는 사람은 학문을 하고 도를 논하는 것이 제일의 일이요, 효제충신은 강학(講學)의 실체요, 예악형정(禮樂刑政)은 강학의 응용이다. 독서하되 실제의 응용을 모른다면 참된 강학이 아니다. 강학을 높게 평가하는 것은 실제 실용하기 위함이다.

독서를 하면서 목적을 구하는 것은 모두 자기 욕심을 채우려는 사

---

* 중국 춘추시대 유학자. 공자의 오래 된 제자로 효성이 두텁고, 노(魯)나라 지방에서 제자들의 교육에 주력하였다. 공자가 제자들을 모아 놓고 "나의 도는 하나로써 일관한다(吾道一以貫之)."고 말했을 때 다른 제자들은 그 말의 참뜻을 몰라 생각에 잠겼으나, 증자는 선뜻 '부자(夫子, 공자에 대한 경칭)의 도는 충서(忠恕)뿐'이라고 해설하여 다른 제자들을 놀라게 하였다는 이야기는 유명하다.

심이다. 평생 독서를 하면서 진보가 없는 사람은 제 욕심을 채우려는 사심이 방해한 것이기 때문이다.

세상의 모든 서적을 넘나들고 경전을 참고하여 자신이 배운 것을 시험하려 하면서도 공명심과 이익에 급급하다면 이런 사람은 오히려 독서가 해악이다.

성인의 책을 읽는 사람으로 성인이 고민했던 점을 능히 파악하는 사람은 드물다. 주자가 "공자가 어찌 지극히 공정하고 천부의 정성을 가진 인물이 아니었겠는가? 맹자는 손이 거칠고 발이 큰 인물이 아니었겠는가?"라고 말한 것은 주자와 같은 사람은 성인의 고민을 파악한 인물이다.

공자는 "나를 알아 주거나 나를 허물할 것은 오직 《춘추》일 것이다."라 했고, 맹자는 "내가 어찌 변론하기를 좋아하겠는가?"라고 했다. 공자는 《주역(周易)》을 읽어 위편삼절(韋編三絶)*하였으나 "하늘이 나를 몇 년만 더 살게 한다면 가히 《주역》을 읽을 수 있을 것이다."라고 했다. 그리고 공자는 《주역》을 주석하면서도 그에 대해 말하지 않았으며, 맹자는 곧잘 《시경》과 《서경》을 말했으나 《주역》에 대해서는 언급하지 않았다.

공자의 제자 가운데 《주역》을 들은 사람은 아마도 오직 증자일 것이다. 그는 "선생님의 도는 충(忠)과 서(恕)일 뿐이다."라고 했으니 말이다. 《주역》을 찬미한 사람은 아마도 오직 안연이었을 것이다. 그

＊공자가 주역(周易)을 즐겨 읽어 책을 묶은 가죽 끈이 세 번이나 떨어졌다는 것에서 유래한 말.

는 한 가지 좋은 말이라도 들으면 늘 마음속에 간직하고 정성스럽게 지켜 잃지 않으려고 했으니 말이다. 자로(子路)*의 말은 어질지 못하다. 그는 "종묘사직을 소유하고 인민을 가졌다면 하필 독서를 한 뒤라야 학문했다고 말할 수 있으랴?"고 말했다.

　선비는 하루라도 독서를 하지 않으면 모습이 바르지 않고, 두려워 마음 둘 곳이 없게 된다. 자식들이 오만 방탕하고 제멋대로 하더라도 그 곁에 독서를 하는 사람이 있으면 절로 멋쩍어 책을 읽을 것이다. 부인네들이나 농부들이라 하더라도 그 자제의 책읽는 소리를 들으면 기뻐하지 않는 사람이 없다.

　어린아이가 독서하면 요절하지 않고 노인이 독서하면 늙어 혼몽해지지 않는다. 귀한 사람은 그 귀함을 유지할 수 있고, 천한 사람은 분수에 넘친 행동을 하지 않게 된다. 어진 사람은 지나치게 넘치지 않게 되고, 못난 사람 유익함을 얻을 것이다. 나는 가난하면서도 책 읽기를 좋아했다는 이야기는 들어보았지만 부자이면서 독서를 좋아했다는 이야기는 들어보지 못했다.

---

* 공자보다 9살 아래였고 제자 중에서는 최연장자로 중심적인 인물이었다. 본디 무뢰한이었는데 공자의 훈계로 입문(入門)하여 곧고 순진하여 헌신적으로 공자를 섬겼다. 공자도 그를 매우 사랑한 듯하며 《논어》에 그 친분이 잘 표현되어 있다. 성미는 거칠었으나 꾸밈없고 소박한 인품으로 용기가 있어 가르침을 받으면 실천에 옮기는 인물이었다. 공자는 그를 가르침에 있어, 도의를 표준으로 했을 때라야 비로소 용기의 가치가 있음을 강조하여 그의 남보다 앞서는 용기와 적극성을 교정하였다. 뒤에 위(衛)나라에서 벼슬했는데, 내란이 일어났을 때 스스로 도의적 입장에서 전사(戰死)를 택하였다. 내란 소식을 들었을 때 공자는 그의 죽음을 예언했다고 한다.

대숙(大叔)이란 사람이 《시경》을 읽을 때 3년을 문 밖으로 나오지 않았다는데 하루는 마루에 내려왔다가 문득 돌아서는데 집의 개가 놀라 짖었다고 한다. 부모가 자식에게 독서를 권하지 않아도 그가 알아서 독서를 하면 그 부모는 얼마나 기뻐할까? 나는 어찌 독서함이 마음에 이다지도 차지 않을까?

독서 하는 방법으로는 일과를 정해놓고 하는 것이 제일 좋고, 오늘 읽을 것을 내일로 미루는 것이 제일 나쁜 방법이다. 너무 많이 읽으려고 하지 말고 욕심내지 말고 빨리 읽으려 하지도 말라. 순서를 정해놓고 날마다 해야 한다. 그리고 가리키는 대의를 정밀하고 분명하게, 음성은 무르녹게, 뜻은 익숙하게 한다면 절로 암송할 것이며, 그 다음으로 넘어가야 한다.

책을 대할 때는 하품하거나 기지개를 켜지 말라. 책을 마주 해서는 침을 뱉지 말 것이며, 기침이 나오면 머리를 돌려 책을 피하라. 책장을 넘길 때 침을 바르지 말고 표시할 때 손톱으로 하지 말라. 책을 베거나 그릇을 덮지 말며, 책을 난잡하게 늘어놓거나 책으로 먼지를 털지 말 것이다. 책에 좀이 슬면 볕이 들 때 볕에 쪼여라. 남의 서적을 빌렸는데 글자가 틀렸으면 고치고, 찌지가* 찢어졌으면 기워 주고, 책을 묶은 끈이 끊어졌으면 묶어서 되돌려 주라.

첫 닭이 울면 일어나 눈을 감고 무릎을 꿇고 앉아서 전에 암송한 것을 복습하면서 가만히 반복해 암송하라. 그 내용을 파악하는 데 충실

---

* 표시하거나 적어 붙이는 종이 쪽지.

하지 못한 것이 있으면 다시 살펴 심신으로 체득해야 하며 스스로 깨달음에 기뻐해야 한다.

등불을 밝혀 의복을 갈아입고 엄숙히 책상에 마주 앉은 다음, 새로운 편(篇)을 묵묵히 반복해서 음미한다. 몇 줄씩 끊어서 암송한 뒤 서산(書算)*을 접어 옮겨놓고, 가만히 훈고적 의미를 따져보며, 상세히 주소(註疏)**를 점검하여 그 차이점을 변별한다. 그리고 책을 읽을 때 음과 뜻을 밝게 알고 침착한 마음으로 자기 의지에 합치되도록 한다. 그리고 사사롭게 너무 천착하거나 억지 의심은 하지 말고, 심신에 자득할 수 없는 경우는 반복하고 그냥 방치하지 말아야 한다.

하늘이 훤히 밝아지면 세면을 마치고 즉시 부모님 침소에 나가 문밖에서 살피다가 혹 안에서 기침 소리나 하품 소리가 나면 방으로 들어가서 문안을 한다. 부모가 혹 심부름을 시키면 바쁘다고 돌아가지 않아야 하며, 책을 읽는다는 핑계로 거절하지 말아야 한다. 혹, 책을 읽는다고 신체를 깨끗하게 하지 않는다면 이는 독서가 아니다. 부모가 물러나라 명하면 자신의 방으로 돌아와 먼지를 소제하고 책상을 털며 책을 가지런히 정리하고는 단정히 앉아 잡생각을 그치고 한참 지난 뒤에 책장을 펴서 읽는다. 너무 느리게도 너무 빠르게도 읽지 않는다.

---

* 서당에서 책을 읽은 횟수를 세던 물건. 좁다란 종이를 봉투처럼 접어 겉에 눈금을 내어 에이고 이를 접었다 폈다 하며 헤아렸음.
** 경전의 원문을 자세히 풀어놓음.

긴급한 말이 아니면 말대꾸 하지 말고, 바쁜 일이 아니면 일어나지 않는다. 부모가 부르면 책을 덮고 즉시 일어나고, 귀한 손님이면 책을 덮는다. 음식 먹을 때면 책을 덮고, 식사를 마치고는 곧 일어나 천천히 걸어다니다 소화가 된 뒤에 다시 읽는다.

부모님이 아프면 일과 공부를 그만두고, 제사지낼 때도 책을 덮는다. 부모의 초상에는 장례를 치르고 나서도 3년까지는 예서(禮書)를 읽으며, 어린이들은 그대로 읽던 책을 읽는다.

어떤 사람이 묻기를 "아비가 죽으면 그 아비의 책을 읽을 수 없으니, 아비의 손때가 책에 남아 있기 때문이다. 그렇다면 집안에 전해오는 책은 모두 묶어 다락에 넣어두고 읽지 않아야 하는가?"라고, 옛날 증자의 아버지 증석(曾晳)은 양고기와 대추를 즐겼는데, 그가 죽은 뒤에 증자는 양고기와 대추를 먹지 않았으니 마치 부모의 명을 듣고 머뭇거리는 행동이 없기를 생각하며, 친구와 약속을 해놓고 곧 실행함을 생각하는 듯하여 주저함이 없었다. 이것이 독서하는 도리이다. 천하의 사람들이 편안히 앉아 책을 읽을 수 있다면 그 천하는 아무 일 없는 태평세상일 것이다.

3부

하룻밤에
강을 아홉 번
건너다

산장잡기

야출고북구기(夜出古北口記)

연경에서 열하로 가는 길은, 창평을 돌아 서북쪽으로 가면 거용관에 이르게 되고, 밀운을 거쳐서 동북으로 가면 고북구에 이르게 된다. 고북구로부터 장성을 따라 동으로 산해관*까지는 7백리, 서쪽으로 거용관까지는 280리, 고북구는 거용관과 산해관의 중간에 있어 장성의 지세가 험하여 방어하는 데는 이만한 곳이 없다.

이곳은 몽골이 중국 땅에 드나들 때에 항상 중요한 곳이 되어, 겹으로 된 관문을 만들어 그 요새를 관리하고 있다. 송나라 학자 나벽(蘿壁)이 그의 글에 이르기를, "연경 북쪽 8백리 밖에는 거용관이 있고 관의 동쪽 2백리 밖에는 호북구가 있는데, 호북구가 곧 고북구이다."라고 하였다.

---

*중국 하북성 동북부에 있는 교통의 중심 도시.

당(唐) 때부터 이름을 고북구라 해서 중원 사람들은 장성 밖을 모두 구외(口外)라고 불렀으며, 구외는 모두 당나라 때 오랑캐의 추장 해왕(奚王)의 근거지였다.

금사(金史)를 살펴보면, '그 나라 말로 유알령(留斡嶺)이 곧 고북구이다.'라고 되어 있다. 그래서인지 대개 장성을 둘러서 구(口)라고 일컫는 데가 100곳이 넘는다. 산을 의지해서 성을 쌓았는데 입을 벌린 듯 높은 절벽과 구멍을 뚫을 듯 흐르는 깊은 시내로 인하여 그 물에 부딪쳐 뚫어지면 성을 쌓을 수 없어 그곳에 정장(사람의 출입을 검사하는 관문)을 만들었다. 명나라 홍무(洪武) 때에 외적의 침입을 막는 천호(千戶)를 두어 오중관(五重關)을 지키게 했다.

말을 타고 무령산을 돌아 배로 광평하를 건너 밤중에 고북구를 빠져나가니 때는 이미 삼경이 되었다. 중관을 지나와서 말을 장성 아래세워두고 그 높이를 헤아려 보니 십여 장(仗)이나 된다. 나는 붓과 벼루를 꺼내어 술을 부어 먹을 갈고 성을 어루만지면서, 〈건륭 45년 정자 8월 7일 밤, 삼경에 조선 박지원 이곳을 지나다〉라고 글을 쓰고 이내 크게 웃으면서, "나는 서생(書生)으로서 머리가 하얗게 세어서야 장성 밖을 한 번 나와 보았구나." 하고 말하였다.

옛날 장군 몽염이 스스로 말하길, "내가 입조로부터 시작하여 요동에 이르기까지 성을 만여 리나 쌓는데, 간혹 지맥(地脈)을 끊지 않았다." 하였으니 이제 살펴보니 그가 산을 헤치고 계곡을 메운 것이 사실이었다.

아, 슬프도다. 여기는 옛날부터 백 번이나 전쟁이 벌어졌던 전쟁터이다. 후당(後唐)의 장종(莊宗)이 후량의 장수 유수광을 잡으니 별장 유광준은 고북구에서 이겼고, 거란의 태종이 산 남쪽을 차지하려 할 때에도 먼저 고북구로 내려왔다 하였으니 곧 이곳이요, 여진이 요(遼)를 멸망시킬 때 여진의 장수 희윤(希尹)이 요의 군사를 크게 무찌른 곳도 바로 이곳이요, 또 연경을 차지하려 할 때 포현이 송나라 군사를 패배시킨 곳도 이곳이다.

또 원나라 문종이 즉위하자 여진의 당기세(唐基勢)가 군사를 여기에 주둔시켰고, 이어 산돈(撒敦)이 상도의 군사를 추격한 것도 여기였다. 몽고의 독견첩목아(禿堅帖木兒)가 쳐들어올 때 원의 태자는 이 관으로 도망하여 흥송(興松)으로 달아났고, 명나라 세종 때에는 엄답(俺苔)이 경사를 침범할 때도 이 관을 지났다.

성 아래는 모두 날고 뛰고 치고 베던 싸움터로서 지금은 사해가 군사를 쓰지 않아 사방이 산으로 둘러싸여 골짜기마다 오히려 음산하였다. 마침 달이 상현이라 고개에 걸려 넘어가려 하는데, 달빛이 싸늘하기가 날카롭게 간 칼날 같았다. 조금 있다가 달이 고개 너머로 더욱 기울어지자 뾰족한 두 끝이 오히려 불빛처럼 붉게 변하면서 횃불 두 개가 산 위로부터 솟아오르는 듯하였다.

북두칠성은 반 남아 관문 안에 꽂혔는데, 벌레 우는 소리는 사방에서 들려오고 한 줄기 바람은 고요하니, 숲과 계곡이 함께 우는 듯하다. 짐승 같은 언덕과 귀신 같은 바위들은 창을 세운 듯하고 방패를 벌여 놓은 것 같다. 또한 큰 물이 산 틈에서 쏟아져 흐르는 소리는 마치 군사들이 함성을 지르며 싸우고 말이 뛰고 북을 치는 소리와 같다. 하늘에서 학이 우는 소리가 대여섯 번 들리는데, 맑고 긴 것이 피리 소리 같았다. 어떤 사람들은 이것을 고니라고 하고 혹자는 백조 소리라고도 했다.

야출고북구기후지(夜出古北口記後識)

우리나라 선비들은 태어나서 늙고 병들어 죽을 때까지 강역(疆域)*을 떠나지 못하니, 근세 선배로는 오직 노가제(老稼齊) 김창업(金昌業)과 담헌(湛軒) 홍대용(洪大容)이 중국 땅을 일부 밟았을 뿐이다. 연(燕)은 전국시대 일곱 나라 중 하나로 우공편(愚貢篇)의 구주(九州) 가운데 하나인 기주(冀州)가 이곳이다.

천하로 본다면 드넓은 땅의 겨우 한 구석이라고 할 수 있지만 원나라 명나라를 거쳐 지금의 청나라에 이르기까지 중국을 통일한 천자들이 도읍과 궁의 터로 삼아 옛날 장안이나 낙양과 다름없다.

소자유(蘇子由)는 중국 선비지만, 경사(京師)에 이르러 천자의 웅장한 궁궐과 널따란 창름(창고)과 부고(府庫), 성지(城地), 원유(苑有)를 둘러보고 나서 천하가 크고 화려한 것을 알게 된 것을 다행으로 여겼다 한다. 하물며 우리나라 사람으로서 그 크고 화려한 것을 한 번이라도 보았다니 다행이라 할 수 있다.

---
* 나라의 통치권이 미치는 지역.

그리고 지금 내가 이 여행을 더욱 다행으로 여기는 것은 장성을 나와서 막북(漠北)에 이른 선배들이 일찍이 없었다는 것이다. 그러나 노정(路程)에 따르다 보니 깊은 밤의 눈먼 자처럼 행동하고 꿈속같이 지내다 보니 산천의 자세한 모습과 뛰어난 경치와 국경 수비의 웅장하고 기이한 것을 두루 보지 못했으니 그것이 애석할 따름이다.

때는 가을이라 달이 은은하게 비치고, 관내(關內)의 양쪽 언덕은 백장(百丈)의 높이로 깎아 세운 듯한데 길이 그 가운데로 나 있다.

나는 어려서 겁도 많아서 낮에라도 빈 방에 들어가거나 밤에 조그만 불빛이라도 만나면 언제나 머리카락이 쭈뼛 서고 심장이 뛰는 터였는데, 금년 내 나이 44살이건만 그 무서워하는 것이 어릴 때나 매한가지로 같았다.

이제 밤중에 홀로 만리장성 아래에 섰는데, 달은 기울고 강물은 소리를 내며 흐르고 바람은 처량한데 반딧불이 날아올라서 접하는 모든 경치가 놀랍고, 두려우며 기이하고 신기하니, 홀연히 두려운 마음은 없어지고 기이한 흥취가 발동하여 공산(公山)의 초병(草兵)*이나 북평(北平)의 호석(虎石)**도 나를 놀라게 하지 못하게 되었으니 이에 나는 더욱 다행으로 여길 수 있다.

---

* 전진의 3대 군주인 부견(苻堅)이 위급함을 당하자 팔공산(八公山)의 풀까지 적으로 오해하여 놀랐다는 고사.
** 한(漢)나라 이광(李廣)이 우북평(右北平)의 바위를 범으로 보고 활을 쏘았다는 고사.

일야구도하기(一夜九渡河記)

황하 물이 두 산 틈에서 흘러 나와 바위에 부딪쳐 사납게 싸우면서 그 성난 물결, 노한 물줄기, 구슬픈 듯 굼실거리는 물길 굽이쳐 돌며 뒤말리며 고함치는 소리인 듯, 언제나 만리장성을 부서뜨릴 기세였다.

만 대의 전차(戰車), 만 마리의 기병대, 만 틀의 대포, 만 개의 북을 가지고도 무너뜨리고 내뿜는 야단스러운 소리는 족히 형용할 수 없으리라.

모래 위엔 엄청난 큰 돌이 우뚝 솟아 있고, 강 언덕엔 버드나무가 어둡고 컴컴한 가운데 서 있어서, 마치 물귀신과 하수(河水)의 귀신(鬼神)들이 서로 다투어 사람을 엄포하는 듯한데, 좌우의 이무기들이 솜씨를 시험하여 사람을 붙들고 할퀴려고 애를 쓰는 듯하다.

어느 누구는 이곳이 전쟁터였기 때문에 강물이 그렇게 운다고 말한다. 그러나 이것은 그런 때문이 아니다. 강물 소리란, 사람이 그것을 어떻게 받아들이느냐에 따라 다른 것이다.

내가 살던 연암골은 산중(山中)에 있었는데, 바로 문 앞에 큰 시내가 있었다. 해마다 여름철이 되어 큰 비가 한 번 지나가면, 시냇물이 갑자기 불어서 마냥 전차(戰車)와 기마(騎馬), 대포(大砲)와 북소리를 듣게 되어, 그것이 이미 귀에 젖어 버렸다.

나는 옛날에, 문을 닫고 누운 채 그 소리들을 구분해 본 적이 있었다. 깊은 소나무에서 나오는 바람 같은 소리, 이것은 듣는 사람이 청아(淸雅)한 까닭이고, 산이 찢어지고 언덕이 무너져 내리는 듯한 소리, 이것은 듣는 사람이 흥분(興奮)한 까닭이며, 뭇 개구리들이 다투어 우는 듯한 소리, 이것은 듣는 사람이 교만(驕慢)한 까닭이다.

수많은 축(筑)의 격한 가락인 듯한 소리, 이것은 듣는 사람이 노한 까닭이다. 그리고 천둥과 벼락 같은 소리는 듣는 사람이 놀란 까닭이고, 찻물이 보글보글 끓는 듯한 소리는 듣는 사람이 운치(韻致) 있는 성격인 까닭이다.

거문고가 가락 맞게 나는 소리는 듣는 사람이 슬픈 까닭이고, 종이 창에 바람이 우는 듯한 소리는 사람이 의심하고 있기 때문인 것이다. 따라서 이러한 모든 소리는, 올바른 소리가 아니라 다만 자기 흉중(胸中)에 품고 있는 뜻대로 귀에 들리는 소리를 받아들인 것에 지나지 않는다.

그런데 나는 어제 하룻밤 사이에 한 강(江)을 아홉 번이나 건넜다. 강은 밖에서 흘러들어와 장성(長城)을 뚫고 유하(楡河) · 조하(潮河) · 황하(黃河) · 진천(鎭川) 등의 여러 줄기와 어울려 밀운성(密雲城) 밑을 지나 백하(白河)가 되었다.

내가 어제 두 번째로 백하(白河)를 건넜는데, 이것은 바로 이 강의 하류(下流)였다. 내가 아직 요동(遼東) 땅에 들어오지 못했을 무렵, 바야흐로 한여름의 뙤약볕 밑을 지척지척 걸었는데, 홀연(忽然)히 큰 강이 앞을 가로막아 붉은 물결이 산같이 일어나서 끝을 알 수 없었다. 아마 천 리 밖에서 폭우(暴雨)로 홍수(洪水)가 났었기 때문일 것이다.

물을 건널 때에는 사람들이 모두 고개를 쳐들고 하늘을 우러러보고 있기에, 나는 그들이 모두 하늘을 향하여 묵도(默禱)를 올리고 있으려니 생각했었다. 그러나 오랜 뒤에야 비로소 알았지만, 그 때 내 생각은 틀린 생각이었다.

물을 건너는 사람들이 탕탕(蕩蕩)히 돌아 흐르는 물을 보면, 굼실거리고 으르렁거리는 물결에 몸이 거슬러 올라가는 것 같아서 갑자기 현기(眩氣)가 일면서 물에 빠지기 쉽기 때문에, 그 얼굴을 젖힌 것은 하늘에 기도(祈禱)하는 것이 아니라, 숫제 물을 피하여 보지 않기 위함이었다. 사실, 어느 겨를에 그 잠깐 동안의 목숨을 위하여 기도할 수 있었으랴!

그건 그렇고, 그 위험이 이와 같은데도, 이상스럽게 물이 성나 울어대진 않았다. 배에 탄 모든 사람들은 요동의 들이 넓고 평평해서 물이 크게 성나 울어대지 않는다고 말했다.

그러나 이것은 물을 잘 알지 못하는 까닭에서 나온 오해(誤解)인 것이다. 요하(遼河)가 어찌하여 울지 않았을 것인가? 그건 밤에 건너지 않았기 때문이다.

낮에는 눈으로 물을 볼 수 있으므로 그 위험한 곳을 보고 있는 눈에만 온 정신이 팔려 오히려 눈이 있는 것을 걱정해야 할 판에, 무슨 소리가 귀에 들려온다는 말인가? 그런데 이젠 전과는 반대로 밤중에 물을 건너니, 눈엔 위험한 광경(光景)이 보이지 않고, 오직 귀로만 위험한 느낌이 쏠려, 귀로 듣는 것이 무서워서 견딜 수 없는 것이다.

아, 나는 이제야 도(道)를 깨달았다. 마음의 눈을 감는 자, 곧 마음에 선입견을 가지지 않는 사람은 육신의 귀와 눈이 탈이 날 턱이 없고, 귀와 눈을 믿는 사람일수록 보고 듣는 힘이 더욱 까탈스러워 더욱 병통이 되는 것이라고.

이제까지 나를 시중해 주던 마부(馬夫)가 말한테 발을 밟혔기 때문에 그를 뒷수레에 실어 놓고, 이젠 내 손수 고삐를 붙들고 강 위에 떠 안장(鞍裝) 위에 무릎을 구부리고 발을 모아 앉았는데, 한 번 말에서 떨어지면 곧 물인 것이다.

거기로 떨어지는 경우에는 물로 땅을 삼고, 물로 옷을 삼고, 물로 몸을 삼고, 물로 성정(性情)을 삼을 것이리라. 이러한 마음의 판단이 한번 내려지자, 내 귓속에선 강물 소리가 마침내 그치고 말았다. 그리하여 무려 아홉 번이나 강을 건넜는데도 두려움이 없고 태연(泰然)할 수 있어, 마치 방 안의 의자 위에서 앉고 눕고 기동하는 것 같았다.

옛적에 우(禹) 임금이 강을 건너는데, 누런 용(龍)이 배를 등으로 져서 매우 위험을 당했다고 한다. 그러나 죽고 사는 판가름이 이미 마음속에 분명해지니 그의 앞에는 용인지 지렁인지 그 크기는 족히 문제가 되지 않는 것이다.

소리와 빛깔은 바깥 사물에서 생겨난다. 이 바깥 사물이 항상 귀와 눈에 탈을 만들어 이렇게 사람으로 하여금 똑바로 보고 듣게 하는 힘을 잃도록 만든다. 더구나 한 세상 인생살이를 하면서 겪는 그 험하고 위태함이야 강물보다 훨씬 심하여 보고 듣는 것이 강물보다 더 할 것이다.

나는 내가 사는 연암골로 돌아가 다시 물소리를 들으며 이것을 경험해 볼 것이다. 그래서 처세에 능란한 자들의 교묘한 몸놀림을 경계할 것이다.

만국진공기(萬國進貢記)

건륭 45년 경자년에 황제는 일흔 나이로 남방에서부터 바로 북쪽의 열하까지 돌아보았다. 그해 가을 8월 13일은 곧 황제의 천추절(千秋節, 탄신일)이다.

황제께서는 특별히 우리나라 사신을 불러 행재소*까지 와서 뜰에 참석하여 하례하도록 했다. 나는 사신을 좇아 북으로 장성을 나와 밤낮으로 달렸다. 길에서 보니 공물을 바치는 수레가 사방으로부터 모여들어 만 대는 될 것 같았다. 사람들이 지기도 하고, 약대(낙타)나 가마에 싣고 가기도 하는데, 형세가 거센 비바람과 같다. 물건 중에서 정교하고 부서지기 쉬운 것들은 들것에 메고 간다고 한다.

수레마다 말이나 노새를 예닐곱 마리씩 매어 끌고, 노새 네 마리가 끌고 가는 가마 위에는 누런 빛의 작은 깃발에 진공(進貢)이란 글자를 써서 꽂았다. 공물들의 바깥 포장은 모두 붉은 빛의 담요와 여러 가지 모직 옷감과 대자리나 등자리를 썼는데, 모두 옥으로 만든 물건들이라 한다.

＊임금이 멀리 거동할 때 임시로 머무는 별궁.

수레 하나가 길에 넘어져 바야흐로 고쳐 싣는 중인데, 가죽을 싼 등자리가 조금 떨어진 틈으로 엿보니, 궤짝은 누런 칠을 하였고 크기가 작은 정자 한 칸만 했다.

가운데는 자유리보일좌(紫琉璃普一座)라고 썼는데, 보(普) 자 아래 일(一) 자 위에는 글자가 두서너 자가 더 있어 보였으나 등자리에 가려져서 무슨 글자인지 알 수 없었다. 유리 그릇의 크기가 이 정도이니 다른 여러 수레에 실린 짐은 미루어 짐작할 수 있었다.

날이 그새 저물자 수레들이 길을 다투어 더욱 재촉해 달리는데, 횃불이 서로 마주 비치고 방울 소리가 땅을 진동시켰다. 채찍 소리가 벌판을 진동하는 가운데 범과 표범을 집어넣은 우리를 실은 수레가 10여 대는 되었다.

그 우리에는 모두 창문이 있고 범 한 마리를 넣을 만큼의 크기로 만들었다. 범들은 모두 목에 쇠사슬을 매었고 눈빛이 붉었는데 어떻게 보면 푸르기도 했다. 바닥에 뒹굴고 있는 몸뚱이는 늑대 같고, 키가 작고 텁수룩한 털과 꼬리는 삽살개 같았다. 이 밖에 곰, 여우, 사슴 등은 이루 다 기록할 수가 없을 만하였다.

사슴 중에도 붉은 굴레를 씌워 말을 모는 것처럼 몰아가는 것은 길들인 사슴이다. 악라사(鄂羅斯, 러시아의 옛 이름으로, 俄羅斯라고도 함) 개는 키가 거의 말만하고, 온몸의 털이 짧고 날씬한 것이 우뚝 서니 여윈 정강이는 학같이 보이고, 꼬리는 뱀같이 움직이며, 허리와 배는 가느다랗고, 귀로부터 주둥이까지는 한 자쯤 되었다. 이것이 모두 입인데 범이나 표범도 죽인다고 한다.

그리고 큰 닭이 있는데, 모양은 낙타와 같고 키는 서너 자나 되며, 발은 낙타의 발처럼 생겨 날개를 치면서 하루 3백 리는 간다고 하는데, 이것의 이름은 타계(駝鷄)라고 한다. 낮에 본 것은 모두 이런 종류였다.

날이 저물자 마침 하인들 중에 표범 우는 것을 들은 자가 있었다. 부사와 서장관과 함께 가서 범을 실은 수레를 구경했다. 그제서 비로소 수없이 많은 수레를 지나쳐 보낸 것이 비단, 옥으로 만든 그릇이나 보물뿐만이 아니라 사해 여러 나라의 많은 기이한 새와 짐승임을 알았다.

연극 구경을 할 때 보니 아주 작은 말 두 마리가 산호수(珊瑚樹)를 싣고 누각으로부터 나왔다. 말의 크기는 겨우 두 자이며, 몸빛은 황백색인데, 갈기머리는 땅에 끌리고, 울고 뛰고 달리는 것이 감히 준마(駿馬)의 체통을 갖추었다. 산호수의 가지는 엉성했는데 그 크기는 말보다 컸다. 아침에 행재소 문 밖으로부터 혼자 걸어서 여관으로 돌아오다가 보니, 부인 하나가 태평거(太平車)를 타고 가는데 얼굴에는 분을 짙게 바르고 수놓은 비단옷을 입고 있었다.

수레 옆에서 한 사람이 맨발로 채찍을 휘두르면서 수레를 모는데 몹시 빨랐다. 그 사람의 머리카락은 짧아 어깨를 덮었고, 머리카락 끝은 모두 말려 들어가 양털처럼 되었으며, 금고리로 이마를 둘렀다. 얼굴은 붉고 살찌고 눈은 고양이처럼 둥글었다.

그 수레를 따르면서 구경하는 자들로 북새통을 이루어 먼지가 자욱하게 일어났다. 처음에는 수레를 모는 자의 모양이 하도 이상하므로 미처 수레 속에 있는 부인을 보지 못했는데, 다시 한 번 자세히 들여다보니 이는 부인이 아니라 사람 형상을 한 짐승이었다.

털로 덮은 손은 원숭이처럼 생겼고, 손에 가진 물건은 접은 부채 같은데 잠깐 보건대 얼굴은 아주 예쁜 것 같았다. 그러나 자세히 살펴보니 늙은 할멈 같고 요괴스럽고 사납게 생겼으며 키는 겨우 두 자 남짓한데, 수레의 휘장을 걷어 올려서 좌우를 둘러보는 눈이 잠자리 눈같이 보였다. 이것은 대체로 남방에서 나는 것으로 능히 사람의 뜻을 안다고 한다.

어떤 사람이 "저것은 산도(山都, 원숭이 일종)다."라고 한다.

만국진공기후지(萬國進貢記後識)

내가 몽골 사람 박명(朴明)에게 저것이 무슨 짐승이냐고 물었다. 박명이 말하길, "옛날에 장군 풍승액(豊昇額)을 따라 옥문관을 지나서 돈황으로부터 4천 리 떨어진 골짜기에 가서 자는데, 아침에 일어났더니 사람들이 장막 속에 두었던 목갑(木匣)과 가죽 상자가 없어졌다."고 합니다. 당시 같이 간 막려(幕侶)들이 상황을 알아보니 잃어버린 것이 분명했답니다.

사람들이 말하길, "이것은 야파(野婆)가 도둑질해 간 것이다." 하므로 군사를 내어 야파를 포위하였습니다. 모두 나무를 타는데, 나는 원숭이처럼 빨랐습니다. 야파는 형세가 궁하자 슬피 울면서 잡히지 않으려고 모두 나뭇가지에 목을 매어 죽었습니다. 이래서 잃었던 물건을 모두 찾았는데 상자와 목갑은 잠가 놓은 그대로 있었고, 잠근 것을 열고 보니 속에 기물들도 역시 그대로였다고 합니다. 상자 속에는 붉은 분과 목걸이와 머리꽂이 등 패물들이 많이 있었고, 아름다운 거울도 있었으며 또 침선(針線)과 가위와 자까지 있었습니다. 여파는 본시 짐승인데 여자를 본떠 치장하는 것을 스스로의 즐거움으로 삼았다."고 합니다.

유황포(兪黃圃)가 나에게 막북(幕北)의 기이한 구경거리를 묻기에 타계에 대해 말했더니 황포는 하례하며 말하길, "이는 먼 서쪽 지방에 사는 기이한 새로서 중국 사람들도 말만 들었을 뿐 그 형상을 보지 못했는데, 공(公)은 외국 사람으로서 그것을 보았군요." 한다. 산도(山都)에 대해 말했으나 이것을 보았다는 사람이 없었다.

내가 열하에서 돌아오는 중에 청하(淸河)에 들러 거리에서 난쟁이 한 사람을 보았는데, 키는 겨우 두 자 남짓하고 배는 크기가 북만하여 불쑥 튀어나온 것이 그림에 있는 포대화상* 같았다. 입과 눈은 모두 밑으로 처졌고, 팔뚝과 다리도 없이 손발이 몸뚱이에 그대로 달렸고, 담배를 물고 뽑내며 가는데 손을 펴고 흔들면서 춤을 추었다.

---

* 불교에서 말하는 일곱 복신(福神) 가운데 하나.

머리를 깎지 않고 뒤통수에 상투를 했고, 선도건(仙桃巾)*을 걸쳤
는데 사람을 보면 크게 웃었다. 배로 만든 도포에 소매가 넓고 배를
모두 드러내놓았는데 그 모양이 옹졸하게 생긴 것이, 그 모습이 기괴
한 것이 말로 다 할 수 없다. 조물주는 장난을 퍽 좋아하나 보다.

내가 이것을 황포에게 말하였더니, 황포와 그 밖의 여러 사람들은
모두 말하길, "그의 이름은 천생이물인(天生異物人)으로서, 사람을
자라처럼 꾸며서 놀이를 하는 것으로 지금 거리에서는 이런 것을 많
이 볼 수 있습니다." 한다.

내 평생에 괴이한 구경을 열하에 있을 때 많이 하였으나 그 이름조
차 모르는 것이 많고 글로는 능히 형용할 수 없어서 많은 것을 빼놓고
기록하지 못하니 안타까울 따름이다.

〈평계(平溪, 연안 서당 앞에 흐르는 시내 이름)에서 연암이 쓰다〉

상기(象記)

장차 괴상하고 진기하고 대단하고 어마어마한 것을 보려거든 먼저
선무문(宣武門) 안으로 가서 코끼리 우리를 살피면 될 것이다. 내가
황성(皇城)에서 코끼리 열여섯 마리를 보았으나, 모두 쇠로 만든 족
쇄로 발을 묶어 두어 그 움직이는 것은 보지 못하였다. 이제 열하(熱
河) 행궁(行宮)의 서편에서 코끼리 두 마리를 보매, 온몸을 꿈틀대며
움직이는데 마치 비바람이 지나가는 듯하였다.

---

*신선이 쓰는 복사꽃 모양의 두건.

내가 일찍이 새벽에 동해 바다를 가다가 파도 위에 말 같은 것이 수도 없이 많이 서 있는 것을 본 적이 있다. 모두 봉긋하니 집과 같아 물고기인지 짐승인지 알지 못하여, 해 뜨기를 기다려 자세히 보려 했더니, 막상 해가 바다 위로 떠오르려 하자 파도 위에 말처럼 섰던 것들은 하마 벌써 바다 속으로 숨어 버리는 것이었다. 이제 열 걸음 밖에서 코끼리를 보고 있는데도 오히려 동해에서의 생각이 떠올랐다.

그 생김새가 몸뚱이는 소인데, 꼬리는 나귀 같고, 낙타 무릎에다 범의 발굽을 하고 있다. 털은 짧고 회색으로, 모습은 어질게 생겼고, 소리는 구슬프다. 귀는 마치 구름을 드리운 듯하고, 눈은 초승달처럼 생겼다. 양쪽의 어금니는 크기가 두 아름이나 되고, 길이는 한 자 남짓이다. 코가 어금니보다 더 길어서 구부리고 펴는 것은 자벌레 같고, 두르르 말고 굽히는 것은 굼벵이 같다. 그 끝은 누에 꽁무니처럼 생겼는데, 마치 족집게처럼 물건을 끼워가지고는 말아서 입에다 넣는다.

혹 코를 주둥이라고 여기는 사람이 있어, 다시금 코끼리의 코가 있는 곳을 찾기도 하니, 대개 그 코가 이렇게 길 줄은 생각지도 못하는 것이다. 간혹 코끼리는 다리가 다섯이라고 말하는 자도 있다. 혹은 코끼리 눈이 쥐눈과 같다고 말하기도 하지만, 대개 온 마음이 코와 어금니 사이로만 쏠려서 그 온 몸뚱이 가운데서 가장 작은 것을 좇다 보니 이렇듯 앞뒤가 안 맞는 비유가 있게 된 것이다. 대개 코끼리의 눈은 몹시 가늘어 마치 간사한 사람이 아양을 떨 때 그 눈이 먼저 웃는 것과 같다. 그렇지만 그 어진 성품이 바로 이 눈에 담겨 있다.

강희(康熙) 때에 남해자(南海子)에 사나운 범 두 마리가 있었다. 오래 되어도 능히 길들이지 못하자, 황제가 노하여 범을 몰아다가 코끼리 우리로 들여보낼 것을 명하였다. 코끼리가 크게 놀라 한 번 그 코를 휘두르매 범 두 마리는 그 자리에서 죽어 버렸다. 코끼리가 범을 죽일 마음은 없었는데, 냄새나는 것을 싫어하여 코를 휘두른다는 것이 잘못 맞았던 것이었다.

아아! 세간의 사물 가운데 겨우 털끝같이 미세한 것이라 할지라도 하늘을 일컫지 않음이 없으나, 하늘이 어찌 일찍이 일일이 이름을 지었겠는가? 형체를 가지고 '천(天)'이라 하고, 성정을 가지고는 '건(乾)'이라 하며, 주재함을 가지고는 '제(帝)'라 하고, 묘용(妙用)을 가지고서는 '신(神)'이라 하여, 그 부르는 이름이 여러 가지이고 일컬어 말하는 것도 몹시 제멋대로이다. 이에 이기(理氣)로써 화로와 풀무로 비유하고, 퍼뜨림과 선천적으로 나타난 것을 조물(造物)이라 하여 하늘을 마치 재주 있는 공장에 비유하여 망치, 도끼, 끌, 칼 같은 것으로 쉬지 않고 일을 한다고 한다.

그런 까닭에 《주역》에 이르기를, 하늘이 초매(草昧), 즉 혼돈을 만들었다. 초매라는 것은 그 빛이 검고 그 모습은 흙비가 쏟아지는 듯하여, 비유하자면 장차 새벽이 오려고는 하나, 아직 새벽은 되지 않은 때에 사람과 사물을 분간하지 못하는 것과 같으니, 캄캄하여 흙비 내리는 듯한 가운데에서 하늘이 만들었다는 것이 과연 어떤 물건인지를 나는 아직 알지 못하겠다.

비유컨대 국수집에서 밀을 갈면 가늘고 굵고 곱고 거친 것이 뒤섞여 땅으로 흩어진다. 대저 맷돌의 공능은 도는 데 있을 뿐이니, 애초부터 어찌 일찍이 곱고 거친 것에 뜻이 있었겠는가?

그런데도 말하는 자들은 "뿔이 있는 놈에게는 윗니를 주지 않는다."고 하여 마치 사물을 만듦에 모자란 것이라도 있는 듯이 하나, 이 것은 사실이 아니다. 감히 묻는다.

"이빨을 준 것은 누구인가?"

사람들은 장차 말하리라.

"하늘이 주었다."

다시 묻는다.

"하늘이 이빨을 준 것은 장차 이것으로 무엇을 하게 하려 한 것인가?"

사람들은 이렇게 말하리라.

"물건을 씹게 하려는 것이다."

다시 묻는다.

"이로 하여금 왜 물건을 씹게 하는가?"

그들은 또 이렇게 말할 것이다.

"이것은 세상의 이치이다. 새나 짐승은 손이 없으므로, 반드시 부리나 주둥이로 숙여서 땅에 닿게 하여 먹을 것을 구한다. 때문에 학의 다리가 높고 보니 목이 길지 않을 수 없는데, 그래도 혹 땅에 닿지 않을까 염려하여 또 그 부리를 길게 만든 것이다. 진실로 닭의 다리를 학처럼 만들었더라면 반드시 그들은 모두 굶어 죽었을 것이다."

나는 크게 웃으며 말하리라.

"그대가 말하는 이치란 것은 소나 말, 닭이나 개에게나 해당할 뿐이다. 하늘이 이빨을 준 것이 반드시 고개를 숙여 물건을 씹게 하려는 것이라고 치자. 이제 대저 코끼리에게는 아무짝에도 쓸데없는 어금니를 심어 주어 장차 땅으로 숙이려고 하면 어금니가 먼저 걸리게 되니, 이른바 물건을 씹는 것이 절로 방해되지 않겠는가?"

어떤 이는 말하리라.

"코에 힘입음이 있을 따름이다."

나는 말한다.

"그 어금니를 길게 해 놓고 코에도 힘이 있으니, 차라리 어금니를 뽑아 버리고서 코를 짧게 하는 것이 낫지 않겠는가?"

그제야 말하던 자는 처음의 주장을 능히 굳게 지키지 못하고 배운 바를 조금 굽히게 되리라. 이것은 마음으로 헤아림이 미치는 바가 오직 소나 말, 닭이나 개에만 있지, 용이나 봉황, 거북이나 기린에게까지는 미치지 못하기 때문이다.

코끼리가 범을 만나면 코로 쳐서 죽이고 마니 그 코는 천하에 무적이다. 그러나 쥐를 만나면 코를 둘 곳이 없어 하늘을 우러르며 서 있는다. 그렇다고 해서 장차 쥐가 범보다 무섭다고 말한다면 앞서 말한 바의 이치는 아닐 것이다.

대저 코끼리는 직접 눈으로 보는데도 그 이치를 알 수 없는 것이 이와 같은데, 또 하물며 천하 사물은 코끼리보다 만 배나 됨에랴! 그런 까닭에 성인께서 《주역》을 지으실 적에 '상(象)'을 취하여 만물의 변하는 이치를 파고들게 하려는 뜻에서다.

승귀선인행우기(乘龜仙人行雨記)

피서산장에 갔다. 멀리서 바라보니 황제는 누런 휘장을 늘인 궁궐에 들어앉았다. 뜰 밑 반열에는 사람도 드문데, 뜰 가운데에 노인 한 분이 상투에 선도건(仙桃巾)을 걸고 누런 장삼에 검정색 옷가지로 모난 모양을 만들어 달아 입었다.

또 허리에 붉은 비단을 두르고, 붉은 신을 신었는데 반백 수염이 가슴까지 내려왔다. 지팡이 끝에는 금호로 비단 축(軸)을 매어 놓았고, 오른손에는 파초선(芭蕉扇)*을 쥐고, 큰 거북 위에 올라서서 정원을 거닌다. 그 거북은 머리를 위로 젖히고 물을 뿜어서 무지개를 드리운 듯하고, 검푸른 색깔에 크기는 큰 쟁반 같고, 처음에는 가는 비를 뿜어 전각의 처마와 기와를 적시니 물방울이 튀어서 짙은 안개가 싸여 있는 듯 자욱하다. 혹은 화분을 향하여 물을 뿜기도 하고 혹은 가산(假山)**을 향해서 뿌리기도 한다.

---

* 머리 위를 가리는 파초잎 모양의 부채.
** 정원 등을 꾸미기 위해 만든 모형물.

190

얼마 후에 비가 더욱 세차게 내리니 처마 끝에서 흐르는 물이 폭우처럼 쏟아졌다. 햇볕이 전각 모퉁이에 비추니 수정 주렴을 드리운 듯하고 전각 위의 누런 기와는 흘러내릴 듯이 맑고 깨끗하게 보인다. 동산의 동쪽 나뭇잎은 더욱 밝고 화려하며, 물은 뜰 하나 가득히 흡족하게 축인 뒤에 오른쪽 장막 속으로 들어갔다.

황문(黃門)에서 수십 명이 각각 대나무 비를 들고 마당의 물을 쓰는데, 거북의 배에 비록 백 섬이나 하는 물을 간직했더라도 이같이 뿌리지는 못했을 것이다. 또 사람이 입은 옷은 물 한 방울 젖지 않았으니, 그 비를 내리게 한 공로가 신묘하다 하겠다. 만일 사해에 비를 바라는 것이 이렇게 한 뜰을 적시는 것에 그친다면 또한 일이 다 되었다 할 것이다.

만년춘등기(萬年春燈記)

황제가 동산 동쪽에 있는 별전으로 행차하였다. 천여 명 관리들이 피서산장을 나와서 모두 말을 타고 궁궐의 담장을 따라 5리를 더 가서 원문(苑門)으로 들어갔다.

양쪽에는 불탑이 있으니 높이가 예닐곱 길이요, 불당과 패루*가 몇 리나 뻗쳤으며, 전각 앞의 누런 장막은 곧 하늘에 닿을 듯하다. 장막 앞에는 모두 흰 천막을 겹겹이 둘러쳤고, 수천 개의 채색 등불이 걸려 있다. 앞에는 붉은 빛 궐문이 세 군데나 있는데, 높이가 모두 8, 9장

---

* 중국식 전통 대문.

(丈)은 되어 보였다.

풍악이 울리고 온갖 유희가 베풀어지자 해는 이미 저물어 누런 빛의 큰 상자를 붉은 궐문에 다니, 갑자기 상자 밑으로부터 북만한 크기의 등불 하나가 떨어졌다. 등불은 노끈에 이어져서 그 끝에서는 홀연히 저절로 불이 붙어 탄다. 불은 노끈을 따라 타올라 가서 상자 밑에 닿으니 상자 밑으로부터 또 한 개의 둥근 등불이 매달리고 노끈에 붙은 불은 그 등불을 태워 땅에 떨어뜨린다.

상자 속으로부터 또 쇠로 만든 바구니 모양의 주렴이 드리워지는데, 주렴 표면에는 모두 전자(篆字)로 수(壽), 복(福) 글자가 써 있고 불은 글자에 붙어 새파란 불꽃을 일으키며 한동안 타다가 수, 복 글자의 불은 스스로 꺼져 땅에 떨어진다. 또 상자 속으로부터 연주등(聯珠燈) 백여 줄이 내려지는데 한 줄에 4, 50개 등이 배열되고 등불 속은 차례로 저절로 타면서 일시에 환하게 밝았다.

또 수염이 나지 않은 천여 명의 아름다운 남자들이 비단 도포에 수놓은 비단 모자를 쓰고, 각각 정(丁) 자 모양의 지팡이를 들고 양쪽 끝에 조그만 붉은 등불을 달고, 나갔다 물러섰다 돌기도 하면서 군대의 진 모양을 하더니, 홀연 삼좌(三座) 오산(鰲山)*으로 변했다가 갑자기 변해서 누각이 되고, 또 갑자기 네모진 모양으로 변한다.

벌써 황혼이 되자 등불 빛은 더욱 밝아진 듯하더니 갑자기 만년춘

---

* 삼좌 오산은 자라 등 위에 있었다는 바다 속의 산으로, 신선이 산다고 한다.

(萬年春)이란 세 자로 변했다가 또 갑자기 천하태평(天下太平)의 네 글자로도 변하고 홀연 변하여 두 마리 용(龍)이 되었다. 그러고는 비늘과 뿔과 발톱과 꼬리가 공중에서 꿈틀거린다. 순식간에 변하고 이합하되 조금도 어긋남이 없고 글자 획이 뚜렷하거니와 다만 수천 명의 발자국 소리만 들릴 뿐이었다.

이것은 잠시 동안 유희지만 그 기율은 이처럼 대단하고 엄했다. 더욱이 이 법으로 군대의 진영을 통솔한다면 천하에 누가 감히 쉽게 생각할 것이랴? 그러나 천하 통제는 덕에 있는 것이요, 법에 있는 것이 아니거늘 하물며 유희로 천하에 보여 주고 있으니 이는 더 말할 필요가 없겠다.

매화포기(梅花砲記)

날이 저물어 황혼이 되자 대포가 동산 가운데에서 나오는데, 소리가 천지를 진동시키고 매화꽃이 사방으로 흩어져 마치 숯불을 부채질하면 불꽃이 화살처럼 튕겨 흐르듯이 하였다.

거울을 들여다보면서 요염한 웃음을 짓는 듯, 바람이 이리저리 움직여 기울어지듯 하려니와, 마치 노포(魯褒)의 돈이 이지러진 듯, 토끼 입이 활짝 열리지 못한 채* 이어져서 온갖 화병을 진열하고 꽃술이 분명하고 봉오리에 찍힌 검은 점이 가느다랗게 된 것들이 모두 불꽃으로 화하여 날고 있다.

＊이지러진 달을 표현함.

불꽃 모양을 한 새와 짐승과 벌레와 고기들이 날아가고 뛰놀고 꿈틀거리는 것들이 모두 갖가지 모양을 갖추었는데, 새는 날개를 벌리기도 하고, 또는 입부리로 깃을 문지르기도 하며, 발톱으로 눈깔을 비집기도 하고, 벌과 나비를 쫓기도 하며 꽃과 과실을 쪼아 먹기도 한다.

그 짐승은 모두 뛰놀고 달리며 입을 움직이고 꼬리를 펴서, 천태만상의 꽃불이 갖가지 모양으로 날아가서 허공에 솟구쳤다가 부서져서 꺼지곤 한다. 대포 소리는 더욱 커지고, 불빛은 더욱 밝아지면서 백인 신선과 1만 부처가 날아올라가 뗏목을 타기도 하고, 연잎 배를 타며, 또는 고래와 학을 타기도 하고, 호로병을 높이 들고, 보검(寶劍)을 차며, 도사의 지팡이를 날리듯, 맨발로 갈대를 밟기도 하며, 손으로 범의 이마를 어루만지면서 허공에 떠서 서서히 흘러가지 않는 것이 없으니 눈으로 다 볼 틈도 없이 번득번득한 섬광에 눈이 어른거렸다.

정사(正使)가 말하길, "매화포(梅花砲)가 좌우로 벌여 있는 것을 좀 보게. 통은 크고 작은 것이 각각 있는데, 긴 놈은 서너 장(丈)이 되고, 짧은 놈은 서너 자가 되니 그 모양이 우리나라 삼혈총(三穴銃)* 같고, 불꽃이 허공에서 가로퍼지는 것이 우리나라 신기전(神機箭)** 과 같네그려." 한다.

---

* 조선 중기에 제조된 화기. 개인이 휴대할 수 있게 만든 총으로, 한 손잡이에 3개의 총신을 연결시켜 한 번에 3발을 쏠 수 있다.
** 조선 세종 때 만든 무기의 한 가지. 화약을 장치하여 불을 달아 쏘던 화살 모양의 로켓.

불이 다 꺼지기 전에 황제가 일어나 반선(班禪)을 돌아다보고 몇 마디 이야기를 하고는 가마를 타고 안으로 들어갔다. 때는 바야흐로 어두워 가는데도 앞에서 인도하는 등불이 하나도 없었다. 대체로 여든한 가지 유희를 매화포 불꽃놀이로써 그 끝을 맺는데, 이것을 구구대경회(九九大慶會)라고 불렀다.

일신수필

7월 15일 신묘(辛卯)에 시작하여 23일 기해(己亥)에 그쳤다. 모두 아흐레 동안이다. 신광녕(新廣寧)에서 시작하여 산해관(山海關) 안에 이르기까지 모두 오백육십 리이다.

머리말

한갓 남들이 말한 것과 들은 것만 가지고 말하는 자들과는 서로 족히 학문을 이야기할 수 없을 것이다. 하물며 그의 평생에 생각이 미치지 못한 것에 대해서야 더 말할 것이 있으랴.

만일 어떤 이가 성인(聖人)이 태산(泰山)에 올라서 천하를 작게 생각하였다고 말한다면 마음속으로는 그렇지 않을 것이라고 하면서도 입으로는 그렇다고 답할 것이다. 그러나 부처가 시방 세계를 보살핀다 하면, 그는 곧 황당한 일이라고 배격할 것이다.

태서(泰西, 서양) 사람이 큰 배를 타고 지구 밖을 돌아다녔다 하면, 그는 괴이하고도 허탄한 이야기라고 꾸짖을 것이다. 그러면 나는 누구와 함께 천지 사이의 크나큰 구경을 이야기할 수 있겠는가.

아아, 슬프다. 성인이 이백사십년 간의 역사를 필삭(筆削)*하여 이름을 《춘추》라 하였지만, 이 이백사십년 간의 옥백(玉帛, 옥과 비단)과 병거(兵車)의 모든 일은 곧 한 가지의 꽃 피고 잎 지는 순식간의 광경에 지나지 않을 것이다.

아아, 슬프다. 내 이제 글을 빨리 쓰다가 이에 이르러 생각해 보니, 이 한 점의 먹을 찍는 사이는 하나의 순(瞬)과 식(息)에 지나지 않는 것이건만, 눈 한 번 감고 숨 한 번 쉬는 사이에도 벌써 소고(小古)와 소금(小今)이 이룩된다. 그러면 하나의 '옛'이나 '이제'도 역시 대순(大瞬)과 대식(大息)이라 이르지 않을 수 없는데도 불구하고, 그 사이에서 온갖 명예와 사업을 세우고자 하니, 어찌 슬프지 않겠는가.

내 일찍이 묘향산에 올라서 상원암에 묵은 적이 있는데, 밤이 다하도록 날이 밝기가 낮과 다름없었다. 창을 열고 동쪽을 바라보자, 절 앞에는 안개가 질펀하였고, 그 위에 달빛을 받자 별안간 수은 바다가 이룩되었다. 그리고 바다 밑에는 은은히 코고는 소리 같은 것이 들려왔다.

중들이 서로 "저 하계(下界)에서는 지금 큰 천둥이 치고 소나기가 내리는 중이라오." 하였다. 며칠 뒤에 산을 떠나 안주(安州)에 이르자, 전날 밤에 과연 급작스런 비와 천둥 번개로 물이 평지에 한 길이나 괴었고, 민가들이 많이 피해를 입었다. 이를 보면서 나는 말을 멈추고 멍하니 있다가 이렇게 말했다.

---

* 쓸 것은 쓰고, 지울 것은 지우다.

"어젯밤에 나는 구름과 비 너머로 밝은 달을 껴안고 누웠었다. 저 묘향산을 태산에 비한다면 겨우 한 개의 둔덕에 지나지 않을 텐데도 이토록 높낮이가 심한 세계를 이루었으니, 하물며 성인이 천하를 보는 것이야 말해 무엇하랴."

설산(雪山)*에서 고행하던 이가 만일 공씨의 집안에 대하여 세 번이나 아내를 내쫓았다느니**, 백어(白魚)가 일찍 죽었다느니, 또한 공자가 노(魯)와 위(衛)에서 봉변을 당했느니, 하면서 조금 더 넓게 보지 못한다면, 이는 실로 땅·물·바람·불 등이 별안간에 모두 없어진다는 셈이니, 정말 한심한 일일 것이다.

또 그들은 "성인과 불씨의 관점도 오히려 땅에서 떠나지 못했다." 하였으니, 그렇다면 "이 지구를 어루만지고 공중을 달리며 별을 따서 가지 못하는 곳이 없다."는 이들이 스스로 "우리가 보는 것이 유(儒)·불(佛)·이씨(二氏)보다 낫다."고 하는 것도 무리가 아닐 듯싶다.

그들이 모두 다른 나라에 와서 말을 배우며, 머리 끝이 희어지도록 남의 글을 익혀서 썩지 않을 사업을 꾀하는 것은 무슨 까닭일까. 귀로 듣고 눈으로 보았다는 것은 벌써 지나간 경지이니, 그 경지가 지나고 또 지나서도 쉬지 않는다면, 옛사람들 가운데 이를 빙자하여 학문을 하는 이도 역시 무엇을 가지고 고증할 수 없을 것이다. 그러므로 억지로 글을 지어서 남들이 이를 반드시 믿어 주게 하고자 한다.

---

* 석가가 도를 닦던 곳.
** 공자·백어·자사의 삼대가 모두 아내를 내쫓았다고 한다.

그리하여 그들(서양 사람)은 우리 유가(儒家)에서 이단으로 치는 이론을 보고는 그 남은 일을 주어서 억지로 불교를 배격하고, 또 그들은 불씨의 천당, 지옥설을 기뻐하며 그 찌꺼기를 먹을 뿐이었다.

중국의 큰 볼거리

가을 7월 15일 신묘일, 맑다.

내원과 태의 변관해, 주부 조달동 등과 더불어 새벽 소흑산을 떠나 중안포까지 삼십 리를 와서 점심을 먹었다. 또 앞서 떠나 구광녕을 지나 북진묘(北鎭廟)*를 구경하고, 달빛을 띠고 사십 리를 가서 신광녕에서 묵었다. 북진묘를 구경하느라고 이십 리나 돌아서 길을 갔으니, 모두 구십 리를 걸은 셈이다.

《정리록(程里錄)》에 실린 것으로 말하자면, 백대자(白臺子)·망우대(蟒牛臺)·사하자(沙河子)·굴가둔(屈家屯)·삼의묘(三義廟)·북진보(北鎭堡)·양장하(羊腸河)·우가둔(于家屯)·후가둔(侯家屯)·이대자(二臺子)·소고가자(小古家子)·대고가자(大古家子) 등의 지명과 이수가 서로 어긋난 것이 많다. 만일 이대로 계산한다면 백팔십 리가 되겠지만, 지금은 상고할 길이 없다. 이날은 몹시 더웠다.

우리나라 선비들이 북경에서 돌아온 이를 처음 만나면 반드시 이렇게 말한다.

"자네 이번 걸음에 제일 장관(壯觀)이 무엇이던가. 제일 장관을 골

---

*북진묘는 도가의 사원을 말한다.

라서 이야기해 주게."

　그러면 그들은 자기들이 본 것에 따라 입에서 나오는 대로 이렇게 말한다.

　"요동 천리의 넓디넓은 들판이 장관이지요."

　"구효동 백탑(白塔)이 장관이지요."

　"그 길가의 시가와 점포가 장관이더군요."

　"노구교(蘆溝橋)*가 장관이지요."

　"산해관이 장관이더군요."

　"각산사(角山寺)가 장관이지요."

　"망해정이 장관이더군요."

　"조가패루(祖家牌樓)가 장관이지요."

　"유리창(琉璃廠)이 장관이지요."

　"금주위(錦州衛)의 목축이 장관이지."

　"서산의 누대가 장관이지요."

　"사천주당(四天主堂)이 장관이더군요."

　"호권(虎圈)이 장관이지요."

　"상방(象房)이 장관이지요."

　"남해자(南海子, 동물원)가 장관이지요."

　"동악묘가 장관이더군요."

＊ 중국 북경의 영정강에 세워진 다리. 노구교의 기둥 위에 새겨진 사자의 모습이 다양한 표정을 하고 있다. 그런데 사자 수는 아무도 모른다는 말이 전해 내려온다.

"북진묘가 장관이지요."

저마다 제멋대로 대답해서 이루 헤아릴 수가 없다. 그러나 상사(上士)는 섭섭한 표정으로 얼굴빛을 바꾸면서 "도무지 볼 것이 없더군요." 한다.

"어째서 볼 것이 없었는가?" 물으면, 그는 이렇게 대답한다.

"황제가 머리를 깎았고, 장군, 재상, 대신들과 모든 관원들이 머리를 깎았으며, 사(士)와 서인(庶人)들까지 모두 그러하다오. 아무리 공덕이 은(殷)·주(周)와 같고 부강함이 진(秦)·한(漢)보다 더하다 하더라도, 천지가 시작된 뒤로 여태껏 머리를 깎은 천자는 없었지요. 또 비록 육롱기(陸朧其)·이광지(李光地)의 학문이 있고, 위희(魏禧)·왕완(汪琬)·왕사징(王士澄)의 문장이 있으며, 고염무(顧炎武)·주이준(朱彝遵)의 박식이 있다 하더라도, 한 번 머리를 깎으면 되놈이지요. 되놈이면 곧 짐승이니, 우리가 그들 짐승에게 무엇을 볼 게 있단 말입니까?"

이게 바로 으뜸가는 의리라고 하여, 이야기하는 이도 잠잠하고 듣는 이도 옷깃을 여민다.

중사(中士)는 이렇게 말한다.

"그들의 성곽은 만리장성의 옛 제도를 물려받은 것이요. 건물은 아방궁의 법을 본뜬 것입니다. 사(士)·서인(庶人)은 위(魏)·진(晉)의 부화를 숭배하고, 풍속은 대업(大業)·천보(天寶)* 시대의

---

* 대업은 수나라 양제의 연호, 천보는 당나라 현종의 연호다.

사치함 그대로요, 신주(神州)*가 더럽혀져서 그 산천이 피비린내 나는 고장으로 변했습니다. 성인들이 끼친 자취가 묻혀지자 언어조차 야만의 것을 따르게 되었으니, 무엇 하나 볼 만한 게 있겠습니까? 참으로 십만의 군사를 얻을 수만 있다면 급히 산해관에 쳐들어가서 중원 땅을 소탕하겠습니다. 그런 뒤에라야 비로소 장관을 이야기할 수 있겠지요."

이는 《춘추》를 잘 읽은 사람의 말이다. 이 일부의 《춘추》는 중화를 높이고 이족(夷族)을 낮추어 보는 사상을 중심으로 만들어진 글이다. 우리나라가 명나라를 섬긴 지 이백 년 동안 한결같이 충성하여, 이름은 속국(屬國)이라 하지만 실상은 한나라나 다름없었다. 만력 임진년(1592) 왜란 때에 신종 황제가 천하의 군사를 이끌고 우리를 구원하니, 우리나라 사람들의 이마부터 발뒤꿈치까지 머리털 하나 그 은혜 아닌 것이 없었다.

인조(仁祖) 병자년(1636)에 청나라 군사가 쳐들어오자 열황제(烈皇帝)가 우리나라에 난리가 일어났다는 말을 듣고, 곧 총병 진홍범(陳洪範)에게 명하여 급히 각 진(鎭)의 수군을 징발하여 구원병을 파견하였다.

홍범이 관병의 출범을 아뢰는데, 산동 순무(山東巡撫) 안계조(顏繼祖)가 "조선이 이미 무너져서 강화도까지 함락되었습니다."라고 아

---

* 전국시대 학자 추연이 중국을 신주라고 하였는데, 그 뒤부터 중국의 별칭으로 썼다.

되었다. 황제는 안계조가 힘껏 구하지 않았다고 하여, 조서를 내려 준
엄하게 꾸지람하였다.

이 무렵 천자는 안으로 복주·초주·양주·당주 등 각지의 난리*
를 누를 길이 없었고, 밖으로 조선의 근심이 더욱 절박해져 구출해 줄
뜻이 형제의 나라에 못지않았다. 그러다가 마침내 온 누리가 천붕(天
崩) 지탁(地柝)**의 비운을 만나고 온 인민이 머리를 깎아서 모두 되
놈이 되었다.

비록 우리나라만은 이런 수치를 면했지만, 중국을 위하여 원수를
갚고 치욕을 씻으려 하는 마음이야 어찌 하루 사이인들 잊을 수 있었
으랴. 우리나라 사대부들 가운데《춘추》존(尊)·양(攘)의 이론을 일
삼는 이가 군데군데 우뚝 서서 백 년을 하루같이 줄기차게 이어졌으
니, 정말 강한 일이라 하겠다.

그러나 존주(尊周) 사상은 주나라를 높이는 데에만 국한되어야 한
다. 이(夷)·적(狄)의 문제도 이에 한해서만 쓰여야 한다. 왜냐하면
중국의 성곽과 건물과 인민들이 예전과 같이 남아 있고, 정덕(正
德)·이용(利用)·후생(厚生)의 도구도 파괴된 것이 없으며, 최
(崔)·노(盧)·왕(王)·사(謝)씨 같은 집안들도 없어지지 않았다.
주(周)·장(張)·정(程)·주(朱)의 학문도 사라지지 않았으며, 삼
대(三代) 이후의 성스럽고 밝은 임금들과 한(漢)·당(唐)·송

---

* 명나라 안에서 장헌충, 이자성 등이 반란을 일으켰다.
** 지탁은 하늘이 무너지고 땅이 터져나갈 듯이 흔들려 움직이는 현상을 말한다.

(宋)·명(明)의 아름다운 법률 제도도 변함없이 남아 있다. 저들이 (청나라 황실)이적(夷狄)이긴 하지만 중국이 자기들에게 이로워서 깊이 누리기에 족함을 알고, 이를 빼앗아 웅거하되 마치 자기들이 본래부터 지녔던 것처럼 하고 있다.

참으로 인민들에게 이롭고 나라에 도움이 될 일이라면, 천하를 위하여 일하는 자는 그 법이 비록 이적에게서 나온 것일지라도 이를 거두어서 본받으려고 한다. 더구나 삼대 이후의 성제(聖帝), 명왕(明王)과 한·당·송·명 등 여러 나라의 고유한 옛 제도야 어떻겠는가.

성인이 《춘추》를 지을 때에 물론 중화를 높이고 오랑캐를 내쳤지만, 그렇다고 이적이 중화를 어지럽힌 것을 분하게 여겨서 중화의 숭배할 만한 진실 그것까지 내쳤다는 말은 듣지 못했다.

그러므로 이제 우리나라 사람들이 참으로 이적을 물리치려면 중화가 끼친 법을 모두 배워서 우리나라의 유치한 문화부터 먼저 열어야 한다. 밭 갈기·누에치기·그릇 굽기·풀무질 등으로부터 공업·상업에 이르기까지도 배우지 않으면 안 된다. 남이 열을 한다면 우리는 백을 하여 먼저 우리 인민들에게 이롭게 한 다음에 그들로 하여금 회초리를 마련해두었다가 저들의 굳은 갑옷과 날카로운 무기를 매질할 수 있도록 한 뒤에야, "중국에는 아무런 장관이 없더라." 하고 말할 수가 있는 것이다. 그러나 나 같은 하사(下士)도 이제 한 마디를 할 수 있다면, "그들의 장관은 기와 조각에 있고, 또 똥 부스러기에도 있다."고 말하겠다.

저 깨진 기와 조각은 천하에 버리는 물건이다. 그렇지만 민간에서 담을 쌓을 때에 담 높이가 어깨까지 솟는다면 다시 이를 둘씩 또 둘씩 포개어서 물결 무늬를 만든다든지, 또는 넷을 모아서 둥근 고리처럼 만든다든지, 또는 넷을 등 지워서 옛 노전(魯錢)의 형상을 만들 수 있다. 그러면 그 구멍 난 곳이 영롱하고 안팎이 어리어서, 저절로 좋은 무늬가 이룩된다. 깨진 기와를 버리지 않으면 천하의 무늬가 이에 있을 수도 있는 것이다.

또 집마다 뜰 안에 벽돌을 깔지 못한다면, 여러 빛깔의 유리 기와 조각과 시냇가의 둥근 조약돌을 주워다가 꽃·나무와 새·짐승의 모양으로 땅에 깔아서, 비가 올 때에 진창이 되는 것을 막을 수도 있다. 부서진 자갈돌을 버리지 않으면, 천하의 도화(圖畵)가 이에 있을 수도 있는 것이다.

똥은 아주 더러운 것이지만, 이를 밭에 내가기 위하여 황금처럼 아끼니, 길가에 내버린 똥이 없고, 말똥을 줍는 자가 삼태기를 들고 말 뒤를 따라다닌다. 이를 주워 모을 때에도 네모반듯하게 쌓고, 혹은 여덟 모로 혹은 여섯 모로 하고, 또는 누각이나 돈대의 모양으로 만든다.

이렇게 모아진 똥 무더기만 보아도 모든 규모가 벌써 세워졌음을 짐작할 수 있다. 그래서 나는 이렇게 말하고 싶다.

"저 기와 조각이나 똥 무더기가 모두 장관이다. 반드시 성지(城地)·궁실(宮室)·누대(樓臺)·시포(市脯)·사관(寺觀)·목축(牧畜)이라든지, 또는 저 광막한 들판이나 안개 어린 나무가 기이하게 바뀌는 모습들만이 장관은 아닐 것이다."

구광녕성은 의무려산(醫巫閭山) 밑에 있는데, 앞으로 큰 강이 열렸다. 그 강물을 끌어다 만들었으며, 두 개의 탑이 하늘 높이 솟아 있다. 성에 못 미처 몇 마장 되는 곳에 큰 사당이 하나 있는데, 단청을 새로 하여 찬란하게 눈에 들어왔다.

광녕성 동문 밖 다리 머리에 새긴 공하(蛩蝦)가 매우 영특하고 기묘하게 보였다. 겹문을 들어가서 거리를 지나노라니, 점포들의 화려한 모습이 요동보다 못하지 않았다. 영원백(寧遠伯) 이성량(李成梁)의 패루가 성 북쪽에 있었다. 어떤 사람이 말하길, "광녕은 본래 기자의 나라다. 옛날에는 기자의 우관(髃冠)을 쓴 소상이 있었는데, 명나라 가정 연간의 난리통에 타 버렸다." 하였다.

성이 겹으로 되었는데, 내성은 온전하나 외성은 많이 헐었다. 성 안의 남녀가 집집마다 나와서 구경하며 거리에서 노는 사람들이 수없이 떼를 지어 말머리를 둘러싸기 때문에, 빠져나가기가 힘들었다.

성 밖의 관제묘는 그 장려한 규모가 요양의 것과 비슷하다. 문 밖에는 희대(戲臺)가 있어 높고 깊으며 화려하고 사치하였다. 마침 많은 사람들이 모여서 연극을 하고 있었는데, 길이 바빠서 구경하지 못했다. 천계(天啓) 연간에 왕화정(王化貞)이 이영방(李永芳)에게 속아서 그의 날랜 장수 손득공(孫得功)이 적군을 성 안으로 맞아들였으므로, 광녕이 떨어지고 천하의 대세가 어쩔 수 없게 되어 버렸다.

수레 제도

사람이 타는 수레는 태평차(太平車)라고 한다. 바퀴 높이가 팔꿈치에 닿으며 바퀴마다 살이 서른 개인데, 대추나무로 둥글게 테를 메우고 쇳조각과 쇠못을 온 바퀴에 입혔다. 그 위에는 둥근 방을 만들어 세 사람이 들어갈 만하다. 방에는 푸른 베 또는 공단이나 우단으로 휘장을 치고 더러는 주렴을 드리워 은단추로 여닫게 되었다. 좌우에는 파리(玻璃)를 붙여서 창구멍을 내고, 앞에 널판을 가로놓아서 마부가 앉게 되었으며, 뒤에도 역시 하인이 앉게 되었다. 나귀 한 마리가 끌고 갈 수 있는데, 먼 길을 가려면 말이나 노새를 더 늘린다.

짐을 싣는 수레는 대차(大車)라고 한다. 바퀴 높이가 태평차보다 조금 낮으며, 바퀴살은 입(卄) 자 모양으로 되었고, 싣는 수량은 팔백 근으로 징하여 말 두 마리를 매었다. 팔백 근이 넘을 경우에는 짐을 보아서 말을 늘린다. 짐 위에는 삿자리로 방을 꾸몄는데, 마치 배 안처럼 해 놓았다. 그래서 그 속에서 자고 눕게 되어 있다. 대개 말 여섯 마리가 끄는데, 수레 밑에 커다란 왕방울을 달고 말 목에도 조그만 방울이 수백 개나 둘러서, 그 댕그랑댕그랑 하는 소리로 밤을 경계한다.

태평차는 겉 바퀴로 돌며, 대차는 속 바퀴로 돈다. 그리고 쌍 바퀴가 똑같이 둥그렇고, 고루 돌아가고 빨리 달릴 수 있다. 멍에 밑에 매는 말은 제일 튼튼한 말이나 건실한 나귀를 사용하며, 수레 멍에를 씌우지 않고 조그만 나무 안장을 만들어 가죽 끈이나 튼튼한 밧줄을 멍에 머리에 얽어매어서 말을 달았다. 멍에 밑에 들지 않은 말들은 모두 쇠가죽 끈으로 배띠를 하고, 바를 매어서 끌게 되었다. 짐이 무거우면 바퀴채보다도 훨씬 더 밖으로 튀어져 나오고, 때로는 높이가 몇 길이나 되며, 끄는 말도 많으면 열댓 마리나 된다.

말을 모는 사람은 〈칸쳐더(看車的)〉라고 부르는데, 그는 짐 위에 덩실 높이 앉아서 손에는 긴 채찍을 쥐고, 길이 두 발이나 되는 끈 두 개를 그 끝에 매어서, 그 채찍을 휘둘러 때린다. 그 가운데 힘내지 않는 놈에게는 뒤며 옆구리며 헤아리지 않고 때리는데, 손에 익으면 더욱 잘 맞는다. 그 채찍질하는 소리가 우레처럼 요란스럽다.

독륜차(獨輪車)는 뒤에서 한 사람이 잡고 수레를 밀게 되어 있다. 한가운데쯤 바퀴를 달았는데 바퀴가 수레 바탕 위로 반이나 솟았으며, 양쪽이 상자처럼 되어 싣는 물건이 꼭 맞서지 않으면 안 된다. 바퀴가 닿는 곳은 북을 반쯤 자른 것처럼 보이는데, 바퀴를 가운데로 하고 짐은 사이를 두고 실어서, 짐이 서로 닿지 않도록 하였고 차와 함께 들리고, 멈출 때는 바퀴와 함께 멈춘다. 이것이 버팀 나무가 되어서 수레가 쓰러지지 않게 마련이다.

길가에서 떡·엿·능금·오이 따위를 파는 장사들도 모두 이 독륜차를 이용하며, 또 밭둑길에다 거름 내기에 가장 편리하다. 언젠가 보니 시골 여자 둘이 양쪽 상자에 타고 앉아서 각기 어린애 하나씩 안고 가기도 했으며, 물을 길을 때에도 한쪽에 대여섯 통씩 싣는다. 짐이 무겁고 많으면 끈을 달아서 한 사람이 끌고, 때로는 두 사람 또는 세 사람이 마치 배를 끄는 것처럼 한다.

수레는 천리(天理)로 만들어져 땅 위에 다니는 것이며, 물을 다니는 배이고, 움직이는 방이다. 나라의 쓰임 가운데 수레보다 더한 것이 없다. 그러므로《주례(周禮)》에서 임금의 재산에 대하여 물었을 때에 수레가 많은지 적은지로 대답했으니, 수레는 비단 싣고 타는 것만은 아님을 알 수 있다.

수레 가운데도 융차(戎車)·역차(役車)·수차(水車)·포차(咆車) 등이 있어서 천백 가지의 제도가 있으므로, 이제 창졸간에 이루 다 이야기할 수는 없다. 그러나 타는 수레와 싣는 수레는 백성들에게 가장 중요한 것이니, 시급히 연구하지 않을 수 없는 문제다. 내가 일찍이 담헌 홍덕보, 참봉 이성재(李聖載)*와 더불어 수레 제도에 대하여 이야기하면서, "수레의 제도는 무엇보다도 궤도를 똑같이 하여야 한다. 궤도를 똑같이 하여야 된다는 것은 무슨 뜻이겠는가. 두 바퀴 사이에 일정한 본을 어기지 말아야 한다는 말이다. 그리하면 수레가 천이고 만이고 간에 그 바퀴 자리는 하나로 통일될 것이니, 이른바 거동궤(車同軌)라는 게 바로 이걸 두고 말한 것이다. 만일 두 바퀴 사이를 마음대로 넓히고 좁힌다면, 길 가운데 바퀴 자리가 한 틀에 들 수 있겠는가."라고 말한 적이 있다.

이제 천리 길을 오면서 날마다 수없이 많은 수레를 보았는데, 앞 수레와 뒷 수레가 언제나 한 자국을 돌고 있었다. 그러므로 애쓰지 않고도 같이 되는 것을 일철(一轍)이라 하고, 뒤에서 앞을 가리켜 전철(前

---

* 이광려(李匡呂)의 자가 성재인데, 학행이 높아서 참봉으로 천거되었다.

轍)이라 한다. 성 문턱 수레바퀴 자국이 움푹 패어서 홈통을 이루니, 이게 바로 성문지궤(城門之軌)다. 우리나라에도 전혀 수레가 없는 것은 아니지만, 그 바퀴가 온전히 둥글지 못하고 바퀴 자국이 틀에 들지 않으니, 이는 수레가 없는 것이나 마찬가지다.

그런데 사람들이 늘, "우리나라는 길이 험하여 수레를 쓸 수 없다." 하고 말하니, 이게 무슨 말인가. 나라에서 수레를 쓰지 않으니까 길이 닦이지 않을 뿐이다. 만일 수레가 다니게 된다면 길은 저절로 닦이게 될 테니, 어찌하여 길거리가 좁고 산길이 험하다고 걱정하랴.

전(傳 中庸)에 이르기를, '배와 수레가 이르는 곳, 서리와 이슬이 내리는 곳'이라 하였으니, 이는 수레가 아주 먼 곳이라도 이를 수 있다고 하는 말이다. 중국에도 검각(劍閣) 아홉 구비의 험한 잔도(棧道)나 태항(太行)과 양장(羊腸)처럼 위태한 고기가 없는 것은 아니지만, 역시 수레를 채찍질하여 지나지 못하는 곳은 없다. 그래서 관(關)·섬(陝)·천(川)·촉(蜀)·강(江)·절(浙)·민(閩)·광(廣) 같이 먼 곳에도 큰 장사꾼들이나 또는 온 가족을 이끌고 부임하러 가는 벼슬아치들의 수레바퀴가 서로 이어져 마치 자기 집 뜰 앞을 거니는 것이나 다름없다. 우렁차게 삐걱거리는 수레바퀴 소리가 대낮에도 늘 우레 치는 것처럼 끊이지 않는다.

마천(摩天)·청석(靑石)의 고개와 장항·마전의 언덕들이 어찌 우리나라의 고개나 언덕들보다 덜 위험하겠는가. 그 가파른 곳, 막힌 곳, 험한 곳, 높은 곳을 우리나라 사람들도 모두 목격하였지만, 그렇

210

다고 수레를 없애고 다니지 않는 곳이 있던가. 이러므로 중국의 재산
이 풍족할 뿐더러 한 곳에 지체되지 않고 골고루 유통되는 것이 모두
수레를 쓰는 이익일 것이다.

이제 가까운 예를 든다면, 우리 사신 일행이 모든 번거로움을 없애
버리고 우리가 만든 수레에 올라타고 바로 연경에 닿을 텐데, 무엇을
꺼려서 하지 않는단 말인가.

그래서 영남 어린이들은 백하젓을 모르고, 관동 백성들은 아가위를
절여서 장 대신 쓰며, 서북 사람들은 감과 감자의 맛을 분간하지 못한
다. 바닷가 사람들은 새우나 정어리를 거름으로 밭에 내건만 서울에
서는 한 움큼에 한 푼이나 하니, 이렇게 귀한 것은 무슨 까닭인가.

육진(六鎭)의 삼베와 평안도의 명주, 영호남의 닥종이와 항해도의
솜·쇠, 내포(內浦)*의 생선·소금은 모두 인민의 살림에서 어느 하
나 없지 못할 물건들이며, 충청도 청산(靑山)·보은(報恩)의 천 그루
대추와 황해도 황주 봉산의 천 그루 배와 홍양 남해의 천 그루 귤·유
자, 임천·한산의 천 이랑 모시와 관동의 천, 통, 벌꿀은 모두 우리 일
상생활에서 서로 바꿔 써야 할 것이다.

그런데도 이곳에서 천한 물건이 저곳에서는 귀할 뿐더러 그 이름
은 들었지만 실제로 보지 못하는 것은 어찌 된 까닭일까. 이는 오로지
멀리 보낼 힘이 없기 때문이다. 사방이 겨우 몇 천리밖에 되지 않는
나라에서 인민들의 살림살이가 이다지 가난한 이유를 한 마디로 설

---

* 충청남도 서해안 지방을 말한다.

명한다면, 수레가 나라 안에 다니지 못하기 때문이라고 하겠다. 어떤 사람이 내게, "그러면 수레가 왜 다니지 못하는 거요?" 하고 묻는다면, 나도 역시 한 마디로, "이는 사대부들의 잘못입니다." 하고 대답할 것이다.

왜냐하면 그들은 평소에 글을 읽으면서, "《주례》는 성인이 지으신 글이야." 하면서 윤인(輪人)이니, 여인(輿人)이니, 거인(車人)이니, 주인(輈人)이니 하고 떠들었지만, 끝내 그 수레를 만드는 기술이 어떠하며 그 움직이는 방법이 어떠한가 하는 것은 모두가 연구하지 않았기 때문이다. 이는 이른바 '한갓 글만 읽을 뿐'이었으니, 참된 학문에 무슨 유익이 있으랴.

아아, 슬프다. 황제가 수레를 창조하여 헌원씨(軒轅氏)라 불린 뒤로 몇천 년의 세월이 지나는 동안, 몇 성인의 심사(心思)·목력(目力)·수기(手技)를 마르게 하였으며, 또 몇 사람이나 수(倕)*처럼 공교한 손을 거쳤던가. 게다가 상앙(商鞅)**이나 이사(李斯)*** 같은 이들 덕분에 제도도 통일되었으니, 이는 참으로 저 현관(懸官)들의 학술에 비하여 얼마나 큰 도움이 되랴.

그들의 연구가 정교하고 행하기도 간편한 것이 어찌 우연한 일이랴. 이는 참으로 민생의 살림에 이익이 되고, 나라의 경우에도 큰 그릇이 되지 않겠는가. 이제 날마다 내 눈에 놀랍고 반가운 것들이 나타

---

* 중국 전국시대 유명한 장인(匠人).
** 전국시대 정치가. 위나라 사람이며 형명학으로 진나라 효공을 도와 부국강병의 치적을 이룩하였다.
*** 전국시대 정치가인데, 진시황을 도와서 여섯 나라를 통일하였다.

나는데, 이 수레의 제도로 미루어 모든 일을 짐작할 수 있겠다. 또한 어렴풋하게나마 몇천 년 모든 성인의 고심을 이해할 수 있겠다.

밭에 물을 대는 것으로는 용미차(龍尾車, 나무 원통이 있는 수차)·용골차(龍骨車, 위나라 마균이 고안한 양수기)·항승차(恒升車, 양수기의 일종)·옥형차(玉衡車, 양수기 일종) 등이 있고, 불을 끄는 것으로는 홍흡(虹吸)*·학음(鶴飲) 등의 제도가 있으며, 싸움에 쓰는 수레로는 포차(砲車)·충차(衝車)·화차(火車) 등이 있다. 이러한 수레들은 모두 태서(泰西)의 〈기기도(寄器圖)〉나 강희제가 지은 〈경직도(耕織圖)〉에 실려 있고, 그 글로 된 설명은 《천공개물(天工開物)》이나 《농정전서(農政全書)》에 실려 있다.

뜻있는 이가 잘 연구하여 그 제도를 본받는다면, 극도에 달한 우리나라 백성들의 가난도 얼마쯤 나아질 수 있을 것이다. 이제 내가 본 불 끄는 수레의 제도를 대략 적어서, 우리나라에 돌아가 이를 전하고자 한다.

중국의 방앗간

북진묘에서 달밤에 신광녕으로 돌아오는 길에 보니, 성 밖의 어떤 집에 저녁나절에 불이 나서 이제 겨우 불길을 잡은 모양이었다. 길 위에 수차(水車) 세 대가 있어서 방금 가두어 가려는 것을 내가 잠깐 멈

---

* 굽은 관으로 만든 기계, 액체를 이 그릇에서 높이 있는 다른 그릇으로 옮길 수 있다.

추어 세우고 먼저 그 이름을 물었더니 수총차(水銃車)라고 하였다. 그 제도를 살펴보니 네 바퀴 위에 큰나무 구유가 놓였고, 구유* 속에 커다란 구리 그릇이 있으며, 구리 그릇 속에는 구리 통 둘을 두었는데, 구리 통 사이에다 목이 을(乙) 자 모양으로 생긴 물총을 세웠다.

물총은 발이 둘이어서 양쪽 구리 통에 통하였고, 양쪽 구리 통에는 짧은 다리가 있는데다 밑에 구멍이 뚫렸으며, 구멍에는 얇은 구리쇠 쪽으로 문짝을 만들어서 물의 오르내림에 따라서 여닫게 되었다. 두 구리 통 주둥이에는 구리 반으로 뚜껑을 만들어 달았는데, 그 둘레가 구리 통에 꼭 알맞게 되었다. 그 구리 반 한복판에 쇠기둥을 세워서 나무를 건너지르고, 그 나무가 구리 반을 누르기도 하고 들기도 할 수 있게 되어서, 구리 반이 드나들고 오르내리는 것이 그 나무에 달렸다.

물을 구리 통 속에 붓고 몇이서 나무를 밟으면, 구리 받이가 솟았다 내렸다 하였다. 물을 빨아들이는 기계가 구리 반에 있는 것이다. 구리 반이 구리 통 목에까지 솟으면 구리 통 밑에 뚫린 구멍이 갑자기 열리면서 바깥 물을 빨아들인다. 이와 반대로 구리 반이 구리 통 속으로 떨어지면 그 밑구멍이 세차게 닫히어서 구리 통 속에 물이 가득 차서 쏟아질 곳이 없으므로, 물총 뿌리로부터 을(乙) 자로 생긴 물총의 목으로 내달아서 위로 치솟아 내뿜으니, 여남은 길이나 물발이 서고, 옆으로는 삼사십 보나 내뻗었다.

---

* 말 먹이 담는 큰 그릇.

그 생긴 것이 생황(笙簧)*과 비슷한데, 물 긷는 이는 연방 나무 구유에다 물을 길어 부을 따름이다. 옆에 있는 두 물차는 그 제도가 이것과도 다르고 더욱이 무슨 곡절이 있는 듯 싶지만, 창졸간이라 자세히 볼수 없었다. 그러나 물을 빨아들이고 내뿜는 이치는 거의 같았다.

물건을 찧고 빻는 데에는 큰 톱니바퀴가 두 층으로 있고, 쇠 궁글막대로 이를 꿰어 방 안에 세워 두고, 틀을 움직여서 돌리게 되었다. 톱니바퀴라는 것은 마치 자명종의 기계 속처럼 이가 들쭉날쭉하여, 서로 맞물게 된 것이다. 방 안 네 구석에 두 층으로 맷돌반을 두고, 맷돌반의 가장자리 역시 들쭉날쭉하여 톱니바퀴의 이와 서로 맞물게 되었다. 그리하여 톱니바퀴가 한 번 돌기만 하면 여덟 맷돌반이 모두 다투어 돌며, 밀가루가 순식간에 눈처럼 쌓인다. 이 이치는 시계의 속과 비슷하다. 길가의 민가들은 각기 맷돌방아 하나와 나귀 한 마리씩 있고, 곡식 빻는 데는 항상 돌 곰방메를 쓰며, 더러는 나귀를 끌어서 방아 공이를 대신하기도 한다.

가루는 이렇게 친다.

굳게 닫힌 방 안에 바퀴가 셋이 달린 요차(橈車)를 놓았는데, 그 바퀴는 앞이 두 개에다 뒤가 한 개다. 수레 위에 기둥 넷을 세우고, 그 위에다 두어 섬들이 큰 채를 두 층으로 놓았다. 위채에 가루를 붓고, 아래채는 비워 두었다. 위채의 것을 받아서 더 보드랍게 가리도록 한 것이다.

---

* 아악에 쓰이는 관악기의 한 가지.

요차 앞에는 막대기 하나를 바로 질렀는데, 그 막대기의 한쪽 끝은 수레를 잡아 달리고, 또 한쪽 끝은 방 밖으로 뚫고 나가 있다. 밖에는 기둥 하나를 세워서 그 막대기 끝을 비끄러매고, 기둥 밑에는 땅을 파서 큰 널빤지 밑 한가운데다 받침을 놓고 그 양쪽을 둥글게 하여, 마치 풀무 다루듯 하였다. 사람이 널빤지 위에 걸터앉아서 다리만 약간 움직이면, 널빤지의 두 머리가 서로 오르내리고, 널빤지 위의 기둥이 견디지 못하여 흔들린다.

그러면 그 기둥 끝에 가로지른 막대기가 힘세게 들이밀었다 내밀었다 하여, 방 안의 수레가 나섰다 물러섰다 하게 된다. 방 안은 네 벽에다 열 층으로 시렁을 매어서 그릇을 그 위에 올려놓아 날아오는 가루를 받게 되었다.

방 밖에 앉아 있는 사람은 발을 놀리면서 책도 읽고 글씨도 쓰고 손님과 수작도 한다. 못하는 일이 없다. 다만 등 뒤에 약간 소리가 들릴 뿐, 누가 그러는지도 모른다. 발을 움직이는 공력은 아주 적으면서도, 일은 많이 된다. 우리나라 여자들이 가루 몇 말을 한 번에 치려면 머리도 눈썹도 순식간에 하얗게 되고 팔도 나른해지니, 그 어느 쪽이 덜 힘들고 편리하겠는가. 이와 비교해 보면 어떤지 알 수 있을 것이다.

베틀 짜기

고치를 켜는 소차(繅車)는 더욱 묘하니, 마땅히 본받아야 한다. 이는 앞서 곡식 빻는 것과 같이 커다란 톱니바퀴를 쓰되, 소차의 양쪽

머리에 톱니바퀴가 달리고, 그 역시 들쭉날쭉한 이가 서로 맞물려서 쉴 새 없이 저절로 돌아간다. 소차는 별것이 아니고, 몇 아름드리가 되는 큰 자새*다. 수십 보 밖에서 고치를 삶는데, 그 사이에는 여러 층 시렁을 매고 높은 곳에서부터 차츰 낮은 데로 기울게 하고, 시렁 머리마다 쇳조각을 세워서 구멍을 바늘귀처럼 가늘게 뚫고, 그 구멍에다 실을 꿴다.

틀이 움직이면 바퀴가 돌고, 바퀴가 돌면 자새가 따라 도는데, 그 톱니바퀴가 서로 맞물려서 빠르지도 않고 느리지도 않아, 천천히 실을 뽑는다. 그 움직임이 거세지도 않고 몰리지도 않게 제대로 법도가 있으므로, 실이 고르지 않거나 한데 얽히거나 하는 탈이 없는 것이다.

켠 실이 솥에서 나와 자새로 들어가기까지 쇳구멍을 두루 지나면서 털도 다듬어졌거니와 가시랭이도 떨어 버렸으며, 또 자새에 들기 전에 실 몸이 알맞게 말라서 말쑥하고 매끄러워졌으므로, 다시 재에 삭히지 않아도 곧 베틀에 올릴 수 있게 되었다. 우리나라에서 고치를 켤 때에는 다만 손으로 훑기만 할 뿐이지, 수레를 쓰지는 않는다.

그러므로 사람의 손놀림이 그 타고난 바탕대로의 성질에 맞지 않고, 또 빠르다 더디다 하여 고르지 않으며, 때때로 홀치고 섞갈리면 실과 고치가 성내는 듯 놀라는 듯 뛰어 내달려서 실켜는 널빤지 위에 휘몰리어 갈피를 잡을 수 없게 된다.

---

* 실 새끼 등을 감는 작은 얼레.

무거리가 나서 덩이가 지면 저절로 물결이 나빠지며, 고슬매가 얽혀 붙으면 실밥이 끊어졌다 이어졌다 하므로, 티를 뽑고 눈을 따려면 입과 손이 모두 피로해진다. 이렇게 고달픈 과정을 저 고치 켜는 수레와 비교해 보면, 어느 쪽이 보람 있고 쓸모 있겠는가. 나는 그들에게 고치가 여름을 나면서 벌레가 일지 않는 방법을 물었다.

그랬더니 "약간 볶으면 나방이가 나지 않는다. 또 더운 구들에 말리면 나방이도 나지 않고 벌레도 먹지 않으므로, 겨울철에도 켤 수 있다." 하였다.

상여

길에서 날마다 상여(喪輿)를 만났는데, 그 제도가 꼭 같지는 않았지만 가장 거추장스럽게 보였다. 너비는 거의 두 칸 방만 하였는데 오색 비단으로 휘장을 쳤으며, 거기다 구름·꿩·참새 같은 여러 가지 그림을 그렸다. 당 마루턱에는 은실을 땋아 늘이기도 하였다.

양쪽 대략의 길이는 거의 일여덟 발*이나 되었는데, 붉은 칠을 하고 누른 구리를 올려서 금빛으로 꾸몄다. 횡강목(橫杠木)은 앞뒤에 각기 다섯씩인데 길이는 역시 서너 발이나 되었고, 그 위에 짧은 막대기를 걸쳐 양쪽을 어깨에 메게 되었다.

상여꾼은 적어도 수백 명이고, 명정(銘旌)**은 모두 붉은 비단에 금

---

*한 발은 두 팔을 양옆으로 벌렸을 때 한쪽 손 끝에서 다른 쪽 손 끝까지의 길이.
**붉은 천에 흰 글씨로 죽은 사람의 관직이나 성명을 쓴 조기.

글씨를 썼다. 명정대는 세 길이나 되는데, 검은 칠을 하고 금빛 나는 용을 그렸다. 깃대 밑에는 발을 달고, 거기에 역시 막대기 두 개를 가로놓아서 반드시 아홉 사람이 멘다. 붉은 일산 한 쌍, 푸른 일산 한 쌍, 검은 일산 한 쌍, 수레 양장 대여섯 쌍이 이에 따르고, 그 다음에 저·퉁소·북·나팔 등의 악대가 선다. 승려와 도사들이 각기 그 구색을 차리고 불경과 주문을 외우면서 그 뒤를 따른다. 중국의 모든 일이 간편함을 위주로 하여 하나도 헛됨이 없는데, 이 상여만은 알 수 없는 일이다. 이는 물론 본받을 것이 못 된다.

벽돌과 기와

중국의 집들은 온통 벽돌만으로 짓는다. 벽돌은 길이가 한 자요 넓이가 다섯 치인데, 두 장을 가지런히 놓으면 네모반듯하며 두께는 두 치인데 한 틀에서 찍어낸 것이다.

벽돌에는 세 가지 꺼리는 것이 있으니 첫째로 귀가 떨어진 것, 둘째로 모가 죽은 것, 셋째로 뒤틀어진 것이다. 벽돌 한 개라도 이를 어기면 집 전체가 글러버린다. 그러므로 한 틀에서 뽑아낸 벽돌이지만 그래도 들쭉날쭉할까 염려하여 쌓을 때는 반드시 곡척으로 재어보고 자귀로 깎고 숫돌로 갈아 판판하고 가지런히 만들어 만 장 벽돌이라도 한 가늠으로 나간다.

그 쌓는 법인 즉, 한 번은 세로로 한 번은 가로로 놓아 저절로 괘 모양이 되게 하고, 종잇장같이 얇게 회를 먹여 겨우 맞붙도록 하여 맞붙은 흔적이 실낱 같다. 회를 개는 법은 굵은 모래를 섞어서는 안 되고 찰흙 역시 꺼린다.

모래가 굵으면 차지지 않고 흙이 너무 차지면 말라 터지기 쉬운 까닭이다. 그러므로 반드시 부드럽고 기름진 까막 흙에 회를 섞어 어기면 그 빛깔이 거무스름하여, 갓 구워낸 기와빛 같으니 이렇게 하면 그 성질이 차지지도 않고 바스러지지도 않을 뿐아니라 빛깔도 아름답기 때문이다.

중국에서는 또 어저귀*를 가늘게 썰어 넣으니 마치 우리 조선에서 애벌로 흙을 바를 때 흙에 말똥을 섞어 이기는 것이나 같다. 질겨서 터지지 않도록 함이요, 때로는 오동나무 기름을 타서 젖같이 부드럽고 미끄럽게 함으로써 꽉 달라붙어 갈라 터지지 않게 한다.

기와를 이는 법은 더 더욱 본받을 데가 많다. 모양은 마치 동그란 통대를 네 쪽으로 쪼갠 것 같고 그 크기는 흡사 두 손바닥쯤 된다. 보통 민가는 원앙와(鴛鴦瓦, 짝기와)를 쓰지 않으며 서까래 위에는 산자를 엮지 않고 곧바로 삿자리를 몇 겹씩 펼 뿐이요, 진흙을 깔지 않고 곧장 기와를 인다. 한 장은 엎치고 한 장은 젖혀 자웅으로 서로 맞아 틈서리는 온통 회로 발라 붙여 때운다. 그리하여 쥐나 새가 뚫거나 위가 무겁고 아래가 허한 폐단이 절로 없어진다.

우리나라의 기와 이는 법은 이와는 아주 달라 지붕에는 진흙을 두

---

* 아욱과 같은 일년초로 줄기 껍질을 섬유로 사용함.

텁게 깔기 때문에 위가 무겁고, 바람벽을 벽돌로 쌓지 않기 때문에 네 기둥은 의지할 데가 없어 아래가 허하게 된다. 기왓장은 너무 크기 때문에 지나치게 굽고, 지나치게 굽기 때문에 절로 빈틈이 많이 생겨 부득불 진흙으로 메우게 되며 진흙이 내리 눌러 무겁고 보니 들보가 휘어질 염려가 없지 않다.

진흙이 한번 마르면 기와 밑창은 절로 들떠 생선 비늘처럼 이어댄 데가 벗겨지면서 틈이 생겨 바람이 스미고 비가 새는 것을 막지 못하고 새가 뚫고 쥐가 구멍을 내고 뱀이 붙고 고양이가 뒤집는 등의 근심이 생긴다.

요컨대 무릇 집을 짓는 데는 벽돌을 쓰는 것이 얼마나 덕이 되는지 모른다. 비단 담벽을 쌓는 데 쓸 뿐만 아니라 방 안팎으로 벽돌을 깔지 않는 곳이 없다. 넓은 마당은 눈부시게 벽돌을 깔아 우물 정자 모양으로 또렷한 금이 바둑판같이 보이고, 집채는 담벽에 의지하여 위는 가볍고 아래는 든든하며, 기둥은 담벽 속에 박혀 있어서 비바람을 겪지 않는다. 이로써 화재 염려가 없고 도적이 담을 뚫을 걱정이 없을 뿐만 아니라 더구나 새, 쥐, 뱀, 고양이의 피해를 근절시킨다. 일단 가운데 문을 닫으면 집은 절로 성벽의 보루와 같이 되어 집안의 물건은 궤짝 속에 넣은 것이나 다름없게 된다. 이로써 보면 허다한 흙과 나무를 들이지 않고 못질과 흙손질을 번거롭게 할 필요 없이 벽돌만 한번 구워내면 집은 이미 완성된 것이나 다름없다.

가마 제도

대체로 중국의 가마 제도는 우리나라 것과는 판이하다. 먼저 우리나라의 가마 결점을 말해야 할 것 같다. 우리나라 가마는 곧 하나의 뉘어놓은 아궁이여서 가마라고 할 수 없다. 애초에 가마를 만들 때 벽돌이 없으므로 고임대 나무로 받치고 진흙으로 쌓아 소나무 통장작을 연료로 때어 가마를 굳히는데 그 비용이 많이 든다.

가마는 길기만 하고 높지 않아 불꽃이 치솟지 못하고, 불꽃이 치솟지 못하니 화기가 힘이 없고, 불기운이 없으니 반드시 소나무 장작을 때어 불길을 사납게 해야만 되고, 소나무 장작을 때어 불길을 사납게 하니 불길이 고르지 못하고 불길이 고르지 못하니 불에 가깝게 놓인 기왓장은 항상 뒤틀릴 염려가 있고, 먼 놈은 열을 받지 못할까 걱정이다.

사기를 굽거나 옹기를 굽거나 무릇 질그릇을 굽는 집의 가마란 죄다 이런 따위다. 소나무 장작을 때는 방법 또한 같은 방법이니 송진은 다른 장작보다도 불길이 세다. 소나무는 한번 베면 다시 새움이 돋지 않는 나무이므로 옹기 만드는 곳을 한번 잘못 만나면 사방의 산은 발가벗게 된다. 이것은 가마 만드는 방식이 잘못된 탓으로 산이 헐벗게 된다.

이제 중국 가마를 보면 벽돌로 쌓고 석회로 봉하여 애초에 구워서 굳히는 비용이 들지 않고 임의로 높이와 크기를 조절할 수 있어 그 모양은 종을 엎어 놓은 것과 같다. 가마 꼭대기는 우묵하여 물을 몇 섬이고 부을 수 있도록 하고, 옆으로는 연기 뽑는 구멍 네댓 개를 뚫어 불이 잘 타오르도록 했으며, 벽돌을 그 속에 두되 서로 엇 괴어서 불이 나가는 길을 낸다. 대체 이 신기한 방법은 벽돌 쌓는 방법이다. 당장 내 손으로 만들라고 해도 아주 쉽게 만들 것 같은데 입으로 표현하기 실로 어렵다.

정사(正使) 박명원(朴明原)이 그 쌓는 법이 품자(삼각으로 벌려 놓은 형상)와 같지 않은가? 묻기에 나는 그와 비슷하지만 같지는 않다고 말했다. 변주부가 "그 쌓는 법이 책갑[帙]을 포개놓은 것과 같지 않은가?" 하고 묻기에 나는 그와 비슷하지만 같지는 않다고 말했다.

벽돌은 반듯하게 놓은 것이 아니라 모두 모로 세워 여남은 줄로 방고래처럼 만들고, 그 위에 다시 엇비스듬하게 벌려 세워서 차례로 가마 꼭대기까지 닿도록 걸쳐 쌓아올린다. 구멍들은 고라니 눈처럼 저절로 숭숭 뚫려 불기운이 위로 솟으면 서로 엉켜 목구멍같이 화염을 빨아 당기게 된다.

수없는 불고래가 번갈아 빨아들이니 불기운은 항상 맹렬하여 수수깡이나 기장대*라도 골고루 굽히고 익혀서, 뒤틀리거나 터질 염려가 자연히 없어진다. 우리나라 옹기장이들은 가마 제도를 궁리하지 않고 소나무 산판을 끼지 않으면 가마를 설치하지 못하는 줄 안다. 질그릇은 없앨 수 없는 물건이요, 소나무는 한정이 있는 물건이니 먼저 가마 제도부터 고쳐 양편이 다 이롭게 함이 좋을 것이다.

---

*물가 습지에서 자란 풀.

목축에 관해서

내가 연암골에 살게 된 진짜 이유는 일찍부터 목축에 뜻을 두고 있어서다. 연암골은 첩첩 산중에 자리 잡고 있으며 양쪽이 편편한 골짜기인데다 물과 목초가 좋아서 소, 말, 노새, 나귀 수백 마리를 키우기에 좋다. 나는 과거에도 여러 차례 말했지만 우리나라가 이토록 가난한 탓은 대체로 목축이 제대로 되지 못한 까닭이다.

우리나라에서 가장 큰 목장은 탐라다. 이곳에 있는 말은 모두 원(元)나라 세조(世祖)가 방목한 종자로 400~500년을 두고 종자를 갈지 않아서 애초에는 용매(龍媒)·악와(渥洼)와 같은 우수한 종자들이 결국에는 과하(果下)·관단(款段) 같은 느림뱅이 조랑말로 된 것은 당연한 이치다.

그런데도 이 느림뱅이 조랑말을 대궐 지키는 장수에게도 전해 주니 장수가 느림뱅이 조랑말을 타고 적진을 향하여 달리는 꼴이 어찌 한심하지 않겠는가?

대궐에서 쓰는 말로는 모두 토산 말이란 없고 요동 심양에서 사들인 말들로 한 해 새로 생기는 말이라고는 네댓에 불과한 형편이니 만약 요동 심양에서 말을 공급하는 일이 끊어지면 어디서 말을 구할 것인가?

임금이 거둥할 때 배종하는 행렬에는 백관들이 말을 서로 빌려 타기도 하고 혹은 나귀를 타고도 임금의 뒤를 따르게 된다. 그런데 이꼴로야 어디 위엄이 설 수 있는가? 이것이 셋째로 한심한 일이다.

문관들은 대개 말은 탈 일이 없고 또 말을 집안에서 먹이기도 어렵다. 탈 것이 없고 보니 이런 이들의 자제들도 걷지 않으려고 겨우 작은 나귀 한 마리쯤 먹이게 된다. 옛날 중국에는 백리 강토에 불과한 나라라도 대부(大夫)* 벼슬쯤 되면 수레 열 채는 가졌다. 그래도 우리나라로 말하면 둘레가 몇 천 리 되는 나라로서 재상의 벼슬쯤 된다면 타는 수레 백 채쯤 갖추어야만 할 것이다. 우리나라 대부의 집안에는 수레 열 채는 고사하고 단 두 채인들 어디서 나올 것인가? 이것이 넷째로 한심한 일이다.

삼영(三營) 군관들은 백여 명의 병졸을 거느리지만 가난하여 탈 말을 갖추지 못한다. 한 달에 세 번 하는 조련에는 혹 임시로 삯말을 내어 타게 된다. 삯말을 내어 타고 전장에 나간다는 소리는 아예 이웃나라에서 들을까 봐 무섭다. 이것이 다섯째로 한심한 일이다.

서울에 있는 장수가 이럴 바엔 팔도에 놓아두었다는 기병이란 것도 이름만 있고 실상이 없을 것은 당연하니 이것이 여섯째로 한심한 일이다.

국내에 있는 역말들이란 모두 토산말들로 그 중에 좀 낫다는 놈이라도 한번 사신으로 온 손님들을 치르고 나면 죽지 않으면 병이 들게 마련이다. 왜 그러할까? 사신들이 타는 쌍가마에 잔뜩 무거운 짐을 싣고 네 명의 호위병들이 양옆에 붙어서 몸을 기댄 채 말을 붙잡고 가니 말은 등에 실린 짐이 무거운데다 더욱 견디기 힘들게 되었고 이렇

---

* 문관은 4품 이상, 무관은 2품 이상의 벼슬을 가리킨다.

게 고생한 말들은 병이 들고 죽어 나자빠지기 일쑤다. 그러니 말 값은 날로 뛰어 천정부지다. 이것이 일곱째로 한심한 일이다.

말 등에다 짐을 싣는다는 것 자체가 벌써 잘못된 일이다. 우리나라에서는 이미 국내에서 수레를 사용하지 않으니 관청에서고 민간에서고 말 잔등에 짐을 싣는 것이 보편화되었으니 이래서 말이야 죽든 말든 많이 싣기에만 욕심을 부린다. 그래서 말 정강이가 힘을 못 쓰고 발굽은 물러빠져 한번만 홀레를 붙어도 뒤를 못 가누게 되므로 세상에서 흔히 말이 홀레 붙고 새끼 치는 것을 금하기까지 한 것이다. 이러니 어디 말이 새로 생겨날 것인가. 이는 바로 말을 다루는 솜씨가 잘못된 것이고, 말을 먹이는 방법이 옳지 못하며, 좋은 종자를 받을 줄 모르고 목축하는 관원이 무식하기 때문이다. 그러고도 채찍을 잡고 말 앞에 나서면 국내에서는 좋은 말이 없다고들 떠든다. 이런 한심한 일을 어찌 하나하나 열거할 것인가.

열하일기 심세편

중국을 유람하는 자에게 다섯 가지 잘못된 생각이 있다. 지위와 문벌이 서로 높다고 자랑하는 것은 원래 우리나라 풍속에서도 더럽게 여기는 습관이다. 지식층으로서 자기 나라 안에 있을 때라도 양반이란 말을 입 밖에 내기를 부끄러워하는 터에 더구나 변방의 토성(土姓)쯤 가지고서 중국의 오래 된 씨족을 업신여길 것인가. 이것이 첫 번째 망령된 생각이다.

중국의 붉은 모자나 마래기(방한용 모자) 복장은 비단 한족(漢族)만이 부끄러워하는 바가 아니라 만주족까지 역시 이를 부끄러워하고 있다. 그러나 그들의 문물 제도는 다른 오랑캐로서는 당해낼 수 없고 또 그들과 싸울 수도 없다. 그런데도 한줌도 안 되는 상투를 가지고 세상에서 제일 잘난 척하니, 이것이 두 번째 망령된 생각이다.

옛날 월정(月汀) 윤근수(尹根壽)*가 사신의 직함을 가지고 명나라로 가는 도중 어사(御使) 왕도곤(王道昆)**을 길에서 만나자 옆으로 숨을 죽이고 행차에서 날리는 먼지를 빤히 보면서 영광으로 여겼다고 한다. 오늘날 비록 중국이 만주족 치하가 되었지만 천자라는 칭호는 아직도 쓰고 있으며 내각의 대신들은 곧 천자의 벼슬아치다. 딱히 옛날은 떠받들고 오늘은 나쁘다고 볼 것이 없다.

사신으로 임명된 자는 응당 중국 관리들을 접견할 때 일정한 예의가 있어야 하고 공식 석상에서 절하는 것을 도리어 부끄럽게 생각한다면 안 될 일이다. 절차를 무엇이든 아주 간소하게 하는 것만을 주장하고, 공손하고 겸손한 태도를 가지는 것을 욕으로 알고 있으니 큰일이다. 저들이 이를 책잡지는 않지만 어찌 우리들의 무례가 아니다 할 수 있는가? 이것이 세 번째 망령된 잘못이다.

문자를 알게 된 이후 중국에서 빌려 읽지 않은 글이 없고, 역사시대를 이야기하는 것은 모두 꿈속에서 꿈 해몽을 하는 격이련만 과거시험을 공부하고 하던 습관으로 억지로 운치 없는 시문이나 시부렁거리고 갑자기 중국 땅에는 문장가를 볼 수 없다고 흰소리를 친다니, 이것이 네 번째 망령된 생각이다.

---

* 호는 월정, 1591년(선조 24) 정철(鄭澈)의 건저문제(建儲問題, 왕세자 책봉 문제로 동인과 서인 사이에 일어난 분쟁)에 연루되어 관직을 삭탈당하고 이듬해 임진왜란이 일어나자 예조판서로 등용되어 왕을 호종하는 한편 주청사(奏請使) 등으로 명나라와의 외교를 여러 차례 담당하여 국난극복에 힘썼다. 그는 문장과 글씨에 뛰어났으며, 특히 글씨는 영화체(永和體)로 칭송이 자자했다.
** 명나라 무관이며 문장가. 병학(兵學)에 뛰어났던 인물.

중국 인사들이 강희(康熙)* 이전은 모두 명나라의 남은 유민들이요, 강희 이후는 청나라 황실의 신하이니 백성들로서 당연히 지금 왕조에 충절을 다하고 법제를 준수하고 받들어야 할 것이다. 만약에 뜻하지 못한 짧은 사이에 무슨 이야기를 하다가도 국정을 외국에 누설한다면 당연히 난신적자(亂臣賊子)로 내몰릴 수 있을 것이다.

그런데도 어쩌다가 중국 인사를 만나 그가 요즘 세상이 살기 좋다고 자랑하는 것을 보면 언뜻 말하기를 《춘추》한 권의 책도 읽을 필요가 없다고 하면서 "연나라, 조나라 거리에는 비분강개하여 노래를 부르는 인사를 볼 수 없다."고 탄식하니 이것이 다섯째 망령된 생각이다.

중국 사람들은 세 가지 어려운 일이 있다. 한번 과거에 합격이 되면 역사와 경서 전부를 사건에 따라 척척 변증을 하고, 제자백가와 아홉 가지 학파, 처음과 끝을 대체로 상고하여 물으면 메아리가 울리듯 그대로 대답해야 하나니 그렇게 하지 못하면 선비라고 인정해 주지 않는다. 이것은 첫째 어려운 일이다.

너그럽고 점잖고 예절이 밝고 의젓하게 생겨 교만하거나 거만을 떨지 않아야 하고, 허심하게 사물을 대함으로써 대국(大國)의 체면을 잃지 않아야 한다. 이것이 둘째 어려운 일이다.

---

* 청나라 4대 황제, 중국 역사상 가장 넓은 제국을 건설한 인물.

크고 작고 멀고 가깝고 간에 법을 두려워하지 않음이 없으니 법을 두려워하므로 관직을 조심하고, 관직을 조심하기 때문에 제도는 한결같아서 사·농·공·상으로 분업을 똑똑히 하여 제각각 제 앞을 닦으니, 이것이 셋째 어려운 일이다.

조선 사람들의 이런 다섯 가지 망령도 실상은 중국의 자기 모독으로부터 나온 것이지만 이 자기 모독도 실상은 중국 사람 죄가 아니다. 그들이 본래 가진 세 가지 어려운 일이란 것도 조선 사람이 멸시할 수 있는 것은 못된다.

옛날 진경지(陳慶之)* 라는 장수는 위나라에서 남방으로 돌아와서 북방 사람들을 매우 소중하게 대해 주었다. 학자 주이(朱异)가 이상하게 여겨 그 이유를 물었더니 진경지는 이렇게 대답했다.

"진(晉)나라 송나라 이래로 낙양(洛陽)을 불러서 황중(荒中)이라 하였으니 이는 양자강 이북이 죄다 오랑캐 땅이 되었기 때문에 이렇게 불렀던 것이다. 그러나 어제 낙양에 이르러서야 비로소 의관 갖춘 양반이 중원 땅에 있음을 알게 되었고, 예의가 놀랍고 인물이 은부(殷富)하여 눈과 귀로 보고 들은 것을 입으로 전할 수 없노라."

이로 볼 때 하염없이 절로 탄식이 나오기는 예나 지금이나 그 정리하는 마음이 마찬가지다. 내가 열하(熱河)에 있을 때 중국 인사들과

---

* 위진 남북조시대 양나라의 명장. 백포대라 불리던 흰색 복장의 기마부대를 거느리고 북위와 싸움을 벌였다. 7천의 기병을 이끌고 북위말 525년, 순식간에 북위의 군대 30만 대군을 격파해 하남땅 32성을 빼앗고 북위의 수도 낙양을 함락시키는 쾌거를 이루기도 했다.

교유를 많이 했는데 그들과 토론을 하면서 많은 지식을 얻게 되었으나 시국 정치나 민심에 대한 것은 일일이 알기 어려웠다.

맹자님 말씀에 "그 예절을 보아 정치를 알고 그 음악을 듣고 도덕을 알 수 있으니, 이는 진리로 백년이 지난 뒤에도 틀리지 않을 것이다."고 하였다.

대체로 중국 인사들이란 성질이 자랑하기를 좋아하고 학문은 해박한 것을 귀하게 쳐주어 경서(經書)고 사기(史記)를 가리지 않고 닥치는 대로 잘 털어놓는다. 그러므로 우리나라 사람들은 대부분 말씨가 아담하지 못하고 때로는 어려운 것을 물어서 요즘 세상일을 화제로 끄집어내어 묻기에 바쁘고, 때로는 의복과 갓을 자랑하여 그들이 부끄러워 수그러지는 것을 보려 하며, 때로는 드러내놓고 한(漢)족을 어떻게 생각하느냐고 물어 중국 사람으로 하여금 기가 막히도록 만들고 있으니 이는 비단 저들만이 꺼리고 싫어할 뿐아니라 우리에게도 소홀하고 조심스럽지 못한 행동이다.

그러므로 일부러라도 그들의 환심을 사고자 할진대 반드시 마음이 없더라도 대국의 문화를 찬미하고 먼저 그들의 마음을 푸근하게 하고 힘써 화합 도모하는 모습을 보여야 하는데, 이를 피하고 과거 역사를 따진다면 마음에 겸손함이 없음이다.

슬프다! 중국의 학문은 그 학파가 하나뿐이 아니다. 주자의 학파가 갈라진 지도 벌써 수백 년이 되어 서로 원수처럼 욕한다. 명나라 말년에 와서는 천하의 학자란 학자는 주자를 으뜸으로 삼아 육상산(陸象

山)*을 따르는 자가 드물었다.

그런데 청나라가 중국을 통치하면서 그들은 슬그머니 학문의 종주(宗主)가 어디에 있는가를 살펴 당시 따르는 자가 많고 적음을 따져, 많은 편을 주력으로 삼아 주자를 공문십철(孔門十哲)**의 반열에 올려 제사지낼 것을 주장하고 "주자의 도는 우리 황실의 집안 학문이다."라고 하니 세상은 만족하였지만 육씨의 학문은 거의 명맥이 끊어질 지경이었다.

슬프다! 청실이 어찌 참말로 주자의 학문을 이해하여 그 정통을 얻었겠는가. 무릇 황제는 천하에 높은 지위를 가지고 겉으로 사모하는 듯하지만 그 뜻은 중국의 대세를 살펴서 미리 세상의 입들에 재갈을 물려 아무도 감히 자기를 오랑캐라고 부르지 못하도록 하는 조치일 것이다. 무엇으로 그런 줄 알 수 있겠는가.

주자는 중국을 떠받들고 오랑캐를 배척하였으니 황제는 일찍이 자기 저술을 통하여 송나라 고종이 춘추대의를 몰랐다고 비판, 배척을 했고, 진회(秦檜)***가 강화를 주장한 죄를 성토하기까지 하였다.

＊ 저장성 출생, 어려서 재능이 뛰어났지만 유일한 석학이었던 주자(朱子)와 대립하여 중국 전체를 양분(兩分)하는 학문적 세력을 형성하였다. 상산은 정명도의 존덕성(尊德性, 德性第一)을 존중하였던 반면 주자는 격물치지(格物致知)의 성즉이설(性卽理說)을 제창하였다. 두 사람은 서로의 학문을 존중하여 도의적 교유는 변하지 않았다.
＊＊ 공자의 제자 10명, 안회(顔回), 민자건(閔子騫), 염백우(冉伯牛), 중궁(仲弓), 재아(宰我), 자공(子貢), 염유(冉有), 자로(子路), 자유(子遊), 자하(子夏)를 이른다.
＊＊＊ 강녕(江寧, 현재의 南京) 출생. 24년간 재상의 자리에 있었다. 그 동안 남침을 거듭하는 금군(金軍)에 대처하여, 철저한 항전을 주장하는 군벌이나 명분론·양이론(攘夷論)의 입장에서 실지(失地) 회복을 주장, 1142년 금과 남송이 중국을 남북으로 영유하기로 합의하였다. 이 조건으로 송나라는 금나라에 대하여 신하의 예를 취하고 세폐(歲幣, 중국에 바치던 공물)를 바쳤다. 유능한 관리였으나 정권 유지를 위해 반대파를 억압하기도 하였으며, 주자학파로부터 아주 혹독한 비난을 받았다.

또한 주자가 많은 서적에 해석을 달자 황제는 천하의 선비는 다 이 주자의 주장을 받들고 그가 남긴 뜻을 이해하여야 한다고 주장했다. 그들 청나라 황제는 "명나라 황실을 위하여 큰 원수를 갚고 큰 뜻을 품어 천자의 자리를 오래 비워둘 수 없는 이치로 나는 천하를 위하여 중국을 지키다 주인이 생긴다면 다시 동쪽으로 돌아갈 것이다."라고 하였다.

그러면서 그들은 명나라 법을 버리게 하고 자기 법을 따르게 하지 않았다.

"제왕이란 것은 한 나라의 문화 규범을 같이 만들고 제도를 하나로 할 뿐이다. 청나라의 신하가 될 자는 마땅히 그 시대 임금의 제도를 존중해야 할 것이요, 청나라 신하가 되지 않을 자는 그 시대 임금의 제도를 존중하지 않으면 된다."

중국 동남쪽 지방은 어디보다도 개명을 하여 천하에서는 제일 먼저 사건이 잘 생기는 곳으로서 백성들의 성질은 가볍고 부화하여 이론을 좋아하니, 강희 황제가 여섯 번이나 강소(江蘇)·절강(浙江) 지방을 순회한 것은 슬그머니 호걸들의 마음을 억눌러 막기 위함이다.

그리고 지금 건륭(乾隆)* 황제도 다섯 번이나 이어서 이 지방을 순회하였다. 또한 천하의 걱정은 언제나 북쪽 오랑캐에게 있으니 그들을 복종시키기까지는 강희 시대로부터 열하에 대궐을 짓고 유숙하여 몽골 군사들이 중국을 침략하지 못하도록 하였다.

---

* 청나라 6대 황제.

오랑캐가 오랑캐 막는 법이 이와 같으니 군비를 들이지 않고 국경 방어를 튼튼히 하여 지금 황제는 몸소 군사를 통솔하여 지키고 있다. 황제는 중국 땅에 대해서는 아무런 마음을 쓰지 않는 듯이 보이지만 그러나 그들 계산은 무지한 백성들이야 세금만 적게 바치면 좋다고 할 뿐, 청나라의 의관 제도쯤이야 문제 삼지 않는다. 그러나 지식층들에 대해서는 아무리 둘러보아도 주자의 학문만한 것이 없으니 그들에게 안심시키기 위해 그 학문을 숭상하는 것이다.

황제는 옛날 진나라처럼 선비를 파묻어 죽이지 않으면서 그들 도서 교정 사업을 썩어나게 하고, 진나라처럼 책을 불사르지 않았지만 그들 스스로 도시 집성하는 곳을 없애 버리게 했으니 세상을 우롱하는 재주가 교묘하고 엉큼하다. 소위 책을 모아 들이는 화(禍)가, 책을 불사르는 화보다 심하다는 것이 바로 이것을 가리킨 것이다.

그러므로 중국 땅 선비들로 때로는 주자를 반박해서 기탄해 마지 않았던 모기령(毛奇齡)* 같은 자가 있었지만 주자의 충신이라 말하는 자도 있고 더러는 도를 보위한 공적이 있다고 말하는 자도 있다.

애석하다! 주자의 도는 중천에 뜬 해와 같아서 사방 만국이 모두 우러러 쳐다보는 바로 황제가 제 스스로 떠받든다 하여 주자에게 무슨 누가 될 것인가. 중국의 선비들이 부끄러워 하는 것은 겉으로는 주자를 떠받드는 척하면서 세상을 통제하는 이용물로 삼는 데 격분하고

---

* 중국 청나라의 학자. 양명학 영향을 받았으나 고증학을 좋아하여, 경학·역사·지리 등에 관한 책을 남겼다. 박식하나 당파 의식이 강하여, 편파적인 의론을 좋아하였다.

있는 것이다.

우리나라 사람들은 이 뜻을 모르고 중국 인사와 접촉을 할 때는 대강대강 바쁘게 이야기를 하다가 조금이라도 주자를 건드리기만 하면 큰 변고로 알고 놀라 언뜻 육상산의 도당이라고 배척하며, 우리나라 사람들은 만나기만 하면 중국에서는 육상산의 학문이 유행하고 사특한 학설이 그치지 않더라고 떠든다. 이런 말은 사리를 캐보지 않고 글을 보기만 하면 언뜻 마음속으로 노발대발하는 것이다.

그러므로 사문난적(斯文亂賊)*의 성토를 멀리 중국 땅까지 실시하지는 못할망정 이단을 용납하고 묵인하는 죄는 일반 선비들에게 용서를 받을 수 없다.

연암골 꽃나무 아래 몇 잔 술을 마시면서 꽃이슬에 붓을 적시어 이 글을 써서 앞으로는 중국에 유람하는 자로 하여금 주자를 반박하는 자를 만나더라도 그를 범상찮은 선비로 알고 함부로 이단이라고 배척하지 말고, 말씨를 좋게 하면 점차로 그 정체를 밝힐 수 있어 이것을 가지고 천하대세를 엿볼 수 있을 것이다.

＊ 유교에서 교리를 어지럽히고 사상에 어긋나는 언행을 하는 사람.

4부

풍자,
혹은 파라독스

마장전

__ 진정한 우정에 대하여

말 거간꾼과 집 거간꾼 따위들이 손바닥을 치면서 옛날 관중(管仲)*, 소진(蘇秦)**을 흉내내어 닭, 개, 말, 소 등의 피를 나누어 마시며 맹세한다더니 과연 그렇다.

헤어지자는 말만 들어도 가락지를 팽개치고 수건을 찢어 버리며, 등불을 등진 채 바람벽을 향하여 머리를 숙이고 슬픈 목소리를 머금는 여인이야말로 믿음직스러운 첩이었다.

또한 간담(肝膽)을 토할 듯이 쓸개를 녹일 듯이, 손을 마주 잡고 마음을 내 보이는 자야말로 믿음직스러운 벗이었다. 그러나 아무리 생각해도 두 거간꾼은 그저 거간꾼일 뿐이다.

---

* 춘추시대 제나라 제상. 가난한 소년시절부터 포숙아와 우정을 깊이 나눈 인물. 두 사람의 우정을 관포지교로 유래됨.
** 중국 전국시대 인물. BC 333년 연나라에서 초나라에 이르는 남북선상(南北線上)의 6국의 합종에 성공하였다. 이로써 혼자서 6국의 상인(相印, 재상의 인장)을 가지게 되었고, 스스로 무안군(武安君)이라 칭하여 이름을 떨쳤다.

겁주는 말로 동요하도록 만들고, 남이 꺼리는 곳을 찔러 속마음을 알아내고, 강자를 위협하고 약자를 윽박지르며, 친근한 사이를 이간시키고 이질적인 세력을 한데 묶기도 하니, 이것이 그들이 좋아하는 권모술수(權謀術數)인 것이다.

옛날에 심장병을 앓는 사람이 있었다. 그가 아내에게 시켜 약을 달이게 하였는데, 많아지기도 하고 적어지기도 해서 그 분량이 적당하지 않았다.

그는 화가 나서 첩에게 달이도록 시켰다. 첩이 달이는 약은 많고 적음이 한결같았다. 그는 첩이 잘한다고 여겨서, 창문 구멍을 뚫고 엿보았다.

그랬더니 그 첩은 약물이 많아지면 땅바닥에 내버리고, 적어지면 물을 더 탔다. 이것이 바로 첩이 약물을 적당하게 하는 방법이다. 그러니 귀에다 대고 속삭이는 소리가 진실한 것이 아니며 우정이 얕니 깊으니 하며 따지는 것은 진짜 친구가 아닌 것이다.

송욱(宋旭)·조탑타(趙闒拖)·장덕홍(張德弘) 세 사람이 광통교 위에서 우정에 대해 심각하게 논한 적이 있었다.

먼저 조탑타가 말했다.

"내가 아침나절에 바가지를 두드리면서 밥을 빌러 가다가 어떤 가겟집에 들렀거든. 때마침 가게 이층에 올라가서 옷감을 흥정하는 자가 있었는데, 그는 옷감을 골라서 혀로 핥아 보고는, 공중을 쳐다보며 햇빛에다 비추어서 그 두터운 정도를 따져 보더군.

그 옷감의 값은 그들의 입에 달렸는데, 서로 먼저 부르라고 사양하더라구. 얼마 지나자 두 사람 다 옷감에 대한 일은 잊어 버렸어. 옷감 가게 주인은 갑자기 먼 산을 바라보며 노래를 부르는데, 그 소리가 구름 위로 치솟더군. 그 사람도 뒷짐을 지고 어정거리며 벽 위에 걸린 그림을 보더라구."

송욱이 끼어들며 "너는 벗 사귀는 도리는 그럴 듯하지만, 참된 도리는 그게 아냐."라고 하자 덕홍도 "허수아비도 포장을 드리울 수 있으니, 그것을 당기는 노끈이 있기 때문이지."라고 말하였다.

송욱이 또 이렇게 말하였다.

"넌 얼굴로 사귀는 것만 알고, 참된 방법은 알지 못했구나. 대개 군자의 벗 사귐이 세 가지고, 그 방법은 다섯 가지거든. 서른이 되어서도 참된 벗이 하나도 없는 거야. 비록 그렇지만 나도 오래 전에 참된 방법을 들은 적이 있다네. 팔이 바깥으로 뻗지 않는 까닭은 술잔을 잡기에 편리하게 하려고 그렇다네."

덕홍이 말하였다.

"그렇고 말고. 옛 시에 이르기를, 저 숲 속에 학이 울 제 그 새끼가 따라 우네. 벼슬이 아름다우니 너와 함께 하여 보세 하였거든. 이를 두고 한 말일 게야.”

　송욱이 말하였다.

　“너하고는 벗에 대하여 논할 수 있겠구나. 내가 아까 그 가운데 하
나를 가르쳤더니, 너는 벌써 둘을 아는구나. 온 천하 사람들이 쫓아가
는 것은 오로지 세(勢)요, 서로 다투어 얻으려 하는 것은 명(名)과 이
(利)야. 그러니까 술잔이 처음부터 입과 더불어 꾀한 것은 아니었지
만, 팔이 저절로 굽어든 까닭은 자연스러운 세(勢)이기 때문이지. 저
학이 서로 소리를 맞추어 우는 것도 명(名)을 위해서가 아니겠는가.
아름다운 벼슬이라는 것도 이(利)를 말하는 거야. 그러나 쫓아오는
자가 많아지면 세(勢)가 나누어지고, 얻으려는 자가 많아지면 명(名)
과 이(利)도 공(功)이 없는 법이지. 그래서 군자가 이 세 가지에 대하
여 말하기를 싫어한 지가 오래 되었단다. 내가 일부러 은어(隱語)를
써서 네게 가르쳤는데, 너는 알아들었구나.

　이제부터 남과 사귈 때에 앞으로 잘할 것을 칭찬하지 않고 오직 앞
서 잘한 것들만 칭찬한다면, 그는 아무런 아름다움도 느끼지 못할 거
야. 그리고 그가 미처 생각하지 못하는 점도 깨우쳐 주지 마라. 그가
앞으로 그 일을 행해서 알게 된다면 무색하게 되기 때문이지. 또 여러
친구들이나 많은 사람들이 모인 자리에서 어느 한 사람을 〈제일〉이
라고 칭찬하지도 말게. 〈제일〉이라는 말은 보다 더 위가 없다는 뜻이
니만큼, 한자리에 가득 찬 사람들이 모두 쓸쓸하게 기운이 떨어지기

때문이지.

그러므로 벗을 사귀는 데 다섯 가지 방법이 있으니, 장차 그를 칭찬하려고 한다면 먼저 잘못을 드러내어서 꾸짖을 것이며, 장차 기쁨을 보여 주려면 먼저 노여움으로 밝혀야 하네. 장차 친하게 지내려고 한다면 먼저 내 뜻을 꼿꼿이 세우고 몸가짐은 수줍은 듯이 가져야 하네. 남들로 하여금 나를 믿게 하려면, 짐짓 의심스러운 듯이 기다려야 하네.

대개 열사(烈士)는 슬픔이 많고, 미인은 눈물이 많은데, 영웅이 잘 우는 까닭은 남의 마음을 움직이려고 하기 때문이야. 이 다섯 가지 방법이 군자의 비밀 계획인 동시에 처세하는 데 쓰는 아름다운 방법이지."

탑타가 그 말을 듣고서 덕홍에게 물었다.
"송군의 말은 너무 어렵고 은어라서, 나는 알아듣지 못하겠네."

덕홍이 말하였다.
"네가 이 말을 어떻게 알아듣는단 말이냐? 그가 잘하는데도 일부러 소리쳐 가며 책망하면, 그의 명예는 더욱 높아질 것이다. 노여움은 사랑에서 나오고 인정도 견책에서 나오므로, 한 집안 사람 사이에서는 아무리 종알거려도 싫어하지 않는 법이다. 이미 친하면서도 더욱 거리가 먼 듯하다면, 더할 수 없이 친해지게 된다. 이미 믿으면서도 오히려 의심스러운 듯이 한다면, 더할 수 없이 미덥게 된다. 술에 취하고 밤은 깊어서 다른 사람들은 모두 쓰러져 자건만, (친한 벗 두 사람만이) 말없이 마주 쳐다보며 취한 나머지 흥겨워 비분강개한 빛을 띠고 있으면, 그 누가 처연하게 감동하지 않겠는가? 그러므로 벗을 사귈 때에는 서로 그 마음을 알아 주는 것보다 더 고귀한 방법이 없으며, 서로 그 마음을 감동시키는 것보다 더 즐거운 것도 없다네.

성급한 자가 자기의 노여운 마음을 풀거나 사나운 자가 자기의 원망스러운 마음을 풀려면, 울음보다 더 빠른 방법이 없다네. 그래서 나도 남과 사귈 때에 가끔 울고 싶은 적이 없지 않았지만, 울려고 해도 눈물이 흘러내리지 않더군. 그래서 지금까지 나라 안을 돌아다닌 지 삼십일 년이나 되었지만, 아직 참된 친구가 하나도 없다네.”

탑타가 말하였다.

“그렇다면 충(忠)으로 사귐을 갖고 의(義)로 벗을 얻을 수도 있지 않을까?”

덕홍이 그 말을 듣고는 탑타의 얼굴에 침을 뱉으며 꾸짖었다.

“에이, 더럽구나. 너는 그것을 말이라고 하느냐? 내 말을 들어 봐라. 대체로 가난한 사람은 바라는 것이 많기 때문에 정의를 한없이 그리워해서, 저 하늘을 쳐다봐야 가물가물하건만 오히려 곡식이라도 쏟아질 것이라고 생각한단다. 남의 기침소리만 들어도 목을 석 자나 뽑곤 하지. 그러나 재산을 모으는 자는 인색하다는 이름쯤은 부끄러워하지도 않으니, 남이 나에게 무엇을 바라는 생각조차 못하게 하는 거야.

또 천한 사람은 아낄 것이 없으므로 그의 충성심은 어떤 어려운 일이라도 사양하지 않는 법이지. 왜 그런가 하면, 물을 건널 때에 옷을 걷지 않는 까닭은 다 떨어진 홑바지를 입었기 때문이고, 수레는 타는 사람이 가죽신 위에다 덧버선을 신는 까닭은 진흙이 스며들까 봐 걱정하기 때문이거든. 가죽신 밑창까지도 아끼는 사람이 제 몸뚱이야 오죽하겠느냐? 그러기에 충(忠)이니 의(義)니 하고 부르짖는 것은 가난하고 천한 자들의 상투적인 구호일 뿐이고, 부귀를 누리는 자들에게는 논할 거리도 안 되는 거야.”

탑타가 쓸쓸히 낯빛을 바꾸며, “내가 한평생 벗을 하나도 사귀지 못할지언정, 너희들 말처럼 〈군자의 사귐〉은 안 하겠다.”

그래서 세 사람이 서로 갓과 옷을 찢어 버리고, 때 묻은 얼굴과 흐트러진 머리에다 새끼줄을 띠 삼아 졸라매고는 시장 바닥에서 노래 불렀다.

골계 선생(滑稽先生)이 일을 듣고는 〈우정론(友情論)〉이라는 글을 지었다.

나무쪽을 붙이는 데에는 부레풀이 제일이고, 쇠 끝을 붙이는 데에는 붕사가 그만이며, 사슴 가죽이나 말 가죽을 붙이는 데에는 찹쌀 밥풀보다 잘 붙는 것이 없다. 벗을 사귐에 있어서는 〈틈〉이 가장 중요하다. 연(燕)나라와 월(越)나라 사이가 멀지만, 그런 틈이 아니다. 산천(山川)이 그 사이에 가로막혔다 해도, 그 틈이 아니다. 둘이서 무릎을 맞대고 자리에 나란히 앉았다 해서 〈서로 밀접하다〉고 말할 수 없고, 어깨를 치며 소매를 붙잡았다고 해서 〈서로 합쳤다〉고 말할 수 없으므로, 그 사이에는 틈이 있을 뿐이다.

옛날에 상앙(商鞅)이 장황하게 이야기를 늘어놓자 진(秦)나라 효공(孝公)은 못 들은 척하며 졸았고, 응후(應侯)가 노여워하지 않는 척하자 채택(蔡澤)은 벙어리처럼 말을 못했다. 그러므로 마음에 있는 것을 겉으로 드러내어 남을 꾸짖는 것도 반드시 그럴 처지의 사람이 있겠고, 큰소리를 치면서 남을 노엽게 만드는 것도 반드시 그럴 처지의 사람이 있을 것이다.

옛날 공자 조승이 소개한 성안후(成案侯)와 상산왕(常山王)은 그 사귐에 틈이 없이 사귀었다. 한 번 틈이 벌어지면, 아무도 그 틈을 어떻게 할 수가 없는 법이다. 그러므로 사랑스러운 것도 틈타서 결합되며, 고자질도 그 틈을 이용해서 벌어지게 만든다. 그러므로 남을 잘 사귀는 자는 먼저 그 틈을 잘 타야 한다. 남을 잘 사귀지 못하는 자는 틈을 탈 줄 모른다.

대체로 곧은 사람은 곧바로 가 버린다. 굽은 길을 따라가지 않고, 자기의 뜻을 꺾어 가면서 무슨 일을 하지는 않는다. 한 마디 말에 의견이 합해지지 않는 것은 남이 그를 이간질시켜서가 아니라, 제 스스로 앞길을 막은 셈이다. 그래서 속담에도 이르기는 〈열 번 찍어서 넘어가지 않는 나무가 없다〉 하였고, 〈구들목에 아첨할 바에는 차라리 아궁이에 아첨하라〉 하였는데 이를 두고 한 말이다.

아첨하는 데에는 세 가지 방법이 있다. 첫째, 자기 몸을 가다듬고 얼굴을 꾸민 뒤에 말씨도 얌전히 할 뿐더러 명리(名利)에 담박하며, 다른 사람들과 사귀기를 싫어하는 척해서 자기의 아름다움을 자랑하는 것이 상첨(上諂)이다.

둘째, 곧은 말을 간곡하게 해서 자기의 참된 심정을 나타내되, 그 틈을 잘 타서 이편의 뜻을 이해시키는 것이 중첨(中諂)이다.

셋째, 말발굽이 다 닳고 자리굽이 해지도록 자주 찾아가서 그의 입술을 쳐다보며 얼굴빛을 잘 살펴서, 그가 말하면 덮어놓고 칭찬하며 그의 행동을 무조건 아름답게 여긴다면, 저편에서 처음 들을 때에는 기뻐한다. 그러나 오래 되면 도리어 싫증나고, 싫증나면 더럽게 여기게 된다. 그제는 '저놈이 나를 놀리는 것이 아닌가?' 하고 의심하는 법이니, 이는 하첨(下諂)이다.

관중은 아홉 번이나 제후들을 규합했고, 소진은 여섯 나라를 합종하였으니, 〈천하에 가장 큰 사귐〉이라고 말할 수 있겠다. 그러나 송욱과 탑타는 길에서 빌어먹고, 덕홍은 시장 바닥에서 미친 노래를 부를지언정, 말 거간꾼의 나쁜 술법을 쓰지는 않았다. 하물며 글 읽는 군자는 더 말해 무엇하냐?

광문자전

廣文者傳

광문은 거지였다. 일찍이 종루(鐘樓, 종로) 거리에서 빌어먹고 살았는데, 여러 거지들이 그를 두목으로 추대하였다. 그리하여 다른 거지들이 밥을 빌러 나갈 때 그는 그들의 소굴을 지키는 일을 맡았다.

어느 추운 겨울이었다. 다른 거지는 모두 밥을 빌러 나갔으나 거지 아이 하나가 몸이 몹시 아파서 그들을 따라가지 못하였다. 그는 자리에 누워서 고통을 참지 못하여 신음하고 있었다.

그를 간호하던 광문은 가까운 거리로 나가서 우선 먹을 수 있는 음식을 빌어다가 병든 거지 아이를 먹이려고 했는데, 광문이 음식을 빌어 돌아왔을 때 그는 이미 죽어 있었다.

나중에 밥을 빌어 온 거지들은 그 거지가 죽은 것을 보고 광문이 죽였다고 생각하고는 광문을 둘러싸고 몰매를 때렸다. 광문은 밤중에

248

쫓겨나고 말았다. 그는 추위를 피하기 위하여 마을 안으로 들어가 어느 집에 들어갔더니, 그 집 개가 몹시 짖었다. 그는 그 집 주인에게 붙잡혀 도둑으로 몰려 새끼줄에 꽁꽁 묶였다. 광문은 애걸하였다.

"저는 도둑이 아니에요. 거지들한테 몰매를 맞고 도망 온 겁니다. 제 말을 못 믿겠거든 내일 아침에 저를 따라와 보세요."

주인은 그의 말이 순박한 것에 감동하여 그를 헛간에 재운 뒤에 새벽에 놓아 보내었다. 광문은 고맙다고 인사를 한 뒤에 떨어진 돗자리를 하나 달라고 부탁하였다. 주인은 그에게 돗자리를 내주고는 그의 뒤를 따라가 보았다. 그 때 여러 거지들이 죽은 거지의 시체를 끌고 와서 청계천의 수표교(水標橋) 다리 밑에 던지고 갔다.

그것을 본 광문은 그 다리 밑으로 내려가서 그 시체를 자리에 말아서 싸 가지고 둘러업더니 그것을 서교(西郊, 지금의 서교동)의 공동묘지로 가져가 묻어 주었다. 그리고 한편으로 울면서 한편으로는 넋두리를 하였다.

이 광경을 본 주인은 그를 불러 놓고 사연을 물어 보았다. 광문은 그간의 일을 자세히 설명해 주었다. 그러자 주인은 광문을 데리고 집으로 돌아와서 옷을 주어 갈아입게 한 뒤에 다시 그를 부잣집인 약방에 심부름꾼으로 취직을 시켜 주고, 그의 신원 보증도 서 주었다.

얼마쯤 지난 뒤에 약방 주인은 외출을 할 때쯤에는 늘 약방 안을 유심히 둘러보고 또 귀중품을 넣어 놓는 궤짝의 열쇠를 확인하곤 하였다. 그리고는 광문을 보고 무어라고 말을 하려다가 그만두곤 하였다.

광문은 주인이 자신을 의심하고 있다고 느꼈으나 그 원인은 알 수가 없었다. 그리하여 그냥 말없이 일만 부지런히 하였다. 그러던 어느 날 약방 주인의 처조카가 돈을 가지고 돌아와 주인에게 말하였다.

"며칠 전에 제가 돈을 꾸러 왔었는데 마침 이숙(姨叔)께서 출타 중이셔서 급한 김에 방에 들어가서 그냥 돈을 가져갔었습니다. 이숙께서는 혹시 그 사실을 알았습니까?"

주인은 그제야 자신이 광문을 의심한 것을 부끄럽게 생각하고 광문에게 사과하였다.

"애야! 내가 참으로 졸장부다. 공연히 너같이 착한 사람을 의심했단다. 너를 볼 면목이 없구나."

그는 이 사실을 자신의 친지들에게 이야기하고 그 친지들은 그 말에 살을 붙여 더욱 광문의 훌륭한 점을 칭찬하니, 소문은 금세 서울의 큰 부호들이나 상인들에게까지 퍼지고, 이어서 조정에 출입하는 높은 벼슬아치들에게까지도 자자해졌다. 그리하여 그에 대한 일화는 양반 귀족들의 잠자리에서까지 오르내리곤 하였다.

이렇게 광문이 훌륭한 사람들보다 더 과장되게 알려지자 이제는 그를 약방에 추천해 준 주인까지 사람을 알아보는 안목이 있음을 칭찬받게 되고, 다음으로는 그 약방 주인도 훌륭한 사람이라고 그 명성이 온 서울에 알려졌다.

당시에 서울에서 돈놀이를 하는 자들은 주로 머리 장식품인 옥이나 비취 또는 의복이나 그릇 종류 아니면 종이나 땅 문서를 저당 잡고 돈을 빌려 주었는데, 광문이 보증을 서 준다고 하면 채권 유무를 따지지 않고 단번에 천금을 내어 주기도 하였다.

광문의 사람됨을 따져 보면 얼굴도 매우 볼썽사납게 생겼고, 사람을 사로잡을 만한 말재주도 없었다. 게다가 입은 커서 주먹이 두 개씩은 들락날락할 정도인데 그는 특히 마당놀이인 만석(曼碩)놀이(요즘의 가면극 같은 놀이의 일종)나 철괴(鐵拐)춤을 잘 추었다. 당시 아이들이 서로 헐뜯고 욕할 때 "얘, 네 형이 달문(達文)이지." 하곤 했는데, 달문이는 곧 광문의 다른 이름이었다.

광문은 길을 가다가 싸움하는 이를 만나면, 자기도 옷을 벗어부치고 함께 달려들어 싸울 듯하다가는 갑자기 벙어리처럼 뭐라고 입 속으로 웅얼거리며 땅에 엎드려 금을 그어 놓고 무엇인가 시비곡직을 판단하려는 시늉을 한다. 그러면 거기에 모여 있던 사람들이 모두 웃게 되고 싸우던 사람들도 어쩔 수 없이 따라 웃어 자신도 몰래 분한 마음이 풀어져 버려 싸움이 끝난다.

또 광문은 나이 사십이 넘도록 머리를 땋고 다녔다. 사람들이 장가를 가라고 하면 그는 이렇게 대답하는 것이었다.

"얼굴이 아름다운 사람을 구하는 것은 남자뿐만 아니라 여자도 마찬가지예요. 그런데 나같이 못생긴 사람이 어찌 장가를 갈 수 있겠어요."

그리고 사람들이 집을 마련하여 살림을 하라고 하면 그는 또 이렇게 말하였다.

"나에게는 부모 형제나 처자식도 없어요. 게다가 아침에 노래를 부르고 나갔다가 저녁이면 부잣집 문간에서 잠을 잡니다. 우리 서울에 집이 8만 채인데 내가 매일 한 집씩 옮겨 다니며 자도 내 한 평생에 그 많은 집을 다 돌아다니며 잘 수 없을 거예요."

이 때 한양에 있는 이름난 기생들은 아무리 아름다워도 광문이 소문을 내주지 않으면 유명해지지 않았다. 언젠가 서울에서도 유명한 한량들인 우림(羽林)의 무관들 그리고 여러 궁전의 별감(別監)들과 임금의 사위인 부마도위(駙馬都尉)들이 종을 거느리고 옷소매를 휘저으며 이름난 기생 운심(雲心)을 찾은 일이 있었다.

그들은 마루 위에 앉아 술을 따라 놓고 비파를 뜯으며 운심에게 춤을 추라고 하였다. 그러나 운심은 짐짓 사양하면서 춤을 추지 않았다. 이 때 광문이 마루 밑에서 서성거리다가 마루에 성큼 올라와 상좌에 앉았다. 광문의 옷은 남루하고 행동은 거칠었지만 그의 의욕은 가득하였다.

눈초리에는 눈곱이 끼고 술 취한 듯한 목에서는 연해 딸꾹질이 났다. 염소털 같은 머리를 등 쪽에 틀어 돌린 것을 본 사람들은 그를 당장에 두들겨 내쫓고 싶어 하였다. 그러나 광문은 개의치 않고 오히려 앞으로 다가앉아 무릎을 치며 곡조에 맞추어 콧노래를 불렀다.

그러자 운심은 서둘러 자리에서 일어나 옷을 갈아입고 광문을 위하여 칼춤을 추었다. 드디어 온 좌석은 기쁨으로 가득 찼고 그들은 광문과 벗을 삼기로 한 뒤에 헤어졌다.

염제기

___ 연암의 자기 고백서

송욱(宋旭)이 술에 취해서 자다가, 아침나절에야 깨어났다. 누워서 들으니 솔개가 소리치고 까치가 울었다. 수레와 말이 시끄럽게 오가고, 울타리 아래에서는 방아 찧는 소리가 들렸으며, 부엌에서는 설거지를 하고 있었다.

늙은이가 부르는 소리, 아이들이 웃는 소리, 계집종이 떠들고 사내종이 기침하는 소리까지, 방 바깥의 일들을 모두 알아들을 수 있었다. 그런데 오직 자기 목소리만 들리지 않았다. 그래서 정신이 몽롱한 가운데 혼잣말하였다.

집안사람들은 모두 다 있는데, 나만 왜 혼자 없을까?

눈을 들어 둘러보니 저고리는 옷걸이에 걸려 있고, 바지는 횃대에 걸려 있었다. 갓은 벽에 걸렸고, 띠는 횃대 끝에 걸려 있었다. 책은 책상 위에 있고, 거문고는 누워 있었으며, 비파도 세워져 있었다.

거미줄도 들보에 얽혀 있고, 파리도 창문에 붙어 있었다. 방 안에 있던 물건들이 하나도 없어지지 않고 그대로 있었다. 그런데 오직 자신만 보이지 않았다.

급히 일어나 자기가 자던 자리를 보았더니, 남쪽으로 베개를 놓고 자리를 폈으며, 이불 속이 들여다보였다. 송욱이 미쳐서 벌거벗은 채로 나가 버렸나 보다고 생각하니, 너무나 슬프고도 가여웠다. 혀를 차다 보니, 웃음도 나왔다. 그를 찾아서 입히려고 옷과 갓을 싸안고 길거리를 돌아다녔지만, 끝내 송욱을 찾을 수가 없었다. 결국은 동문께 사는 장님을 찾아가서 점을 쳐 달라고 했다. 장님이 점을 쳐서 말했다.

"서산대사(西山大師)가 갓끈을 끊고 구슬을 흩어서, 저 올빼미를 불러다 알아내랍니다."

둥근 돈이 잘 굴러가다가 문지방에 부딪혀 멈추었다. 장님이 돈을 주머니 속으로 넣으면서 축하하였다.

주인은 노닐러 나갔고, 손님은 쉴 곳이 없소. 아홉을 잃었지만 하나가 남았으니, 마땅히 과거에 높이 붙겠소.

송욱이 매우 기뻐했다. 과거를 베풀어 선비들을 시험할 때마다 반드시 유건(儒巾)을 쓰고 과거 보러 갔다. 그때마다 자기가 쓴 답안지를 스스로 채점하면서 높은 등수를 크게 썼다.

그래서 서울 속담에 반드시 성사되지 못할 일을 가리켜 "송욱이 과거 보듯 한다."는 말이 있다. 군자들이 그 소문들을 듣고는 "미치긴 미쳤지만, 선비답구나. 그는 과거를 보러 다니지만, 과거에는 뜻이 없는 것이다."라고 하였다.

계우(季雨)는 성격이 소탈한데다 술 마시고 노래 부르기를 좋아해서, 제 스스로 주성(酒聖)이라고 했다. 겉으로는 점잔을 빼면서도 속으로는 나약한 속물들을 보면, 마치 더러운 물건이나 보는 것처럼 구역질하였다.

내가 그를 놀렸다.

술에 취해서 성인이라고 일컫는다면, 미치광이라는 말을 피하여 하는 것이나 마찬가질세. 만약 자네가 술에 취하지 않고도 아무런 생각을 하지 않는다면, 더 큰 미치광이에 가깝게 되지 않겠나?

계우가 한참 동안 얼굴빛이 달라지다가 "자네 말이 옳네." 하였다. 그래서 자기 방에다가 염제(念齋)*라는 이름 붙이고는 나더러 그 사연을 기록해 달라 하였다. 송욱은 미치광이지만, 또한 스스로 힘쓴 자다.

---

* 박지원의 《염제기》는 잃어 버린 자신을 찾아 나서는 단편이다. 마치 카프카의 《변신》을 읽는 듯하다. 〈술에 취해 자다 아침에야 깨어난 송욱은 무릇 문 밖에서 벌어지는 일은 하나도 모를 것이 없는데 유독 제 소리만은 없고, 방 안의 물건도 모두 그대로 있지 않은가〉 어찌 나 혼자만 없는 것일까?

엄행수 선생전

_ 똥 푸는 사람과의 우정

선굴자(蟬橘子, 이덕무의 호)에게 벗 한 분이 계시니 그는 예덕 선생(穢德先生)이라고 하는 분이다. 종본탑(宗本塔) 동쪽에 사는데 마을의 똥을 져 나르는 것으로써 생계를 삼고 있었다. 마을 사람들은 그를 엄행수(嚴行首)라고 불렀다. '행수'는 막일 하는 늙은이에 대한 호칭이요, '엄'은 그의 성이다.

자목(子牧)이 선굴자에게 묻기를 "그 전에 선생님이 제게 말씀하시기를, 벗은 동거 생활을 하지 않는 아내요, 한 탯줄에서 나오지 않은 형제라고 했습니다. 벗이란 것은 이렇게 소중한 것입니다. 이 세상에 한다 하는 양반님네 중에서 선생님의 지도를 받고자 하는 이가 수두룩한데도 선생님께서는 여러 분들을 상대도 하지 않으셨습니다. 그런데 지금 엄행수로 말한다면, 마을 안의 천한 사람으로서 별로 기

256

술이 필요없는 노동을 하는 하층의 처지요, 마주 서기 욕스러운 자리입니다. 선생님께서 그의 인격을 높이어 스승이라고 일컬으면서 장차 교분을 맺어 벗이 되려고 하시니, 저까지 부끄러워 견디지 못하겠습니다. 이제 선생님의 문하를 하직하려고 합니다."

선귤자가 웃으면서 말하기를 "거기 앉게. 속담에도 있거니와 의원이 제 병을 못 고치고 무당이 제 굿을 못한다고 하니(자기 일은 자기가 처리하지 못한다) 내 자네에게 벗에 대한 것을 이야기해 줌세. 자기 생각으로는 이거야말로 내 장점이라고 믿고 있는 점도 남들이 몰라 준다면 어떤 사람이거나 속이 답답해서 자기 결함을 지적해 달라는 말로 말을 꺼내게 되네.

그러나 이 때 칭찬만 하면 아첨에 가까워서 멋대가리가 없고, 타박만 하면 흉보는 것으로 떨어져서 본의와 틀려지네. 그러니까 그의 장점 아닌 점을 들추어서 어름어름 당치 않은 말을 한단 말일세. 그렇게 적절한 내용이 아닌 만큼 설사 책망이 좀 과하더라도 저 편에서 골을 내지는 않을 것일세.

그러다가 숨겨 놓은 물건을 알아나 맞히는 듯이 슬그머니 그가 믿고 있는 그 점을 언급한단 말일세. 마치 가려운 데나 긁어 준 듯이 속마음으로 감격해 할 것일세.

가려운 데를 긁는 데도 도가 있네그려. 등에 손을 댈 때에는 겨드랑이에 가까이 가지 말고, 가슴을 만질 때에는 목을 건드리지 말아야 하네. 칭찬 같지 않게 하는 칭찬에 그 사람은 왈칵 손을 잡으면서 자기를 알아 준다고 할 것일세. 그래, 이렇게 벗을 사귀면 좋겠는가?"

자목이 손으로 귀를 가리고 달아나려 하며 말하길, "이것은 선생님이 저에게 시정잡배의 일이나 종놈의 역할을 가르치는 것입니다."

선귤자는 다시 말했다.

"그렇다면 자네가 부끄럽게 여기는 것도 과연 저기 있지 않고 여기 있는 것일세그려. 대체 장사치의 벗은 이속으로 사귀고, 체면을 차리는 양반님네의 벗은 아첨으로 사귀네.

본래부터 아무리 친한 사이라도 세 번 달라고 해서 멀어지지 않을 사람이 없고 아무리 원수로 치부하는 사이라도 세 번 주어서 친해지지 않을 사람이 없단 말일세.

그렇기 때문에 잇속으로 사귀어서는 지속되기 어렵고 아첨으로 사귀면 오래 가지 못하는 법일세. 만일 깊숙하게 사귀자면 체면 같은 것을 볼 것이 없고, 진실하게 사귀자면 특별히 죽자 사자 할 것이 없네. 오직 마음으로 벗을 사귀며 인격으로 벗을 찾아야만 도덕과 의리의 벗으로 되네. 이렇게 사귀는 벗은 천 년 전의 옛 사람도 아득히 떨어져 있는 것이 아니요, 만리의 거리도 소격(疏隔, 사귀는 사이가 멀어져서 왕래가 막힘) 한 것이 아닐세.

저 엄행수란 분이 언제 나와 알고 지내자고 요구한 적이 없었지만, 그저 내가 늘 그 분을 찬양하고 싶어서 견디지 못하는 것이라네. 그의 손가락은 굵직굵직하고, 그의 걸음새는 겁먹은 듯하였으며, 그가 조는 모습은 어리숙하고, 웃음소리는 껄껄대더구면.

그의 살림살이도 바보 같았네. 흙으로 벽을 쌓고 볏짚으로 지붕을 덮어 구멍을 내었으니, 들어갈 때에는 새우등이 되었다가, 잠잘 때에는 개처럼 주둥이를 틀어 박고 자네.

아침 해가 뜨면 부석거리고 일어나, 발채(지개 위에 얹는 소쿠리 모양의 접는 물건)를 메고 동네에 들어가 뒷간을 쳐 날랐다네. 구월에 서리가 내리고, 시월에 살얼음이 얼어도, 뒷간의 남은 찌꺼기와 말똥, 소똥, 집안 구석구석에서 닭의 똥, 개똥, 거위똥, 돼지똥, 비둘기똥, 토끼똥, 참새의 참새똥 등 똥이란 똥을 귀한 보물처럼 모조리 걸레질해 가도 누가 염치 뻔뻔하다고 말할 사람은 없단 말일세.

혼자 이익을 남겨 먹어도 누가 의리를 모른다고 말할 사람이 없고 많이 긁어모아도 누가 양보심이 없다고 말할 사람이 없네. 손바닥에다가 침을 탁 뱉어서 삽을 들고는 허리를 구부리고 꺼불꺼불 일을 하는 것이 마치 날짐승이 무엇을 쪼아 먹고 있는 것과 흡사하거든.

그는 화려한 외화(外華)도 힘쓰려 하지 않고 풍악을 잡히며 노는 것도 바라지 않지. 돈이 많아지고 지위가 높아지는 일을 누가 원하지 않을까만 원한다고 해서 얻어질 것이 아니기 때문에 애초부터 부러워하지 않는단 말일세. 찬양을 한다고 해서 더 영예로운 것도 없으며 헐뜯는다고 해서 더 욕될 것이 없네그려.

왕십리(枉十里)의 배추, 살곶이 다리의 무, 석교(石郊)의 가지·오이·호박, 연희궁(延禧宮)의 고추·마늘·부추·파·염교, 청파(靑坡)의 미나리, 이태원의 토란 등을 아무리 토질이 좋은 곳에 심는다

하여도 모두 엄씨의 똥거름을 가져 써야 토질이 비옥하고 채소가 실하게 되네. 엄씨는 매년 육천 냥이나 되는 돈을 버는 데도 아침이면 밥 한 그릇만 먹고도 의기양양하고, 저녁에도 밥 한 그릇뿐이지. 누가 고기를 좀 먹으라고 권하면 고기 반찬이나 나물 반찬이나 목구멍 아래로 내려가서 배 부르기는 마찬가지인데 입맛에 당기는 것을 찾아 먹어서는 무얼 하느냐고 하네.

또 옷과 갓을 차리라고 권하면 넓은 소매를 휘두르기에 익숙지도 못하거니와, 새 옷을 입고서는 짐을 지고 다닐 수 없다고 대답하네. 해마다 정월 초하룻날이 되면 비로소 갓을 쓰고 띠를 띠며, 새 옷에다 새 신을 신고, 이웃 동네 어른들에게 두루 돌아다니며 세배를 올린다네.

그리고 돌아와서는 헌 옷을 도로 꺼내 입고 발채를 지고 마을 안으로 들어서거든. 엄행수야말로 자기의 모든 덕행을 더러운 똥거름 속에다 커다랗게 파묻고, 이 세상에 참된 은사 노릇을 하는 자가 아니겠는가?"

《중용》에 이르기를 "본래 부귀한 사람은 부귀하게 살아가고 본래 빈한 사람은 빈한 대로 살아간다."라고 했는데, 여기서 본래라는 의미는 정해진 자기 분수라고 하네.《시경》에 "아침 저녁으로 공무를 함께 보는데도 운명은 같지 않네."라고 했는데, 여기서 운명이란 의미는 타고난 분수를 말하네.

무릇 하늘이 만물을 낳을 때 대개 저마다 정해진 분수가 있어 운명을 타고난 것이니 무엇을 원망할 수 있겠는가? 새우젓을 먹으며 달걀

이 생각하고 베옷을 입고 모시옷을 부러워한다면 천하가 여기서부터 어지럽게 되고 농민이 땅에서 들고 일어나 농토가 황폐해질 것이네.

진승(陳勝)·오광(吳廣)·항적(項籍)의 무리가 농민 반란을 일으켰는데, 그들이 농사일에만 만족하고 말 사람인가?《주역(周易)》에서 "등짐 질 사람이 수레를 타고 가면 도적을 불러들인다." 한 것이 바로 이것을 두고 이른 말일세. 그러므로 의로운 것이 아니고 정당한 노력 없이 치부한 것이라면 비록 큰 부자가 되더라도 그 이름에 악취가 난다고 여길 것이네.

본래 사람의 숨이 떨어지면 입 안에 구슬을 넣어 주는 것도 깨끗이 가란 뜻일세그려.

저 엄행수는 똥과 거름을 져 날라서 불결하다 하겠으나 그가 밥벌이하는 방법을 따져보면 지극히 향기로운 것이네. 그리고 그의 몸가짐은 더럽기 짝이 없지만 의로움을 지키는 자세는 지극히 높고 꿋꿋한 것이네. 이런 것을 보면 고결한 가운데도 고결치 못한 것이 있고, 더러운 가운데도 더럽지 않은 것이 있네.

그래서 나는 음식과 의복에 어려움을 당해 견딜 수 없을 경우에는 나보다 못한 곤궁한 사람들을 생각하네. 엄행수를 생각하면 견디지 못할 것이 없네.

무릇 선비가 궁하게 산다고 해서 궁기가 얼굴에 드러나는 일도 부끄러운 일이고, 뜻을 얻어 출세하매 온몸을 거들먹거리는 것도 부끄러운 일이야. 나는 엄행수를 보고 얼굴을 붉히지 않을 사람이 거의 없을 것으로 아네. 그래서 그를 벗으로 생각하고 있네. 그래서 나는 엄행수를 감히 이름 부르지 못하고 예덕선생(禮德先生)이라 칭하는 것일세."

열녀함양박씨전

烈女咸陽
朴氏傳

옛날 소위 열녀란 지금의 모든 과부들에 해당하는 것이다. 촌구석의 어린 아낙이나 여염의 청상과부들까지 저의 부모에게 개가를 강요받는 것도 아니고, 자손들의 벼슬길이 막히는 수치가 있는 것도 아니건만, 수절하는 것만으로 오히려 절개가 될 수 없다 여긴다.

그리하여 자신의 존재를 한낮의 촛불처럼 아무 소용없다 여기고 스스로 목숨을 끊어 남편을 따라 저승을 간다. 물과 불에 뛰어들거나 독약을 마시고 목을 매다는 것을 마치 안락한 곳으로 가듯한다. 열녀로 본다면 볼 수도 있겠지만 이 어찌 잘못된 일이 아니겠는가?

옛날 어느 이름난 관리로 있는 형제가 어머니 앞에서 어떤 사람의 벼슬길을 막자고 의논하였다. 그 어머니가 "무슨 허물이 있기에 벼슬길을 막으려 하느냐?" 하자 "조상 중에 과부가 있었는데 바깥소문이 좋지 않습니다." 하였다.

그러자 어머니가 깜짝 놀라 물었다. "남의 집 안방에서 일어났을 일을 어떻게 알았느냐?" 하였다. 그러자 형제는 "풍문으로 알고 있습니다."라고 답한 것이다.

"바람이란 소리만 있지 형체는 없는 것이다. 눈으로 볼 수도 없고 손으로 잡을 수도 없으며 허공에서 일어나서 만물을 뒤흔드는 게 바람이다. 어쩌자고 형체 없는 일을 끄집어내어 남을 뒤흔들어 놓을 수 있느냐? 더구나 너희들 역시 과부의 자식이 아니더냐? 과부의 아들이 그래 과부를 논할 수 있다는 말이냐? 잠시 있거라. 내 너희들에게 보여 줄 것이 있다."

그리고 어머니는 품안에서 동전 한 닢을 꺼내었다.

"이 엽전에 윤곽이 있느냐?"

"없습니다."

"글자는 있느냐?"

"없는데요."

어머니는 눈물을 흘리며 말했다.

"이것이 네 어미를 차마 죽지 못하게 만드는 부적이다. 십 년이나 손으로 만지작거리다 다 닳아 빠진 것이다. 대개 사람의 혈기란 음양에 근본을 두고, 정욕이란 혈기로 인해서 작용하며, 그리움이란 고독한 데서 생기고, 아프고 슬픈 감정은 그리움에서 우러나온다.

과부야말로 고독한 신세요. 아프고 슬프기 그지없는 존재다. 혈기가 때로 왕성하면 과부라고 어째 다른 마음이 없겠느냐? 가물가물하는 등불 아래 그림자만 바라보고 앉아서 밤을 지새우기 어려운데, 더구나 낙수소리가 처마 끝에서 또닥또닥 나거나 허연 달빛이 창으로 들이비칠 때, 뜰에서 나뭇잎이 뒹굴고 하늘에서 외기러기 울고 지날 적에 먼 곳의 닭 홰치는 소리는 들리지 않고 어린 종년의 코고는 소리만 요란하여 눈이 반들반들 해서 잠을 못 이루는 이 쓰라린 심정을 누구에게 하소연하겠느냐?

이럴 때 내가 이 돈을 꺼내 온 방 안을 돌았다. 둥근 것이 잘 구르다가도 어느 모서리에 부딪치면 그만 넘어진다. 그것을 다시 찾아내어 다시 굴리고 이렇게 하룻밤에도 수십 번 굴리고 나면 날이 밝았다.

십 년 동안 해마다 굴리는 날이 줄어들더니 십년이 지나서는 혹 닷새에 한 번 굴리고 혹 열흘에 한 번 굴리게 되었더라. 혈기가 아주 쇠하여서 다시 굴릴 필요가 없었으나 그래도 열 겹으로 꼭꼭 싸서 이십여 년을 간직하고 있는 까닭은 그 공로를 잊지 않자는 것이고, 나 스스로 경계하려고 한 것이다."

드디어 모자가 서로 붙들고 울었다.

점잖은 사람이 이 이야기를 듣고 "그야말로 열녀라고 말할 만하구나!" 했다. 아! 어려운 절개와 맑은 행실이 이와 같건만 당세에도 드러나지 않고 후대에도 이름 전하지 않는 것은 무슨 까닭인가? 과부의 수절은 전국에서 보통으로 일어나고 목숨을 끊지 않고는 과부의 절개를 알릴 길이 없는 일이다.

내가 안의(安義) 고을을 다스리기 시작한 그 이듬해인 계축년 (1793) 몇 월 며칠이었다. 밤이 장차 샐 즈음에 내가 어렴풋이 잠 깨어 들으니 청사 앞에서 몇 사람이 소곤거리는 소리가 들렸다. 그러다가 슬퍼 탄식하는 소리도 들렸다. 무슨 급한 일이 생겼는데도 내 잠을 깨울까 봐 걱정하는 것 같았다. 내가 그제야 소리를 높여 "닭이 울었느냐?" 하고 물었더니 곁에 있던 사람이 대답했다. "벌써 서너 번이나 울었습니다."라고 말했다.

"바깥에 무슨 일이 생겼느냐?"

통인(通引, 심부름꾼)이 와서 보고하길, "박상효의 조카딸이 함양으로 시집가서 일찍 과부가 되었습니다. 오늘 지아비의 삼년상이 끝나자 바로 약을 먹고 죽으려고 했습니다. 그 집에서 급하게 연락이 와서 구해 달라고 하지만 박상효가 오늘 숙직 당번이므로 황공해 하면서 맘대로 가지 못하고 있었습니다."

나는 "빨리 가보라"고 명령하였다. 날이 저물 무렵에, "함양 과부가 살아났느냐?"고 묻자, "벌써 죽었답니다." 하고 대답하였다. 나는 서글프게 탄식하면서 "아아 열녀로다. 이 사람이여." 하고는 여러 아전들을 불러다 물었다.

"함양에 열녀가 났는데, 그가 본래는 안의 사람이라고 했지. 그 여자의 나이가 올해 몇 살이며 함양 누구의 집으로 시집을 갔었느냐?

어릴 때부터의 행실이 어떠했는지 너희들 가운데 잘 아는 사람이 있느냐?"

여러 아전들이 한숨을 쉬면서 말하였다.

"박씨의 집안은 대대로 이 고을 아전이었는데 그 아비의 이름은 상일(相一)이었습니다. 그가 일찍이 죽은 뒤로는 이 외동딸만 남았는데 그 어미도 또한 일찍 죽었습니다. 그래서 어려서부터 할아버지 할머니의 손에서 자라났는데 효도를 다했습니다. 그러다가 나이 열아홉이 되자 함양 임술증에게 시집와서 아내가 되었지요. 임술증도 또한 대대로 함양의 아전이었는데 평소에 몸이 여위고 약했습니다.

그래서 그와 한 번 초례(醮禮, 전통적으로 치르는 혼례식)를 치르고 돌아간 지 반 년이 채 못 되어 죽었습니다. 박씨는 그 남편의 초상을 치르면서 예법대로 다하고 시부모를 섬기는 데에도 며느리의 도리를 다하였습니다. 그래서 두 고을의 친척과 이웃들 가운데 그 어진 태도를 칭찬하지 않는 사람이 없었는데, 이제 정말 그 행실이 드러난 것입니다."

한 늙은 아전이 감격하여 이렇게 말하였다.

"그 여자가 시집가기 몇 달 전에 '술증의 병이 골수에 들어 살 길이 없는데 어찌 혼인날을 물리지 않느냐?'고 했답니다. 그래서 그 할아비와 할미가 그 여자에게 가만히 알렸더니, 그 여자는 아무런 대답도 하지 않았답니다. 혼인날이 다가와 색시의 집에서 사람을 보내어 술증을 보니 술증이 비록 아름다운 모습이었지만 폐병으로 기침을 했습니다. 마치 버섯이 서 있고 그림자가 걸어 다니는 것 같았답니다.

색시 집에서 매우 두려워하며 다른 중매쟁이를 부르려 했더니, 그 여자가 얼굴빛을 가다듬고 이렇게 말했답니다. '지난번에 바느질한 옷은 누구의 몸에 맞게 한 것이며 또 누구의 옷이라고 불렀지요? 저는 처음 바느질한 옷을 지키고 싶어요' 그 집에서는 그의 뜻을 알아차리고 원래 잡았던 혼인날에 사위를 맞아들였습니다. 비는 비록 혼인을 했다지만 사실은 빈 옷을 지켰을 뿐이랍니다."

얼마 뒤에 함양 군수 윤광석이 밤중에 기이한 꿈을 꾸고 감격하여 〈열부전〉을 지었다. 산청 현감도 또한 그를 위하여 글을 지어 주었다. 거창에 사는 신도향도 문장을 하는 선비였는데, 박씨를 위하여 그 절의(節義)를 서술하였다. 그는 처음부터 끝까지 마음이 한결같았으니 어찌 스스로 "나처럼 나이 어린 과부가 세상에 오래 머문다면 길이길이 친척에게 동정이나 받을 것이다. 이웃 사람들의 망령된 생각을 면치 못할 테니, 빨리 이 몸이 없어지는 게 낫겠다."라고 생각하지 않았으랴?

아아, 슬프다. 그가 처음 상복을 입고도 죽음을 참은 것은 장사를 지내야 했기 때문이었고, 장사를 끝낸 뒤에도 죽음을 참은 것은 소상(小祥, 사람이 죽은 지 1년 만에 지내는 제사)이 있기 때문이었다. 소상을 끝낸 뒤에도 죽음을 참은 것은 대상(大祥, 사람이 죽은 지 3년 만에 지내는 제사)이 있기 때문이었다. 이제 대상도 다 끝나서 상기(喪期)를 마치자, 지아비가 죽은 것과 같은 날 같은 시각에 죽어 그 처음의 뜻을 이루었다. 어찌 열부가 아니랴?

1737년(영조 13) 1살
음력 2월 5일 축시(丑時)에 서울 서소문, 할아버지 집에서 아버지 박사유와 어머니
함평 이씨 사이의 2남 2녀 중 막내로 출생.

1752년(영조 28) 16살
전주 이씨 이보천의 딸과 결혼. 장인과 처숙(妻叔) 이양천에게서 학문을 배움.

1754년(영조 30) 18살
우울증 증세를 보이기도 하였으며, 소설 9편을 창작하여 사회적으로 큰 반향을 일으킴.

1755년(영조 31) 19살
스승 이양천이 향년 40살로 별세. 스승에 대한 애틋한 마음을 시로 읊음.

1759년(영조 35) 23살
모친 별세(향년 59살), 장녀 출생.

1765년(영조 41) 29살
가을, 유언호·신광온 등과 금강산 일대를 유람하다.

1766년(영조 42) 30살
장남 종의(宗儀) 출생.

1767년(영조 43) 31살
부친 박사유 향년 65살로 별세. 삼청동 백련봉 아래 이장오의 별장에 세를 얻어 살음.

1768년(영조 44) 32살
백탑(현 탑골공원) 부근으로 이사. 근처에 이덕무·이서구·유득공 등이 있어 이들과 함께
북학파의 학문적 근거지가 됨.

1770년(영조 46) 34살
사마시 초·종장 모두 장원을 함. 그러나 뒤에 이어진 시험에는 답안지를 내지 않았음.

1771년(영조 47) 35살

큰누이 향년 43살로 별세.

연암은 과거를 포기하고 백동수 등과 송도, 평양 등지를 거쳐 천마산, 묘향산 등지를 유람.

백동수와 함께 황해도 금천군 연암골을 답사한 후 여기 은둔할 뜻을 굳힘.

이때부터 연암이란 호를 스스로 붙임.

1772년(영조 48) 36살

가족을 경기도 광주 석마(石馬) 처가로 보낸 뒤 전의감동의 우사에 혼자 기거함.

이곳에서 홍대용 · 정철조 · 이서구 · 이덕무 · 박제가 · 유득공 등 여러 문인들과 교제.

1777년(정조 1년) 41살

장인 이보천이 향년 64살로 별세함.

1778년(정조 2년) 42살

형수가 55살로 별세.

연암골에 은거하며 홍국영의 견제를 피했음.

1780년(정조 4년) 44살

청나라 건륭황제 70회 생일축하 사절단에 포함되어 연행(燕行)에 참여. 열하일기 집필.

차남 종채(宗采) 출생.

1783년(정조 7년) 47살

친구 홍대용이 향년 53살로 별세.

1786년(정조 10년) 50살

유언호의 천거로 선공감 감역에 임명.

1787년(정조 11) 51살

부인 이씨가 향년 51살로 별세.

1789(정조 13) 53살
평시서 주부로 승진.

1791년(정조 15) 55살
한성부 판관으로 전보. 12월 안의현감으로 임명.

1796년(정조 20) 60살
친구 유언호가 향년 67살로 별세. 그해 3월 안의현감 임기 만료로 귀향.

1797년(정조 21) 61살
면천군수로 임명.

1799년(정조 23) 63살
임금에게 《과농소초》를 지어 바침. 이때 임금은 많은 신료들에게 농사를 어떻게 지을 것인가 숙제를 준 적이 있음.

1800년(정조 24) 64살
6월, 정조가 승하하다. 8월 양양부사로 승진.

1801년(순조 원년) 65살
박제가가 무고로 신유사옥에 연좌되어 종성으로 유배. 양양부사직을 사직하다.

1804년(순조 4) 68살
지병인 풍비(風痺)가 더욱 위중하여 병석에 있었음.

1805년(순조 5) 69살
10월 20일 진시(辰時)에 서울 가회방 재동 자택에서 "깨끗이 목욕시켜 달라"는 유언만 남긴 채 별세.
그해 12월, 경기도 장단군 송서면 선영(先塋)에 있는 부인 이씨 묘와 합장하다.